JN099709
Saki & Ryusei
「たとえ業火に灼かれても」

# たとえ業火に灼かれても

水壬楓子

キャラ文庫

この作品はフィクションです。
実在の人物・団体・事件などにはいっさい関係ありません。

# 目次

口絵・本文イラスト／十月

# 1

教卓の端に置いていた携帯が軽く振動した時、高倉左季（たかくらさき）はちょうど午後から解剖実習を予定している医学部の学生たちを相手に講義中だった。

「先生、授業中は基本、携帯禁止じゃないんですか？」

板書の手を止めて確認した左季に、少しばかり気の強そうな男子学生が軽く挙手して生意気に指摘してくる。

「そう、基本はね。つまりこれは例外ということになる」

しかし表情を変えることもなく、左季は携帯に手を伸ばしながらさらりと返した。

「死体はこちらの都合を斟酌（しんしゃく）しないし、監察医のスケジュールに合わせて死んでくれるわけでもない。……もしもし？　高倉です」

バックライトで表示された番号はすでに何度か仕事をした検視官からのものだ。内容の察しはついた。

そんな左季の言葉に、学生がいくぶん鼻白んだ表情で押し黙る。

まだ准教授として着任して三カ月の左季は、学生たちと馴染んでいるとは言いがたい。前任者とはやり方が違うだろうし、おそらく講義のペースも速く、課題も多い。そして実習ではかなり容赦なく、厳しい毒舌が突き刺さる——と、すでに情報は広まっているようだった。

ちょうど三十歳という若さと、知的で端整な容姿と。すでにアメリカでは十分なキャリアがあり、この分野で国際的にも認められた実績を引っさげてこの大学へ来た左季には、エリート的なイメージもあったのだろう。当初は少しばかり女子学生に騒がれ、何度か飲みにも誘われたが、「そんな余裕はない」という率直な言葉ですべてをバッサリと断ったせいか、今では積極的に近づいてくる学生は少なかった。

もともと人付き合いがいい方ではなく、他人に合わせることもしない左季だ。冷たい印象を与えることが多く、学生たちに無用の緊張を与えることは自覚している。

早くも「高倉准教授の気を引くには死体になるしかない」と陰で皮肉にささやかれているようだったが、左季自身そうした評判を気にしたことはなく、馴れ合うつもりもなかった。

この大学には——日本には、ほんの一年しかいないのだ。飲んで浮かれている暇があるくらいなら、左季の持つ知識や経験を貪欲に吸収してほしいものだと思う。

「身元不明……、ですか。わかりました。お待ちしています」

短いやりとりで通話を終えると、学生たちがわずかに息を詰めるように様子をうかがっているのがわかる。
桐叡(とうえい)医科大学医学部法医学教室の特任准教授、そして監察医というのが、左季の現在の身分だ。

監察医という仕事は、解剖が必要だと判断される遺体が出たらできるだけ早い対応が要求される。最近の学生には、時間が自由にならない仕事は敬遠されがちだろう。ただでさえ臨床医と比べて圧倒的に志望者が少ないのに、さらに減らしそうな発言はまずかったな、と少し反省した。が、それも現実だ。

「今日の実習は延期ですか？」

電話の内容から司法解剖の依頼を察したのだろう。別の学生が尋ねてきた。

学生たちの中に、期待と不安が入り交じった微妙な空気を感じる。

今日は彼らにとって初めての解剖実習の予定だった。

その実習が必要なことはもちろん理解しているはずだが、やはりリアルな死を目の当たりにし、人間の身体(からだ)を切り開くとなると、躊躇(ちゅうちょ)するのは当然だ。早くすませたい者も、できるだけ先送りしたい者もいる。

「いや、予定通り行う。ただし、予定していた献体ではなく実際のご遺体で」

静かに告げた左季の言葉に、学生たちがわずかにどよめいた。

さらに生々しい死者との対面には、少しばかり心の準備が必要かもしれない。が、むしろ準備のない方がためらう余裕がなくていいのかもしれない。彼らにも、実践的ないい勉強になるはずだ。

「では、一時間後に解剖室へ。もちろん感染防御は徹底して、解剖衣など一式とマスクの着用も忘れずに」

ちらりと時計を見ると、そろそろ講義も終わる時刻だった。

それだけ指示して、左季は遺体の引き取り準備に教室を出た——。


左季がこの桐叡医科大学法医学教室へ特任准教授として着任したのは、ほんの三カ月ほど前のことだった。事実上の主任という立場になる。

十六歳の時に日本を離れ、アメリカで進学した左季はむこうで医師免許をとり、法医学者になった。アメリカでとった医師免許は日本で適用できる資格ではないので、こちらでは臨床的な治療に関わらない監察医としての特例になるようだ。

渡米して十四年。日本で開催されたほんの数日の国際学会をのぞけば、初めてまともに帰国したことになる。

が、正直なところ、日本へ帰ってくるつもりはなかった。アメリカでも法医学者としてしっかりと研究成果を出し、この分野ではそこそこ名前も通っている。就労ビザもあったし、すでにそれなりのキャリアを積んでいて、生活にも問題はない。

そんな中で、いきなり海を越えて桐叡医科大学から話が来たのだ。

ここの法医学教室の立て直しと信頼回復に力を貸してもらえないか、と。

実は少し前に、左季の前に監察医の仕事をしていた大学の主任教授が逮捕されたのだ。罪状は詐欺、および有印私文書偽造とその行使。つまり警察から依頼された鑑定の水増し請求——国費でまかなわれているその検査料を架空請求していたわけだ。

それが発覚し、当然、大騒ぎになった……ようだ。左季はアメリカでちらっとそのネットニュースを見たくらいだったが。

当然、教授は懲戒解雇となったが、そういった事情から後任者選びは難航したらしく、結局、何のしがらみもない左季がアメリカから招聘された——、という流れだったらしい。

ただでさえ手が足りていない法医学の分野だ。このままでは日本の監察医制度の存続にも関わる事態だと説得されたが、正直、左季としては迷っていた。

もちろん、自分が力になれるのであれば、とは思う。この十四年、自分が必死に学んできた技術や知識を少しでも日本の現場に還元できれば、それに越したことはない。

逆に言えば、左季にしてもアメリカでのやり方しか知らないわけで、別の場所で、別の角度から学んでみるのもいい勉強になるだろう。人体の構造は同じでも、死に方にはその国独自の状況が出るケースもある。

だが日本を離れた時、左季は二度と帰ってこないつもりだった。日本を捨てた、というよりも、逃げた、と言った方がいいのだろう。

帰ってくるのが怖かった。

……もちろん、誰に非難されるわけでもないとわかってはいたけれど。

それでもちょうど三十歳という年になり、まわりからはグリーンカードの申請を勧められている時だった。正式に永住権をとって、移住する。これまでの経歴を考えれば、おそらく難しいことではなく、仕事も立場も安定するはずだ。実際にそのつもりだったし、必要な書類の準備も始めていた。

完全に日本と縁を切る——そんな心の整理をしていた時だったのだ。

どうしよう、と本当に迷いはあったが、最後に日本に行くならこの機会しかない、という気がした。何かに後押しされるようなタイミングでもあった。

だから、一年の期限付きなら、という条件で左季は受けることにしたのだ。

その間に、少しでも日本の法医学の分野に貢献できるのなら力を尽くし、せめて両親の墓参りもすませて。迷惑をかけた叔父たちにも挨拶をして。

そしてできることなら、巻きこまれたかつての友人たちの近況がわかればいい、と思った。

一人、あの場所から逃げ出した自分だ。今さら顔を合わせるつもりはなかったが、ただ大人になった彼らが元気に、穏やかに暮らせていればいい、と。

それできっと、自分の気持ちにも区切りがつけられる。

そのために最後に一度だけ、日本にもどろう、と。精いっぱいの勇気を振り絞って。

しかし正直なところ、そんな左季の思惑は大きく崩れていた。

とはいえ、一度受けた仕事だ。今さら逃げ帰るわけにもいかず、一年はここでの職務を全うする義務がある。

一時間後、左季が準備を整えて解剖室に入ると、学生たちが少し落ち着かない様子でみんな固まって立っていた。すでに剝き出しの遺体がのせられた解剖台からは少し距離を置いて。

左季の姿に、さらに緊張したように姿勢が伸びる。

慣れているのか、実習生を気にする様子もなく、馴染みの検視官が「よろしくお願いします」と一礼してくる。

こちらこそ、と礼を返し、左季は解剖台の前に立った。

いつものように、冷たくなった遺体の前に。

もともとは左季も臨床医を目指していたのだ。だが研修中に、自分はやはり生きている人間より死者を相手にする方が向いていると悟ることになった。というより、思い知らされた。

死んだ人間は、それ以上、死ぬことはない。

救急救命医や外科医や、その他のどんな分野にしても、瀕死(ひんし)の人の命を救うことができれば素晴らしいことだと思う。

だが自分には、生死の狭間に立つ覚悟がなかった。その自信も、勇気もなかった。

むしろ「お寺の子」として生まれた左季にとって、昔から死は常に身近にあったのだ。

……骨も、遺体も。

結局、この場所が一番、自分に馴染んでいたのかもしれない。

少し自嘲気味にそう思う。

死者の声を聞くのが法医学者の仕事であれば、おそらく自分は誰よりも向いている。

そして誰よりも、その責任がある――。

「合掌」

そっと息を吸いこみ、左季は静かに目を閉じた。

少し遠巻きにしていた学生たちも思い出したように急いで手を合わせている。

彼らにしてみれば、遺体を見たのが初めてではないにしても、殺された死体を見るのはおそらく初めてなのだろう。いや、今、解剖台の上に横たわっている男性は殺されたとは限らないし、今の段階では単に異状死という状況にすぎない。

昨夜遅くに路上で発見された男性の遺体だったが、正確な死因は不明。身元も不明。頭部に打撲痕が認められ、殺人の疑いもあるということで搬送されてきた。財布や携帯など、身元のわかりそうなものを何も身につけておらず、強盗殺人も考えられる。

都内で扱う変死体、異状死は年間で二万体ほどあるが、そのうち百体以上が人定されないまま無縁仏になる。多くは家出人か、今ならば認知症を患って家に帰れなくなった老人も増えているのだろうか。

目の前の男はまだそれほどの年齢ではなく、四十代なかばだろうか。探している家族や友人がいるはずだった。

「もっと近くに寄って。そんなに遠くから何を見るつもりだ?」

ピシャリと飛んだ左季の声に、学生たちがあわてて解剖台に近づいてくる。

「今回のような身元不明のご遺体の場合、歯形はもちろん、手術痕、胃の残留物なども身元判明の手がかりになり得る。何も発見できなければ、無縁仏として葬られることになるかもしれない。遺族のもとへ帰れるよう、集中して見落としがないように」

ふだんは立ち会うのも助手や検視官なので、今さら細かい指示や説明などは必要ないが、今日は学生がいるのでいつもよりも解説が多くなる。

「解剖の流れは各自わかっているとは思うが、基本的には外表所見、部位別所見、内景所見の順に。必要に応じて、血液や胃の内容物を薬化学検査室にまわして薬物反応を確かめることになる。写真撮影と計測は君たちにもやってもらおうか」

実習ではあるが、今回は見学に近く、手順の確認が中心だ。

「では、始めます」

左季の言葉に、いよいよ、という空気からか、学生たちが無意識に息を詰める。それぞれ手にしていたノートやタブレットをきつく握りしめる。

「外表所見から。まず目視でわかることは?」

緊張感のある静かな声が解剖室に響いた——。

## 2

ふいに研究室のドアの外がざわついている気配を感じて集中力が途切れ、左季は無意識にノートパソコンから顔を上げた。

もう少しで昨日おこなった司法解剖の鑑定書が仕上がるところで入った邪魔に、わずかにいらっとする。

昨日の解剖が結局、四時間近くかかったこともあり、作成に少し時間をとってしまっていた。

臓器の摘出や、頭蓋骨上部を鋸で外したあたりで、やはり気分が悪くなって倒れた学生もいたし、ふだんは必要のない細かい解説なども挟んでいたためだ。とはいえ、めった刺しの遺体などであれば十時間を超えることもあるので、まだいい方だろう。

だが概要は、昨日のうちにすでに担当刑事に伝えていた。

死因はくも膜下出血。外傷は倒れた時に何かにぶつけた傷のようにも思われるが、鈍器で殴られた可能性も否定はできない。

胃の内容物から、亡くなったのは食後一時間以内で、おそらく最後の食事はカレー蕎麦のようだった。具材やスパイスから、外食なら店を特定することもできるだろう。

財布や携帯を、犯人――いるとすれば、だが――あるいは行きずりの誰かが奪ったとしても、おそらく身元を特定することは難しくない。きちんとしたスーツ姿だったし、すでに会社や家族から捜索願が出ている可能性もある。

だから捜査もある程度は進展しているはずで、そろそろ来るかもな、という漠然とした予感はあったのだ。

案の定、そのざわめきといくぶん乱れた靴音がどんどん近づいてきて、ノックもなく、いきなり研究室のドアが開いた。

「……よう、左季。いたか」

そんな言葉とともに、見慣れた男の顔が目の前に現れる。いつものように不敵な笑みを口元に浮かべて。

瀬上隆生(せがみりゅうせい)だ。

「やっぱりおまえか」

左季はあからさまなため息をついてみせた。

なんとなく、この男だろうな、という気はしていたのだ。

静謐(せいひつ)を旨とするべき大学の研究棟で、そうでなくとも、死者を相手にする法医学教室だ。空気を乱す人間は、そうはいない。

左季と同い年の三十歳で、幼友達——と言えるだろう。

五つ六つの子供の頃に初めて会ってから、小、中、そして高校の途中まで学校も同じで。

十六歳の時に左季がアメリカへ渡って以来、十五年近くもまったく連絡をとっていなかったのだが、左季が帰国してすぐに、偶然、仕事現場で再会してしまった。

監察医と警察官、という立場で。

依頼があって、それが日本での初仕事だったこともあり、たまたま現場まで検死に出向いた時だった。

十四年ぶりだったが、隆生だということはすぐにわかった。風貌は、正直、かなり変わってはいたが、それでも顔にはあの頃の面影が確かにある。

いや、最初に声をかけてきたのは隆生の方だったから、むしろよく自分のことがわかったな、と思った。普通に考えれば、こんなところにいるはずのない人間だ。

『……左季？　左季か⁉』

現着していた刑事がいきなり声を上げるとともに突進してきて、左季の手をつかんだのだ。

まるで、本物かどうか確かめるみたいに。

ほとんど犯人を逮捕するような勢いで、まわりもあっけにとられていたくらいだった。

『帰ってたのか……』

そして左季を見つめたまま呆然とつぶやいた隆生に、左季の方も一瞬、頭の中は真っ白になっていた。どうして、とそんな疑問しか浮かばなくて。

それでもようやく、必死に落ち着いた声を絞り出した。

『帰ってきたところだ。ひさしぶりだな、隆生』

隆生、と——ほとんど十四年ぶりにその名前を唇にのせて、心が震えた。息もできないくらいだった。

会いたくなかったわけではない。忘れていたわけでもない。

日本に帰ってきて、真っ先に頭に浮かんだ名前だった。元気でいるだろうか、と思っていた。あの頃の夢を叶(かな)えて、今は落ち着いた、自由な生活をしているだろうか、と。

だが、連絡をとるつもりはなかった。隆生にも、他の誰にも。

まさか警察官になっていたとは想像もしていなかったので、こんな再会は本当に驚いた。

それでも隆生の驚いた顔に、少しばかり自分の方が冷静になれたのかもしれない。

十四年ぶりに会った男は、やはりそれだけ成長していた。

昔、和太鼓をやっていたので、当時からしっかりとした筋肉がついていたが、今はさらに身長が伸びたせいかすっきりとそぎ落とされた感じで、生物学的に見ても機能的でしっかりとした体つきだ。

昔と変わらずぺらっとしている左季よりもひとまわりは大きく、身長も見下ろされるくらいになっている。

もちろん捜査一課の刑事という仕事柄、強盗犯や殺人犯とやり合える程度の体格も、格闘技経験なども求められるのだろう。昔と比べて顔つきもいくぶん強面に……よく言えばワイルドになっていた。

そのせいか、見た目の雰囲気は、記憶にあった隆生とはかなり変わっていた。

すっきりと短かった髪は無造作に伸び、再会した日はたまたま無精ヒゲもあって、どことなく荒んだ、というのか、尖った印象を受けた。

昔は――決して恵まれた環境とはいえない中で、隆生には常に前を見据えているような芯の強さと精悍さがあったのだ。

だが、十四年だ。変わっていて当然なのかもしれない。

そうでなくとも、刑事という仕事は人の嫌な面も多く見てしまうのだろう。

再会してから、隆生は比較的頻繁に左季のところへ――桐叡医科大学法医学教室にある研究室へ、足を運んでいた。

もちろん法医学者で解剖医でもある左季に職務上の用件もあるにはあるのだろうが、何もなくてもふらっと姿を見せることがある。単なるサボりか、言い方に気を遣えば、息抜きの休憩かもしれない。

左季の研究室にある来客用ソファに一、二時間転がって寝ているのだが、まあ、精神的にも肉体的にもハードな仕事だということは理解しているので、左季もある程度は大目に見ている。

今日もそんなサボり半分かと思ったのだが、何気なく男を眺めて——思わずガタガタと椅子の音を立てながら左季は立ち上がっていた。

「おまえ…、どうしたんだ？　そのケガはっ」

目の前に立つ男の姿は、さすがに予想外だった。

いつもと同じ、くたびれたスーツ姿だったが、ネクタイはなかばほどけ、なによりスーツの前裾からはだけて見えるシャツが赤く染まっている。

脇腹あたりだろうか。いや、脇腹だけでなくスーツの左腕もすっぱりと大きく切り裂かれ、血がにじんでいるように見える。

「あー…、さっきちょっとやりあってな」

のっそりと片腕を持ち上げ、あらためて自分の状態に気づいたように隆生がわずかに眉を寄せた。

「そこにすわれ！」

思わず叫んでから、左季は反射的に手を伸ばし、デスクの一番深い引き出しから応急セットの箱を引っ張り出す。

「ああ……。いや、汚しそうだな……」

いつもの昼寝場所であるソファをちろりと眺め、隆生がわずかに顔をしかめた。

「そんなことを言ってる場合かっ」

そんな遠慮をするような、可愛い性格でもないくせに。

叱りつけるように一喝してデスクをまわりこむと、とりあえず応急セットをテーブルに置き、男の身体を押さえつけるようにしてソファへすわらせる。

「見た目ほどひどくはねぇよ…」

もごもごと言い訳する男にかまわず、なかば強引にスーツを脱がすと、まだ温かく生々しい血が指に触れて、左季は思わず息を呑んだ。

指先がわずかに震えてくるのがわかる。

それでもぎゅっと唇を引き結んで、左季は男のシャツの前を開き、とりあえず箱から取り出したガーゼをペットボトルの水に浸した。

丁寧に血を拭き取るが、やはり患部に触れたのだろう。隆生が低くうめく。

「つっ……」

それにかまわず左季は傷口を確認し、確かに見た目ほど重傷ではなさそうで、ホッと息をついた。

傷は浅い。血も止まりかけているようだ。まだ解剖台に乗るほどではない。

どうやら鋭利な刃物による刺創、というところのようだ。刃渡りはそれほど長くないナイフか何か。

無意識にも、そんなことを検分する。

「何をやったんだ、おまえは？」

安心すると同時にいらだちが湧き上がり、左季はテキパキと手当てを始めながらもトゲトゲしく尋ねた。

「だからここへ来る途中、うっかりヤク中の男にぶつかって。暴れてたから取り押さえただけだって」

「ヤク中？」

思わず眉を寄せる。

と、その時、なかば開きっぱなしだった研究室のドアを軽くノックして、もう一人、見知った男が顔をのぞかせた。

「――あ、やっぱりここだ。お邪魔してすみません、高倉先生」

目線だけ上げた左季と目が合って、男がぺこりと頭を下げた。そしてちょっとにらむように、隆生に視線を向ける。

「もー、救急へ行ってくださいって言ったのに」

「うるさいぞ、エリンギ」

隆生がめんどくさそうに言い返す。

「江ノ木ですってば。っていうか、キノコじゃないです。僕、キノコ類は苦手なんですから」

そう、確か江ノ木という名だった。隆生とコンビを組んでいる後輩の刑事だ。

二十六、七歳くらいだろうか。相棒になってまだ数カ月というところらしく、同じようなやりとり——というか、隆生の嫌がらせが、もう何度も繰り返されているのだろう。

不満げな皺を眉間に寄せて、ぶつぶつ言いながら江ノ木が中へ入ってきた。

こちらはきちんと整ったスーツ姿だ。ネクタイやシャツにもさりげないセンスがあり、おしゃれにも気を遣う今時の若者らしい。

「ったく、高倉先生の手をわずらわせてどうするんですか。ただでさえおいそがしいのに」

後輩とはいえ、意外とズケズケとものを言う男のようで、案外、隆生とも馴染んでいるように見える。

実のところ、隆生とコンビを組みたがる刑事は少ないようで、相棒もしょっちゅう替わっていると年配の刑事から聞いていたのだ。

いくぶん強面な隆生とは違っていつも愛想がいいし、愛嬌もある男だ。が、こんな規格外の先輩にきっちり反論できるくらい腹も据わっているらしい。

「救急へ行くほどじゃねぇだろ」

後輩のもっともな心配をよそに、ふん、と隆生が鼻を鳴らす。

左季は医療用のテープでしっかりと傷口を塞いだあと、包帯に手を伸ばしながら、冷ややかに指摘した。

「行っても問題ないレベルだな。すぐそこだろう？　わざわざこっちへ来なくても」

桐叡医大には大学病院も併設されている。同じ敷地の中と言ってもいいくらいなのだ。

「そうですよ。救急車を呼んでもいいレベルです。だいたいむちゃくちゃですよ。ラリって妄想の敵と戦いながらナイフ振りまわしてるような男に真正面から突っこんでいくなんて。交番の警察官、顔、引きつってましたよ。こっそり、あの人が狂犬って呼ばれてる瀬上さんですか、って聞かれましたもん」

ハァ…、と江ノ木があからさまなため息をついてみせる。

「そういうのを取り押さえるのが仕事だろうが」

憮然と隆生が言い返す。

「報告されたら、また課長から嫌みを言われますよー」

「通りがかりで手を貸しただけだし、別に報告書に俺の名前が出るわけじゃねぇだろ」

軽く肩をすくめた隆生に、江ノ木がいかにもな調子で聞き返す。

「じゃ、そのケガ、どう説明するんですかぁ?」

「かすり傷だっての。いちいち説明するほどのことじゃ……——つっ…、いって…っ!」

キュッ、といくぶんきつめに包帯を巻いた瞬間、高い悲鳴が飛び出す。

わざとではなかったが、隆生が恨みがましくにらんできた。

左季は無言のまま無視したが、あらためて上半身裸の、素肌から指先に伝わる体温に、妙に緊張する。

生きているのだ――、と実感して。

そして今さらに体温を感じるほどの距離の近さに気づいて、反射的に身を離してしまう。

それでもぎゅっと指を握り直し、ことさらあきれた様子で左季は言った。

「狂犬って…、おまえ、武闘派ヤクザじゃあるまいし。……ほら、腕も見せろ。あとで外来へ寄っていけよ」

ここでは応急処置しかできない。

隆生の後先考えない無茶っぷりには薄々気づいていたが、あらためてその行状を聞くとさすがにあきれるどころではなかった。

「ヤクザも道を空けてますよねー」

江ノ木が皮肉っぽく笑ってみせる。

「令状なしで組事務所には乗りこむし、半グレのケンカに飛びこんだこともあるし。豪快っていえば聞こえはいいけど、ほんと、命知らずですよねえ、先輩って。どうしてそんなに無茶できるのか、不思議っていうか…、怖いですよ、正直」

そんなしみじみとした後輩の言葉に、左季も眉を寄せる。

「おまえは別にマル暴じゃないだろう？　何やってるんだよ」

そもそも左季の研究室に準備よく救急箱があるのは、再会してたった三カ月だというのに、怪我をしてきたのはこれが初めてでもないからだ。これだけ大怪我だったのは初めてだが。

「あー、わりとよく間違えられますよね。その風体じゃ」

江ノ木がにやにやと笑った。

いくぶん強面なのもそうだろうが、長めの髪を無造作に後ろでまとめて団子にした髪型は、正直、とても刑事には見えない。ラッパーか、ＤＪか、危ないバーの用心棒だ。

よく上司に怒られないな、とも思うが、それだけ実績があるということらしい。上司としては不本意ながら、だろう。

「……てて…ッ。……あー、いや、ついでに鑑定書をもらっていこうかと思ってな」

左季に腕を引っ張られ、ちょっと顔をしかめてスーツの片袖を脱ぎながら、隆生が言い訳がましく言った。

「おまえの邪魔がなければ、ちょうど上がっていたところだよ」

左季は男の腕の傷をあらためながら、冷ややかに言う。

スーツとシャツはもう使いものにならないかもしれないが、どうやら腕の傷に大きな問題はなさそうだ。

「ほらぁ。だから病院でちゃんと治療してからこっちに来ればよかったんですよ。先輩が先生の世話になるのは、死体になってからで十分ですって。どうせろくな死に方しそうにないですし」

「おまえな……」

結構な毒舌を吐いた後輩に、隆生がむっつりとうなった。

「正しい見解だな」

「おい」

淡々と同意した左季につっこんでから、隆生がうーん、とちょっと考えるように無傷な方の手で顎を撫でた。そして、にやりと笑う。

「ま、おまえに俺の身体をなめまわすみたいに見つめられるのは悪くない」

「……変わった性癖ですね」

江ノ木がいくぶんのけぞるようにして、喉の奥でうなった。

「むしろ、切り刻まれることになると思うが？」

腕の傷をテープでとめながら冷ややかに言った左季に、隆生があっさりと答える。

「死んだら献体してもいいぞ？　医学の進歩に貢献できる」

「あとで書類を送ってやるよ」

本気かどうかわからないが、左季もさらりと返してやる。

肩を揺らすように軽く笑った隆生に、左季は思い出して尋ねた。

「それで、昨日の遺体の身元はわかったのか？」

「ああ、それそれ。おまえのおかげでわかったよ。カレー蕎麦な」

隆生がニッと笑ってうなずく。

「遺体の発見場所からそう遠くないところにあったよ。常連だったらしくて、おかげで勤めてる会社もすぐにわかった」

「そっちからか？　失踪届が出てたんじゃないのか？」

「それが奥さん、出してなかったんですよねえ…」

首をかしげた左季に、横から江ノ木がうなるような声をもらした。

「実はガイシャの奥さんが不倫してたみたいで。で、浮気相手いわく、その夜はダンナと話し合ってた最中にいきなり苦しみだして倒れたって」

「ああ…、なるほど」

左季は思わずため息をもらした。

例えば殴り合いのケンカが原因でくも膜下を引き起こした可能性はあるが、しかしもともと脳動脈瘤を抱えていたかもしれないし、証明は難しい。

「いずれにしても、救急車も呼ばずに放置して立ち去ったわけですから、保護責任者遺棄致死罪は成立するかもですけど」

江ノ木がドライに言った。

「ま、あとは所轄に任せてもいいんだろうな」

隆生が肩をすくめた時、江ノ木のポケットで着信音が鳴り響いた。

「……うおっと」

急いで携帯を取り出した江ノ木が、着信表示を見てげんなりした顔を上げる。

「ほらー、課長からですよー。なんで僕にかかってくるんですかー」

「俺にかけても埒が明かないからだろ」

「ったくもう……」

あさっての方を向いた隆生にぶつぶつと言いながら、江ノ木が、すみません、というように軽く左季に頭を下げて、いったん廊下へ出る。

「今度の相棒はわりと続いている方じゃないのか？」

その背中を見送って、手元の包帯を片付けながら何気なく左季は言った。

実際、しょっちゅうこんなケガをするような危ない状況につっこんでいく相棒を持つと、気が気ではないだろう。いつとばっちりで巻きこまれるかもわからないし、長続きしないのは理解できる。

「どうだかなァ…」

「メンタルは強そうだ」

「顔に似合わずな」

隆生が低く笑った。

確かに江ノ木は隆生とは正反対に、一見人のいい優等生タイプに見える。が、それだけで強行犯係の刑事は務まらないだろう。

「それにしてもおまえ、ずいぶん変わったんだな。昔はもうちょっと慎重な性格だったと思ったが」

「そうか？」

皮肉というわけでもなく言った左季に、隆生が小さく笑って肩をすくめる。

出会った頃はかなりやんちゃな、というか、いつもギスギスして人を信頼せず、大人も子供も誰も寄せつけないところがあった隆生だが、それも年とともに次第に落ち着いていったように思う。普通に笑うようになっていたし、意外と面倒見もよくて、やっていた和太鼓の仲間の中ではリーダーシップをとるようにもなっていた。

高校に上がった頃には、むしろ年齢よりも大人びて見えたくらいだ。冷静で、口数も少なく、学校の友達とはつるんで遊ぶことも少なくて。ただ一心に、和太鼓の練習をしていた。

すでにしっかりと将来を見据えていたのだ。

あの頃の目標は警察官ではなかったはずだが、それでも就職することは決めていたようだった。自分よりもずっと先を見ているようで、少し悔しい気持ちだったのを覚えている。

隆生の家庭環境はちょっと複雑で、とても大学に進学できるような状況でないのは、なんとなく察してはいたが。

昔からケンカ友達みたいなところはあったが、左季とは一番の親友だと、まわりには思われていたのだろう。意識したことはなかったが、多分、そうだったのかもしれない。

学校でも放課後にも顔を合わせることは多かったし、それが不思議でもなく普通の日常になっていた。

だがそんな関係も、ある日を——あの日を境にぷっつりと途切れた。

まったく交流のなかったこの十四年という長い間、隆生がどんな人生を送ってきたのかはわからない。

左季が日本を離れると決まった時、隆生はただポツリとつぶやいただけだった。

それがいいかもな…、と。

左季を引きとめることはなかったし、大きな感情を見せることもなかった。

じゃあな、と静かに言っただけだ。

まるで一生の別れだと思っているように。他の友人たちは、また絶対会おうね、と口々に言っていたのに。

幼友達ではあったが、その程度のドライな感覚でしかなかったのだろう。

というより、あの時は左季も大変だったが、考えてみれば、隆生は隆生で大変だったはずなのだ。他人のことを気にしていられる状況ではなかった。

それでも隆生は、逆境に負けない強さがあった。昔から、一人で、自分の力で生きていこうとする覚悟が見えた。

隆生なら大丈夫だ、と、そう思っていたし、思いたかったのかもしれない。

だから、再会した時の変化に驚いたのだ。

どこか冷めたような、すべてを突き放した印象で。

もちろん、十四年もたてば人は変わる。そうでなくとも刑事などという仕事をしていれば、日常的にやりきれない事件に遭遇することは多いだろうし、凶悪な犯人たちを相手にしていれば、やはり気持ちが荒んでいくこともあるだろう。

あるいはそれを成長と言っていいのかもしれないし、目の前の状況に適応しているのかもしれない。

それでもこの三カ月ほど、仕事を通じて隆生とまた顔を合わせるようになって、やはり本質的には変わってないのかな、とも思い始めていた。

大人になって、ちょっとクールぶっているけれど、芯の部分では負けん気が強くて、理不尽なことを放っておけなくて。正義感が強くて。

そう、刑事という仕事は、案外、隆生に合っていたのかもしれない。

……もっとも、まっすぐに向き合うには、少しばかりきついんじゃないのか、とも思うが。

自分の仕事の中で、自分ではどうすることもできない理不尽なことが多すぎて、隆生も少しやさぐれたのかもしれないな、と左季は内心で理解していた。

昔のことはあまり思い出さないようにしているのだが、隆生の顔を見るとどうしてもいろいろと呼び覚まされてしまう。

「おまえは……、変わらないな」

じっと左季を見つめた隆生が、ポツリとつぶやくように言った。

「そう思うか？」

左季は知らず、冷笑した。

変わっていないはずはない。バカみたいに無邪気だった子供の頃と、欺瞞ばかりの今の自分とはあまりにも違いすぎる。

本気で変わっていないと思っているなら、刑事のくせに人を見る目は節穴だ。

「変わらないよ。俺からみればな。美人で賢くて、何でもできるようでいて、実は努力家で、ちょっと不器用。微妙にリズム音痴なのは、多分、直ってなさそうだし。強がりで、人に弱みを見せたくない感じは、昔と同じで可愛い」

「は？」

しかし小さく笑ってあっさりと言われ、思わず無愛想な声がこぼれた。

褒められているのか、けなされているのか、わからない。腹立たしい気持ちと、少し気恥ずかしい気持ちが入り交じる。

「それにちょっと危なっかしい。いきなり怖いもの知らずに突っ走りそうだしな」

「危なっかしいのはおまえの方だろ。この怪我はなんだ？」

憮然と指摘して、左季は無意識に、手元にあった何かのカタログで手当てをしたばかりの男の腕をパシッ、とぶったたいた。

「――いってッ！」

さすがに隆生が顔をしかめ、あ、と左季があせった時、ふいに江ノ木がドアを開けて顔をのぞかせた。

いくぶん隆生をうかがうようにして、ぐいっと手にしていた携帯を突き出してみせる。

「課長が先輩に代われって」

「マジかよ…」

隆生がチッ、と舌を弾く。

ちろっと左季の顔をうかがうようにして、やはり叱られるのを見られるのが嫌だったのか、のろのろと立ち上がって無事な方の手で携帯を受けとると、江ノ木と入れ替わって廊下に出た。

「はい、瀬上です。……はい、ええ、それはちょっとした行き当たりで……、ええ、それはわかってます」

さすがにいつになく殊勝な声だ。

そっとドアを閉ざして背中を貼りつけると、やれやれ、というように、江ノ木が大きなため息をついた。

「あいつ…、こんな無茶はしょっちゅうなのか？」

ボソボソと言い訳めいた声をドアを挟んだ遠くに聞きながら、わずかに眉をひそめて、左季はそっと江ノ木に尋ねた。

あー…、と少し困ったように江ノ木が頭を掻く。

「先輩、昔から無茶するので有名な人でしたからねえ…。僕、交番勤務の時から、先輩の名前、聞いてましたもん。まさかそんな有名人とコンビを組むなんて思ってもいませんでしたけど」

「下っ端が押しつけられたんじゃないのか?」

「ハハハ…、まぁ、それは」

ちらっと笑って言うと、江ノ木も苦笑いする。

「でもまあ、やることは派手で、すっごい無茶もするけど、頭の中は意外と冷静なんですよね。捜査も行動も、聞くとちゃんと筋道たってるし。……事前にまわりに説明してくれないことが多いから困るけど」

「スタンドプレーが多いということ?」

左季は腕を組んでちょっと首をかしげる。

昔はそれほど自己顕示欲の強い目立ちたがりやだった気はしないが。

「まー、言ってしまえばそうですね。先輩の検挙率は所轄時代からすごい高かったみたいだし。でも、自分が死にそうな目に遭って逮捕した犯人とか手柄とかでも、平気で他人にあげちゃうんですよ。それにぜんぜん固執してなくて。出世にも興味なさそうだし。だからまわりの同僚には嫌われてるってわけじゃなくて、……振りまわされそうで近寄りたくないって感じなのかなぁ。先輩の方があんまりプライベートで仲いい人がいないっていうのもあるんでしょうけど。あいつはしょうがない、って空気なんですよね。今の課長がわりと骨のある人だから、先輩のこと、本庁に引っ張ってくれたみたいなんですけど」

なるほど…、と左季は小さくつぶやいた。

それほど刑事という仕事に心血を注いでいる、ということなのだろうか。

左季の知らない十四年の間に、何かあったのか。それとも――。

「先輩って、誰かと飲みにいくとかもほとんどないですし、いつも事件を探して追っかけてる感じなんですよね。ある意味、ワーカホリックっていうのか。犯罪を憎んでる、ってことなのかなぁ…。昔、何かあったんですかね？」

質問というほどでもなく、つぶやくように言った江ノ木の言葉に、心臓が一瞬、ギュッとつかまれた気がした。ドクッ、と耳の中で大きく鳴る。

「どうかな……」

かすれた声を、なんとか絞り出す。

そして無意識にも話を変えるように、左季は尋ねた。

「そういえばあいつ、恋人とかはいないのか？」

「恋人……ですか」

少し驚いたように、江ノ木が目を瞬(しばた)かせる。

「あ、いや。そういう相手がいれば、もうちょっと丸くなるのかと思って」

左季は少し早口に、言い訳みたいに付け足してしまう。

「そういうの、考えたことなかったな……。ていうか、いたらあんな無茶できないでしょう。そういう雰囲気、ぜんぜんないし」

「そうか」

なぜかホッとしたような、妙に不安な気もする。

「もしかして先輩、恋人が犯罪に巻きこまれて殺されたとかっていう過去があったりするんですかね？　それであんななんでしょうか？」

いくぶん真顔で聞かれて、さすがに左季もとまどった。

「いや…、それはわからないけど。十年以上、会ってなかったし」

「いやまぁ、そんな話があったらどこかで聞いてそうですけどね」

勢いこんだ自分にちょっと照れたように、江ノ木が肩をすくめた。どうやら結構、情報通でもあるらしい。

「あー、でも高倉先生がここに来てから、先輩、前よりちょっと落ち着いた気がしますよ？ま、今日のアレはひさしぶりにやっちゃった感じですけど」

いくぶん明るく言った江ノ木の言葉に、左季は少し首をかしげた。

「そうなのか？」

「なんですかねえ…。前は時々、いらだって壁を殴りつけたりしてたけど、そういうのもなくなったし。いつも切迫してた感じがとれて、ちょっと余裕がある雰囲気になった気もするし。その代わり、よくここに入り浸ってサボってるみたいですけど。……あ、先生にはご迷惑ですよね」

ちょっと首を縮めた江ノ木に、左季は肩をすくめてみせた。

「それで落ち着くんならいいけどね」

実際、たいした用もないのに隆生はかなりの頻度で研究室に来ている。それこそたいした用もないので、左季もほったらかして自分の仕事をしていて、特に邪魔というほどではないのだが。

「前はわりとよく消えてたから、居場所の第一候補ができて僕としてはありがたいです」

ほくほくと言われて、なるほど、と左季もうなずく。

「でも、江ノ木くんとはわりとうまくいってるみたいに見えるけどね？　あいつもやりやすいんじゃないのかな」

「えっ、マジですか？　それはいいんですかね？　……いや、まずい気もするな……」

普通に、素直な気持ちで言った左季に、江ノ木が少しあせった顔で考えこんだ時、いかにも渋い顔で隆生がもどってきた。

ほい、と江ノ木に携帯を投げる。

「さっさと帰ってこいってさ」

むっつりと隆生がうなる。

「その怪我を見たら、また怒られますよ？」

いかにも気の毒そうに江ノ木が先輩を眺めている。

「同じ内容で二度怒られるのは理不尽だよな…」

「心配してるんですって。——うおっと！」

ポケットにしまおうとしていた江ノ木の携帯が再び大きく着信音を響かせ、お手玉するように手の上で弾ませてから、あわてて持ち直した。

「え、また課長？　なんだろ……。——あ、ハイ、江ノ木です」

不審そうな声を上げながら、江ノ木が急いで廊下に出る。

その背中を眺めながら、いくぶん情けなさそうな顔で、隆生がバッサリ腕の破れたスーツを眺めた。

# 3

「……あ、そうだ」

思い出してふいに声が出た左季（さき）に、ん？　と隆生（りゅうせい）が袖の破れたスーツにぎこちなく腕を通しながらこっちを向く。

「あ…、ええと」

まともに目が合って、いつになく左季は口ごもってしまった。

今度会ったら隆生に聞いてみようか、となんとなく考えていたことがあったのだが、いざ聞こうとすると、ちょっとためらわれる。

どうしても、あまり思い出したくない過去につながりそうで。

それでも思い切って口にした。

「おまえ、若林久美（わかばやしくみ）……って知っているか？」

「あ？」

いきなりの問いに、隆生が怪訝（けげん）な表情を見せた。

「昨日、ここの研究室宛てに郵便で送られてきたんだけど」

言いながら左季はデスクをまわり、引き出しから小さな封筒を取り出す。

「これ。……見覚えないか？」

封筒を傾けると、中からポトリ、と小さなものがデスクに落ちた。

組紐の先に、羊毛フェルトと和柄の布を組み合わせて作った小太鼓と、可愛い花飾りがついた根付け……ストラップだろうか。

ひっくり返した封筒の差出人が「若林久美」になっている。

デスクに近づいてそれをのぞきこんだ隆生が、小さなストラップを摘まみ上げた。わずかに眉を寄せて、それでも思い出したようにうなずく。

「あぁ…、締太鼓だな、これ。ええと、池内……だっけ？　池内久美。そういえば、結婚したって聞いたから、もしかすると若林になったのかもな」

やはりこのストラップには見覚えがあったようだ。というより、太鼓の方が記憶に残っていたのか。そこから「久美」の名前でたどったらしい。

そうだ。池内だった、と左季もようやく記憶がつながる。

くみちゃん、と柔らかく母が呼んでいた声がふいに耳によみがえった。左季自身は、同級生の女の子を名前で呼べずに、ずっと池内、と名字で呼んでいたのだ。

池内も、隆生と同じく小学校に入る前からの顔馴染みだった。

両親が共働きで、学校が終わったあとはたいてい、左季の実家である寺で他の子供たちと一緒に遊んでいた。元気で活発で、面倒見のいい少女だったと覚えている。嫌がらずによく下の子の世話をしていて、率先して母の——左季の母の手伝いなどもしてくれていたようだ。

小学校の頃は、遊び散らかした男子を叱りつけてオモチャを片付けさせるような、口やかましいくらいのところがあったが、中学、高校と上がるにつれておかっぱだった髪は長く伸び、次第に制服の似合う女の子に成長していた。

太鼓をやる仲間内に女子は少なかったから、やはり池内をめぐっては、左季の知らないところでいろいろあったように思う。……多分、隆生とも。

太鼓のストラップは、あの当時、左季の家で和太鼓を練習していた子供たちに、裁縫や手芸の得意だった左季の母がおそろいで手作りしたものだった。市販ではないので、持っている人間は限られる。

「ほら、俺の」

と、隆生がポケットからペンを一本、取り出してみせた。どこにでもありそうなノック式のボールペンだが、マジックか何かの赤い染みがつきっぱなしなあたりがおおざっぱな隆生らしい。

そして、そのペンの先に似たようなストラップをつけている。

「まだ持ってるのか」

左季はちょっと目を見張った。

しかも、わざわざボールペンにつける意味がわからない。

隆生の持っていたストラップに花はついていなかったが、やはりフェルトと布で作った小さな大太鼓がついている。すでに端が擦り切れ、汚れも目立っていたが。

池内のストラップに花飾りがついていたのは、やはり女の子用に特別だったのだろう。そもそも和太鼓自体が男っぽいアイテムなので、少し可愛らしくと考えたのか。

そんな子供の頃のストラップなど、普通ならいつまでも大事に持っているようなものではない。が、おそらくみんな……今となっては捨てられなかった、ということなのだろう。

「おまえは持ってないのか？」

ふっと上がった眼差しが、まっすぐに左季を見つめてくる。

「捨ててはいないが…、持ち歩いてはないな」

とっさに視線をそらし、左季は何でもないように答えた。

そうでなくとも、今時はストラップをつけるようなものを持ち歩くことがない。

「で、池内がなんだって？」

ストラップをデスクにもどしながら、隆生が怪訝そうに尋ねてくる。

「あ…、いや、わからない」

「……あぁ？」

あっさりと言った左季に、隆生が眉を寄せる。

「いきなりこれが送られてきたんだ。これだけ」

「手紙とかもなく？」

「なんにも。そもそもアメリカへ行った時に別れたきりだし。俺がここにいるのを知っていたことも意外だったけどね」

「まあ、それは今の時代、捜そうと思えば名前を検索すれば引っかかるだろうけどな」

隆生がちょっとこめかみのあたりを掻く。

それはそうだ。左季の名前は、大学の職員として公式なサイトにも載っている。新しく法医学教室に着任した、というニュースと、左季の型通りの挨拶文も。

しかしだとすると、わざわざ左季の名前をネットで調べたということになる。

……急に思い立って？　十四年も会っていなかったのに？

もちろん何かの拍子に思い出した、ということもなくはないのだろうが。

左季からすれば、すでに顔もおぼろげだ。最後に見たのが十六歳の頃だったから、面影は残っているのだろうが。

「まあ、おまえが日本にもどってきていることを知って、懐かしくなって、ってことじゃないのか？」

隆生の言葉は一般論として一番ありがちだが、確かに他には考えられない。

「それにしても……、これだけ送ってこられても意味がわからないな」

左季はちょっと眉をひそめた。

「それは…、サプライズ的な？　思い出してもらえたらうれしい、って思ったとか？」

さすがに隆生も首をひねったが、左季としては、正直なところ、少しとまどってしまう。というか、不気味な気がする。

むしろ、何かわだかまりがあって、このストラップを手元に置きたくなくて、わざわざ左季に送り返してきたんじゃないか、とか——そんなことを考えてしまうのだ。

そして左季にとっても、急激に過去を思い出してしまうこのストラップに、少しばかり動揺したのかもしれない。

「ま、何かあるんなら、また連絡してくるんじゃないのか？　手紙を入れ忘れただけかもしれねぇし」

「そうだな」

軽い調子で言われて、左季もとりあえずうなずく。

確かに、そう考えるしかない。

「おまえは彼女と会ってなかったのか？」

そっと唾を飲みこんで、左季は尋ねた。

「いや、ぜんぜん。高校を卒業して以来、一度も会ってないな。確か看護学校へ進んでたから、看護師になったんだろうなとは思ってたが」

うーん、と隆生が腕を組む。

「他の……、あの頃の友達とはまだ連絡はとってるのか？」

同じように放課後、一緒に過ごしていた幼友達の顔を左季も思い返そうとしたが、少し息苦しいように胸がざわつく。

——忘れた、つもりはない。ただ……。

「いや、ほとんど。高校卒業の時に別れたきりだな」

それに隆生があっさりと答えた。

「寛人(ひろと)とか、大輝(だいき)とかも……、今頃、どこで何やってんだか」

思い返すように、少し懐かしげに隆生がつぶやいた名前は、あの当時、一緒に太鼓をやっていた同級生たちだ。後輩と呼べる年下の太鼓仲間も何人かいたが、やはりその二人。それに池内とは付き合いも長く、別格なのだろう。太鼓のストラップを持っているのも「和太鼓クラブ」の一期生と言えるほんの数人くらいだった。

「みんな…、高校を出てから進路が分かれたんだな」

無意識に左季はつぶやいた。

左季一人だけ、二年の夏に、一足早く日本を出ていたけれど。

「同窓会とか、なかったのか？」

何気なく尋ねた左季に、隆生が軽く肩をすくめた。

「どうかな。俺は卒業後に家を出たきりだし、連絡先を知ってるやつもいなかったから、知らせようがなかっただろうし。ま、あっても行く暇はなかったろうけどな」

あっさりとした口調だったが、ハッと左季は唇を噛んだ。

そうではない。隆生がかつての友人たちと縁を切る理由など、何もなかった。

あるとすれば、ただ——あの日の、あの時の記憶を封印したいと、無意識にも思っているからだろう。

目の前で見た、あの凄惨な光景を。

きっと、あの時、あの場にいた誰もがそう思っているのかもしれない。

だとしたら、左季に会うことすら、いとわしかったはずだ。

やはり、会ってはいけなかった——。

そんな思いが鋭く胸を突く。

「だからまさか、他の連中ならまだしも、またおまえに会えるとは思ってもいなかったけどな」

しかし顔を上げた隆生は、まっすぐに左季を見つめて大きな笑みを見せた。

温かい、包みこむような笑顔だ。

「隆生……?」

瞬間、ざわっと胸が震える。

その笑みがうれしくて――同時に、苦しくて。

どんな顔をしたらいいのかもわからず、左季はとっさに目をそらせてしまう。

「なんだよ？　おまえは会えてうれしくない？」

少しばかり拗ねたような口調で聞かれ、左季はさりげなく目の前のストラップを封筒にもどして片付けながら、強いて淡々と返した。

「そんなことはない。ただ契約は一年だから……、またすぐ向こうにもどるけどな」

「淋しいな」

ポツリと言った男の声が耳に届く。

それに左季は、顔も見ないままに、いくぶん皮肉な調子で言った。

「仕事にかこつけて、サボれなくなるからだろ？」

「バレたか」

それに乗るように、隆生が低く笑う。

そんな軽いやりとりに、左季は少しホッとした。

このくらいでいい。自分たちの関係は。

単に昔馴染みというだけの、刑事と法医学者の関係だ。

過去を思い出す必要はない――。

と、ポケットに携帯をしまいながら江ノ木が部屋にもどってきた。

失礼しました、と軽く頭を下げた表情が、さっきまでとは打って変わってずいぶんと険しい。

「どうした?」

さすがに気づいて、隆生が声をかける。何か察したのか、少し緊張がにじんでいる。

「女性の刺殺体が見つかったそうです。直接、そっちへ向かってほしいと」

江ノ木が少し口ごもってから、まっすぐに顔を上げて言った。

「どこだ?」

反射的にソファから立ち上がり、血まみれの自分のシャツにあらためて気づいたようで、小さく舌打ちする。

実際、その格好で現場をうろうろすると、誰が被害者かわからない。

「病院のコンビニで着替えのシャツは売ってるよ」

その忠告に、了解、と言う代わりに隆生が片手を上げた。

「遺体発見現場はここからだと……車で十分くらいですかね。近いですよ。公園内の植え込みの中で…、犬の散歩中だった小学生が見つけたみたいなんですよ」

言いにくそうに続けた江ノ木に、隆生もわずかに顔をしかめる。

「小学生か……」

その子にはかなりのトラウマになるだろう。

刺殺体ならば、普通に考えれば事件性があり司法解剖になる。監察医務院ではなく法医学教室に依頼がくるだろうし、現場が近ければ遺体はここに運ばれてくる公算が大きい。なんなら、左季が一緒に検視に同行してもいいくらいだ。

「びっくりして近くにいた大人に伝えて、その人が一一〇番したようで」

江ノ木が経緯を説明する。

「身元はわかっているのか？　家族に連絡は？」

解けていたネクタイを緩く結び直しながら、過不足なく隆生が聞き返す。

「あ、はい。保険証を携帯していたみたいで。顔写真がないから、一応、まだ確認中みたいですけど」

慎重に答えながら、江ノ木が小さなメモ帳を開いた。

今時の若者なら携帯のメモアプリとかを使いそうだが、意外とアナログだ。警察でそういう指導でもあるのだろうか。

「ええと、若林……久美、という女性のようですね」

視線をメモに落としたまま、淡々と江ノ木が報告する。

横で隆生がわずかに息を呑んだ。

左季の中でも、瞬間、何かが止まった気がした。一気にまわりの空気が変わる。

「え……？」

知らず、左季の口からかすれた声がこぼれ落ちた――。

# 4

ふいに研究室のドアがせわしなくノックされた。

左季(さき)にしてもいまだ内心では動揺が収まりきっていない状態で、そのけたたましい響きに思わずビクッと肩が震える。

はい、とようやく返事をするかしないかの勢いでドアが開き、白衣の男がひどく焦った様子で飛びこんできた。

「左季ちゃん……！　あ、左季先生」

とっさに声を上げ、あわてて思い出したように言い直した。

津田美統(つだみのり)——という、桐叡(とうえい)病院での臨床研修を終えて、半月ほど前に左季のいる法医学教室に助手として入ってきたばかりの若い男だ。

部屋の中では、ちょうど左季が解剖に先立って江ノ木(えのき)に話を聞いていたところで、ようやく客の存在に気づいてあわてたように、すみません、と美統がぺこっと頭を下げた。

左季よりも三つ年下の二十七歳。明るく、人当たりもよく、小柄でアイドル系の顔立ちは、医師というよりはまだ医大生のように見える。

実際、この桐叡医大に在籍していた美統は、教授陣にも、後輩の学生たちにも顔が広く、いまだに職場の同僚にも学生にも馴染めているとは言いがたい左季にとっては、間に入って潤滑剤のような役割も果たしてくれていた。

いつもたいてい明るく元気のいい美統だが、今日はめずらしく動揺した表情だ。こんなふうにいきなり飛びこんでくることもめずらしい。

客にかまわず、気が急くように左季に尋ねてくる。

「あの…、さっき搬送されてきたご遺体ですけど……」

しかしそれだけ言って口ごもった。手に持っているバインダーに挟まれた書類は、どうやらその遺体の身元などが記された資料らしい。

すがるように上がった眼差しに、ああ…、とため息とともに左季はうなずいた。

胸が痛かったが、それでもこれから解剖をおこなう監察医の立場として、左季は強いて平静に答えた。

「池内さんみたいだね」

「まさか…、ほんとに？　久美ちゃん？」

呆然としたように美統が見つめてくる。

左季や隆生と同様に、美統も子供の頃の遊び仲間の一人だった。美統だけ三つ年下だったが、いつも左季たちを追いかけるようにしてついてまわっていたものだ。

とりわけ左季にはよく懐いていて、もしかすると法医学者を目指しているのも自分の影響だろうか、とも思う。

……正直、それが美統にとっていいことかどうかはわからないが。

美統とは、一、二度ほど、国内外の学会で顔を合わせたことがあった。左季の論文などにも目を通してくれているようで、数年前にメールをもらってから、少しだけ交流がもどっていたのだ。

左季としては、自分の過去につながる人間との接触は無意識にも避けたい気持ちがあったのだが、同じ研究分野にいる以上、無視することはできなかった。

もっともその時はまだ、美統も法医学者に道を定めていたわけではなかっただろうし、いろいろと自分の適性を探っていた時期だったのだろうと思う。法医学の学会に顔を出していたのもその一環で、もともと美統の興味の範囲は広かった。むしろ美統なら、基礎研究の方へ行くのかと思っていたのだ。

「……え？　美統？」

と、その時、開きっぱなしだったドアから、隆生がミネラルウォーターのペットボトルを片手に部屋へ入ってきた。

目の前に立っていた美統の姿に、予想外だったのだろう、驚きで一瞬、立ち尽くす。

「えっ？　あ…、もしかして、……隆生？　どうして？」

振り返った美統が、同様に驚いたように大きく目を見開いた。

そういえば、ここでこの二人が顔を合わせたのは初めてだっただろうか。

十四年分、確かに成長した二人の姿の後ろに、幼い頃の二人の姿が見えるようで、左季は一瞬、めまいを覚える。

わずかに身震いして、無意識に首を振った。そしてなんとか腹に力をこめる。

「美統も法医学者を目指してて、この春からここに勤めてるんだよ」

左季は短く隆生に言うと、美統に向かって説明した。

「隆生は今、警視庁の刑事で、時々ここに来てるんだよ。司法解剖の結果を聞きにとか」

少しばかり言い訳めいた口調になってしまう。

どちらにも告げていなかったのは、単にタイミングを逸していただけでもあるが、……やはりなんとなく、避けてしまっていたのかもしれない。

二人が、そして左季が顔を合わせてしまうと、どうしても昔の話になってしまいそうで。

楽しいだけではない、昔の思い出話に。

「刑事？　隆生が？　ほんとに？」

わずかにのけぞった美統に、ようやく気を取り直したように表情を緩め、おう、と隆生が軽く手を上げる。

「え…、十四年ぶり？　左季ちゃんがアメリカに行って以来だよね。こんなとこで会えるなんて思ってなかった」

「俺もだよ。マジで驚いた。ひさしぶりだな」

唇の端に小さな笑みを浮かべ、ゆっくりと近づいた隆生が軽く殴るように突き出した拳(こぶし)に、美統も同じく拳で返してグータッチを交わす。

昔みたいに、だ。昔の、身体に馴染んだ動きだったのかもしれない。

それでも十四年ぶりともなると、さすがにおたがい見違えるくらいには成長しているはずで、聞きたいことも多いだろう。

「へえ…、なんか隆生、変わったね。昔より男っぽくなったのかな。ガタイもよくなったし」

まじまじと隆生を見上げてつぶやいた美統に、江ノ木が横から口を挟む。

「昔の先輩って、どんなだったんですか？　──あ、いきなりすみません」

変わり者の先輩の知られざる交友関係には、やはり興味があるのだろう。

ちょっと恐縮したように頭を下げた江ノ木に、左季は簡単に紹介した。

「江ノ木くん、隆生の同僚の刑事さんだよ。……彼は、助手の津田美統くん」

この先も仕事上、何かとおたがいに顔を合わせることになるはずだ。……多分、左季がアメリカに帰ったあとも。親しくなっておくのは悪いことではない。

「あっ、よろしくお願いします」

美統があわてて向き直ってぺこりと頭を下げ、江ノ木の方も、どうも、と一礼する。

「もしかして、三人とも、昔からのお友達だったんですか?」

そして首をかしげて確認した江ノ木に、美統がうなずいた。

「ええ。僕だけちょっと年下ですけど。……そうか。隆生、一人前に後輩とかいるんだ」

感心したようにつぶやいた美統に、悪いかよ、と隆生が肩をすくめた。手にしていたペットボトルのキャップをパキッと開けて、あおるように水を飲む。

「昔の隆生はダサダサでしたよ。髪も適当だったし、服はたいていジャージだったし。……っていうか、今も刑事にはぜんぜん見えないけど。なんか、売れてないラッパーみたい?」

そんな美統の言葉に、江ノ木がにやにやと笑った。

「やっぱりそうですよねえ…」

やはりみんな同じような感想で、左季もちょっと笑ってしまう。

「うっせぇな。つーか、おまえ、俺のことは相変わらず呼び捨てかよ」

遠慮なくズケズケと口にする美統に、隆生が憮然とうなってにらみつけた。

そういえば昔から、美統は隆生のことだけ、呼び捨てにしていた。幼い頃だったから、くん、とか、ちゃん、をつけると呼びづらかったのかもしれないが。

左季のことはずっと「左季ちゃん」と呼んでいたから、今でもたまに、特に二人だけの時なら、勢いでそんな呼び方が出てしまうようだ。

ただ左季としては、そう呼ばれるたび時間が過去に巻きもどるようで、少し息苦しい。決して、美統に悪気があるわけではないのだろうけど。

「にしても、日本にいたのにぜんぜん会わなかったよな。オヤジさんは時々、テレビで見かけるけど」

不服そうではあったが、それでもあらためて、隆生が美統の顔を眺めて言った。

美統の父親である津田は、高名な弁護士だった。民事が専門なので、基本的に隆生と対立することはないだろう。

コメンテーターとしてテレビに出演しているところは、左季も一、二度見かけたことがあった。物腰が柔らかく、しかし舌鋒（ぜっぽう）は鋭く、ダンディな大人の魅力のある人だ。

「あ、津田弁護士。お父さんなんですねぇ…」

江ノ木が、へぇ、とうなずく。

「おまえは監察医になるのか？　オヤジさんの跡を継がずに？」

わずかに目をすがめるようにして、隆生が尋ねている。

「そのつもり」

それに美統がまっすぐに返した。

「美統は優秀だよ」

二人を眺めながら、左季は横から言い添えた。

自分が日本にいるうちに、美統にはできるだけ多くのことを伝えておきたいと思う。そういう意味では、美統と再会できたことは悪くないのだろう。

それにしても……、左季が日本を離れたあと、この二人は一度も会わなかったのだろうか？

ふと、そんな疑問が頭をよぎった。

あれだけ毎日のように顔を合わせていたのに。

年が三つ違っているから、中学、高校で重なることはない。それに美統は、私立の名門校へ進学していたと思う。

接点はただ、左季だった。左季の実家だ。

その拠点がなくなったあと、彼らがどうなったのか……左季には知りようがなかったし、あえて知ろうともしなかった。

みんな、大きく道が変わったのかもしれない。

どれだけの人の未来を変えてしまったのだろう、と今さらに思う。

「あー、昔から頭、よかったもんなぁ……」

腕を組んでうなった隆生に、ちょっと照れたように美統が肩を揺らす。

「医大には入ったんだけど、専門、どうしようかなって考えてた時、左季ちゃん…、先生の名前を論文で見つけたんだよ。アメリカで法医学者って…、びっくりしたけど。飛び級、したんだよね？　若いうちからしっかり実績も作ってて…、やっぱり左季ちゃんだなって。僕もやってみたいって思ったんだ。日本だとまだ研究者が少ない分野だしね。やりがいはあるよ」

声を弾ませた美統に、やはり自分の影響があったのか…、と思うと、左季は胸の奥がズキリと痛んだ。

自分が法医学の方に進んだのは、単に臨床医を断念するしかなかったからだ。いや、そもそも医師を目指したこと自体が間違っていたのかもしれないが。

だが美統くらい優秀ならば、普通に臨床医になった方がよかったと思う。社会への貢献も、社会的な立場も、収入にしてもだ。自分の背中を追う必要などない。

「あー…、まぁ美統は昔から、なにかっちゃー左季のあとを追っかけてたもんなぁ」

しみじみと隆生がつぶやく。

「でも僕、白衣着てても医者には見られないんだよ。貫禄、なさ過ぎて」

「それはわかる」

「隆生？　そこ、納得するとこじゃないよ？」

あっさりと言った隆生を、美統がふくれっ面でにらんだ。

が、まあ、昔と変わらずじゃれ合っている感じだ。

幼い頃も、美統が左季に懐いていた分、隆生とはケンカ友達のような雰囲気だった。もっとも年が違っていたので、まともなケンカにはならなかっただろう。隆生が適当に相手をしていた、というところだ。

「にしても、左季と同じ職場とか…、すごい偶然だな。──って、偶然なのか？」

ちょっと左季と美統を見比べるようにして、隆生が首をかしげる。

「僕は桐叡医大を出て、医大病院で研修してたから、そのままここに来た感じかな。でも、先生がこの大学に来たのは偶然じゃないのかも」

美統が、少し意味ありげな笑みを浮かべてみせる。

「そうなのか？」

左季自身は単なる偶然かと思っていたので、思わず聞き返してしまった。

「ほら、ここの法医学教室ってああいう事件があったから……、あわてて後任者を捜してたんだけど、なかなかこれという人が見つからなかったみたいで。前任の教授の教え子とか…、うかつに親しかったりするとまずいしね」

「ああ、前任者の不祥事な」

ちょっと声を潜めるようにして言った美統の言葉に、隆生が渋い顔でうなずいた。

ありましたねぇ…、と横で江ノ木もうなる。

左季ももちろん、その話は伝え聞いていたが、目の当たりにした美統や、隆生の立場でも鑑定を依頼した当事者と言えないこともないわけで、左季よりもさらに鮮明な記憶なのだろう。

「あの騒ぎの時、僕は大学病院で研修中だったんだけど、上のお偉い教授たちがあれこれツテを捜してるみたいだったから、世間話みたいに直属の先生に左季ちゃんの名前を出したんだよね。アメリカで活躍してる日本人の法医学者がいますよ、って。もうバンバン論文とかも出してる有名な先生だから、引き抜けませんか、って」

ちょっと自慢そうに美統が言う。

「美統の推薦だったのか……」

初めて知った事実に、左季は思わずつぶやいた。

それがわかっていたら、受けなかったかもしれない。……いや、美統には申し訳ないが。

「別に推薦ってほどじゃないよ。研修医の意見がそのまま通るわけないし。ただもしかしたら、それがめぐりめぐって上の方まで名前が伝わったのかも、ってくらいかな」

ちょっとあわてたように言って、美統が手をパタパタと振る。そして大きな笑みを作った。

「でもほんとに来てくれたからうれしかったよ。向こうで実績もあるし、断られるかも、って思ってたから」

「じゃあ、左季が日本にもどってきたのは美統のおかげか。感謝しないとなぁ」

にやりと笑った隆生がいかにもな調子で言うと、手を伸ばして美統の頭をガシガシと手荒に撫でた。

「うん。いい仕事したな」

「もうっ」

昔みたいな子供扱いにか、その手を邪険に払うと、美統が少し顎を突き出すように膨(ふく)れてみせる。が、すぐに意味ありげな眼差しで隆生を見上げた。

「そうだよ。感謝してよね。もしかして十四年ぶりになるの？　会わせてあげたんだから。左季先生、美人になったよね」

恩着せがましく言った美統に、隆生が真顔でさらりと答える。

「いや、左季は昔から美人だったぞ？　色気は増したけど」

「うわ」

と、美統が大きく目を見開いてみせる。

「手ぇ出すなよ？」

じろっといかにもな様子で美統を横目でにらんだ隆生に、江ノ木がいくぶんオーバー気味にのけぞった。

「ちょっ…、先輩、大胆すねっ」

「えー。別に左季先生は隆生のものじゃないでしょ」

「いや、俺と事件現場で運命の再会を果たしたんだし、普通に俺に優先権があるだろ」

平然と言い切った隆生に、「普通ってなに？」と美統がぼそっとつぶやく。そしてあからさまに大きなため息をついてみせた。

「やっぱり変わったよね、隆生。昔はすごい口下手で、無骨っていうか、純朴な雰囲気だったのに。そんな台詞(せりふ)をさらっと言えるくらい大人になったんだ。すごい遊んでそう」

「バーカ、遊んでないわ。警察官だぞ」

ふん、と鼻を鳴らし、隆生が肩をすくめる。

「ほら、先生も白い目で見てるよ?」

そんな美統の言葉と同時に二人の視線がそろってこちらに向けられ、左季は思わず瞬(まばた)きした。

そんな意識はなかったが、……まあ確かに、ちょっと驚いた。照れる、というよりは、意外性の方が大きい。もちろん、単なる戯(ざ)れ言(ごと)だとはわかっていたが。

「なんでだよ。褒めてんだろ?」

納得できないように、隆生がむっつりと見つめてきた。

「おまえ、昔はもっと硬派だった気がしたけど。人格、変わったな」

思わず左季もまともに返してしまう。

確かに、冗談でもそんな台詞が出るような男ではなかった。

「ちょっと世慣れただけだろ。大人になったんだって」

「汚れた大人になったんだね」

流すように言った隆生に、美統が憎まれ口をたたき、軽く頭をはたかれている。

そんな、十四年ぶりの再会にもかかわらず、ずっと息が合っているように馴染んだ二人のやりとりに、左季は少しとまどってしまった。

……いや、もちろんいいことなのだ。左季の存在とは関係なく、彼らに普通の友人づきあいができるのなら、それに越したことはない。

そう、多分、自分がいなければ、かつての仲間たちも、何のしがらみもなく打ち解けられるはずだから。

左季としてはただ、彼らに気を遣わせないように一年を過ごせればいい。

「あのー…、すみません。じゃあ、死んだ若林久美さんも、先生たちのお仲間だったたってことですよね？」

おずおずと思い出したように口を挟んだ江ノ木に、ハッと一瞬、空気が凍りついた。

そうだ。池内のために、こうして集まっているのだ。

「……懐かしがってる場合じゃなかったね」

美統がそっと息をつく。

「でも、久美ちゃんがどうして？」

顔を上げて尋ねた美統に、隆生が少し目をすがめて聞き返す。

「おまえ、池内のこと、よくわかったな。名前、違ってただろ？」

「久美ちゃんとは年賀状のやりとりだけしてたから。だから結婚して、若林に名前が変わってたのも知ってたし。ずっと会ってなかったんだけど」

「年賀状か……。マメだな」

「僕が、っていうより、久美ちゃんがちゃんとしてるんだよ。……してたんだよね」

沈痛な表情で言って、美統がわずかに目を伏せる。そして左季に向き直った。

「ほんとに久美ちゃんなの？　同姓同名とかじゃなくて？」

「間違いない」

一瞬、口ごもった左季に代わって、隆生がきっぱりと答える。

そう…、と美統が肩で大きく息をつく。そしてまっすぐに左季を見て尋ねた。

「解剖、僕も立ち会っていいですか？」

「……大丈夫か？」

思わず左季は聞き返した。

左季自身は、知り合いの解剖は初めてではない。池内――若林久美にしても、すでに十四年間も会っていない。冷静に仕事ができないほど親しい関係ではなかった。

だがひどく胸騒ぎがするような……、落ち着かない気持ちだった。

そう。隆生とちょうど彼女について話したばかりで――しかも十四年ぶりに口にした名前だったのだ。

それが今日、遺体で見つかった。タイミングが合いすぎた。

美統にとっては、年賀状のやりとりがあったのなら、左季よりも遥かに身近に感じるだろう。

しかし美統は、うん、とかすかに微笑むようにして、しっかりと答えた。

「最期の顔、しっかり見ておきたいから」

強いな…、と左季は感心する。自分よりもずっと、死者に寄り添っているのかもしれない。

遺骨も遺体も、左季にとっては幼い頃からあまりに身近すぎて、すでに魂の抜けた入れ物、という感覚の方が大きいように思う。

ただ目の当たりにする遺族の悲しみが、慟哭が、少しでも和らぐように、丁寧に最後の調査をする。それだけだ。

いくぶん決然とした様子で、美統が隆生に向き直った。

「犯人はもうわかってるの？」

「いや、まだだ。他殺に間違いないだろうが、怨恨か……、財布が空だったから物取りの可能性もあるしな」

隆生が静かに答えた。

「怨恨て……、そんな」

美統が目を見開いてつぶやく。

とはいえ、美統にしても最近の池内の交友関係などは知らないだろう。

「おまえにあのストラップを送ってきたのは……、何か意味があるのか？」

目をすがめ、隆生がなかば独り言のようにつぶやいた。

聞かれても左季には答えようがない。

「わからないな。たまたまかもしれないが」

正直、このタイミングでたまたまと考えるのは難しいが、かといって、意味を見つけるのも難しい。

「何か身の危険を感じていて、おまえに助けを求めたとか？」

「だったら、むしろおまえに送るべきだろう」

首をひねるようにして言った隆生に、左季はまともに返す。

その状況なら、ただの法医学者である自分より、刑事の隆生の方が遥かに頼りになる。そうでなくともしばらく日本にいなかった自分には、池内の現状もわからない。……まあそれは、日本にいた隆生も同様のようだが。

そもそもあのストラップだけ送られても、意味がわからない。

「だな……」

隆生が頭を掻いてため息をもらす。

正直なところ、左季にはとまどいの方が大きかった。

「あの、ストラップって何ですか？」

きょとんとした顔で、江ノ木が尋ねてきた。

どうやら、隆生からはまだ説明していなかったらしい。

「池内…、被害者から昨日、送られてきたんだよ」

言いながら、左季はデスクの引き出しから封筒を取り出した。

ええっ？　と江ノ木が叫ぶような声を上げ、美統も大きく目を見開いた。

「え…、久美ちゃんから？」

「そう。……これ、覚えてる？」

左季は封筒から取り出したストラップを美統に手渡した。

江ノ木が横から身を乗り出してそれをのぞきこんでいる。

「和太鼓、ですか？」

額に皺を寄せ、目をすがめて小さなストラップを眺め、江ノ木がつぶやいた。

「あ、左季ちゃんのお母さんが作ってくれたヤツだね。僕もまだ持ってるよ。みんな自分がやってたのを作ってくれたから…、隆生のは長胴（ながどう）だっけ？　僕のは久美ちゃんと同じやつなんだよね。締太鼓」

手の中で懐かしそうに転がしていた美統が、ふっと不思議そうに顔を上げる。

「これを左季ちゃんに送ってきたの？　どうして？」

やはり美統にも心当たりはなさそうだ。

「それがわからない」

左季は淡々と答えた。

「もしかして……、左季ちゃんに何か知らせたかったのかな？」

「何かって？」

ふと口にした美統に、隆生がいくぶん鋭く聞き返す。

「わからないけど。何か昔のことで思い出したことがあったとか？　……左季ちゃんのご両親のこととか」

いくぶん口ごもるようにして言ったその言葉に、左季は思わず息を詰めた。

「あの火事のことで？」

隆生の声にもいくぶん緊張がにじむ。

「やっぱり何かおかしかったから……、あの火事」

美統が考えこむようにつぶやいた。

実際、そう考えるのが普通なのだろう。

あの当時は混乱していたが、振り返って落ち着いて考えると、その異常性には誰もが気づくはずだった。あの場にいた美統や隆生なら、なおさらだろう。

「まさか、おまえの両親の事故に池内が何か関わっていたのか？」

振り返って、隆生が左季を見つめてくる。

「それはない」

ほとんど反射的に、左季はぴしゃりと答えた。

いくぶん強すぎるくらいの否定に、ふっと怪訝そうに隆生の視線が上がる。

「あれは事故だよ」

思わずその視線から逃れるように顔を背けて、左季は言い訳のように続けた。

「まあ……、そうだな」

隆生が静かにうなずく。だが本当に納得しているのかどうかはわからない。

単に左季の気持ちを考えて、そう言っただけなのだろう。

恐怖と罪悪感に心臓が押し潰されそうだった。

「……そういえば、隆生」

と、ふと思い出したように美統が口を開く。

「お兄さんって……、まだ見つからないの？　失踪したまま？」

いくぶん言いづらそうにそっと尋ねた美統に、左季は思わず息を吞んだ。

ドン！　と重い衝撃が心臓を直撃したように、胸が苦しくなる。

……だから、ダメなのだ。

そう叫びたくなった。

昔の友人と顔を合わせると、どうしてもあの頃の話題が出てしまう。

そう、左季の両親が亡くなった十四年前の、その少し前に隆生の兄が失踪していたのだ。

どうしても記憶はそこにつながってしまう。

「ああ。連絡はないな」

感情のない声で、隆生が答えている。

あっ、とようやく左季は気がついた。

「もしかして、おまえが刑事になったのはお兄さんを捜すためなのか？」

「まさか」

思わず尋ねた左季に、しかしハッ、と短く息を吐き出すようにして、隆生が冷笑した。

「兄貴は失踪というより、単なる家出だよ。ろくな兄貴じゃなかったのはおまえも知ってるだろ？　わざわざ居場所を捜そうとは思わないさ」

隆生らしくもなく、冷たく言い放つ。

確かに、隆生とは五つくらいも年が離れた兄は素行が悪かった。すでに二十歳を過ぎていたから社会的にも十分に大人で、急に連絡がとれなくなったとはいえ、心配している人間は少なかったかもしれない。家族でさえ。もともとよく遊び歩いていて、いなくなることも多かったのだ。

「勝手気ままに生きてんだろ、兄貴は」

投げ出すように言った隆生に、左季は思わず目を閉じた。

「でも兄弟だから……」

ポツリと美統が小さくつぶやく。

そうだ。何があったのか、隆生には知る権利がある――。

左季は無意識にグッと奥歯を嚙みしめた。

「兄貴のことはどうでもいいさ。いい大人だ。俺が心配するようなことじゃない。……美統、それ」

促され、隆生が差し出した手に美統がストラップをのせる。隆生は受けとったストラップをそのまま左季にまわしてきた。

「死ぬ前に送ってきたんなら、おまえに持っててほしかったんだろ」

「自分が殺されることを予想していたということなのか？」

左季は思わず隆生を見つめる。

「それはわからない」

それに隆生があっさりと答え、左季の手のひらにストラップを落とした。

「何かを感じてたのかもしれないし、単におまえとつながりたかったのかもしれない」

犯人がわかれば、その理由もわかるのだろうか——？

小さくため息をついて、左季はストラップを封筒にもどす。

「おまえも立ち会うか？」

それをデスクの引き出しに入れ直しながら、左季はあえて淡々と尋ねた。

幼友達の解剖に、だ。

「ああ」

隆生がうなずく。

「じゃ、行こうか。美統」

そっと息を吸いこんで顔を上げ、左季は静かに言った。

「はい、先生」

美統が職場モードの口調でしっかりと返事をする。

「江ノ木くんも立ち会ってみる？」

ポールハンガーの白衣に手を伸ばしながら、左季はさらりと声をかけた。

「え、マジですか？」

うわ、という顔で、江ノ木がわずかに天を仰ぐ。

「そうだな。いい機会だ」

隆生が小さく笑って、ポン、と後輩の肩をたたく。

「あの、ホントに？　先輩は嫌がらせで言ってそうですけど？」

ちらっとうかがうように左季を見た江ノ木に、左季は静かにうなずいた。

「刑事を続けるなら、一度は体験した方がいいと思うよ」

やはり知識や経験の深さは力になる。耳で聞くだけなのと、実際に自分の目で見るのでは、理解度にも違いが出る。

「そうかぁ…。まあ、ですよねえ…」

渋い顔でうなった江ノ木だったが、思い出したように声を上げた。

「あー、いやでも、今回は幼馴染みの三人だけで見送ってあげるのもいいかなー…、とか、思わないでもないですけど」

何気ない、悪気もないそんな言葉に、ふいにドクッと左季の心臓が大きく鳴った。

ようやくそのことに気づいたのだ。

「ほんと、すごい偶然ですよね。こんなところで幼馴染みの三人…、被害者を入れて四人が集まるなんて。……あ、すみません。解剖室なんて集まる場所じゃないか」

……偶然？　本当に？

耳の中に、さらに激しく、大きく、心臓が鼓動を刻み始める。

そうだ。隆生と美統と自分と、そして、殺された池内と。

あの頃の遊び仲間が四人もそろってしまったことに、なぜか……どうしようもなく、不安がかき立てられる。

別に、今度のことが両親の死と何か関わりがあるわけでもないのに。

何の関係もないことは、左季にとっては、はっきりとした事実だった。

すべての秘密は、両親の死とともに燃え尽きた。

結局はただの偶然——あるいは、成り行きに過ぎないのだ。

自分と美統が監察医になったことも、隆生が刑事になったことも。そして池内が被害者になったことも。

単なる偶然で、それ以上の意味などない。

——なのに。

背中にべっとりと、不吉な、黒い影が迫ってくるような恐怖が拭えなかった。

一気に体温が下がったようで、左季は知らず身震いする。

必死に逃げてきた過去が、突然、牙を剝いて襲いかかってきたような気がした——。

# 5

「中に入れば?」

この日初めて、左季はそんな言葉で隆生に声をかけた。

五つか六つ。まだ小学校へ入る前だ。

隆生は一人で、つまらなそうに寺の鐘堂の石段にすわりこんで小石を投げていた。

それまでも寺の大きな門の前で一人でうろうろしていたのを何度か見かけていて、でも左季と目が合うと、隆生はちょっとにらむようにしてすぐに逃げ出していた。

感じ悪いやつ、と思っていたのだが、幼いながらにも、寺の子供としての義務感だったのかもしれない。人にはきちんと挨拶をしなさい、困っている人がいたら親切にしなさい、というのは、両親のふだんからの教えでもあった。

左季の父親は、東京近郊の小さな町で寺の住職をしていた。

何人もの僧侶が在籍しているような大きな寺院ではなく、基本的には父の仕事を母が手伝い、たまに大きな法要や儀式などがあれば、母方の親戚や檀家さんが応援にきてくれるというくらいだ。

だがそこそこ由緒ある寺で、裏には所有する小さな山と墓地もあり、本堂の他に一家が暮らす庫裏(くり)や駐車場もあって、敷地はかなり広かった。

もともとは母の実家で、父は寺の跡継ぎとして母と結婚し、婿(むこ)に入った形になる。が、左季が物心ついた時には祖父母はすでに他界していて、実質的に父がすべてを仕切っていたようだった。

やり手、という言い方が僧侶に対して適切かはわからないが、早くから永代供養の大きな納骨堂を建てたり、樹木葬のエリアを整備したりと、先を見据(みす)えた運営をしていた。敷地内の使っていない建物を改装して地域の文化講座とか講習会とか、アーティストの卵たちのミニコンサートなどにも貸し出していて、「坊主丸儲(まるもう)け」と後ろ指を指されそうだが、比較的裕福な家庭だったのだろう。実際、生活に不自由をした記憶はない。

そんな田舎では、父は地域の有力者であり、ある意味、特別な環境だったから、左季も同級生たちからは一目置かれる存在だったように思う。

一人っ子だったが、特にしつけが厳しかった、ということもなかった。寺の跡を継ぐことを求められたことはなく、好きなことをやらせてくれていた。

母の方がむしろ教育熱心で、水泳とか英会話とかピアノとか書道とか、小さい頃からいくつも習い事をしていた。

父とは——正直なところ、あまり左季の生活の中で接点はなかったかもしれない。

葬儀や法要、宗派の集まりや他の寺への手伝いだとかの出張も多かったし、地域活動にも精力を注いでいた。そうでなくとも朝晩の勤めはきちんと果たしていて、家族と過ごす時間は少なかった。毎日のように聞こえていた父の低い読経の声は、今も耳に残っている。

どんなに時間がない中でも朝晩の勤めを怠らない父を、幼いながらに左季も尊敬していた。だが遊んでもらった記憶はほとんどなく、子育てに熱心だったとは言えないだろう。決して暴力的なわけではなかったし、父親として、住職として、それなりに生活上の指導や指示はあったが、しかしあまり左季に関心がないようにも思えた。

正直、少し距離を感じてもいた。

それでも多くの人たちに尊敬されている偉い存在なのだ、ということは、左季も理解していて、その分、父親とはいえ、左季の方に少し緊張感があったからだろうか。

父の子として恥ずかしくない生活をしなければならない、と思っていた。それだけに勉強もがんばっていたし、成績はかなりよかった。たまに褒めてもらえた時は、とてもうれしかったのを覚えている。

父からすれば、仕事がいそがしかったせいかもしれないし、地域の奉仕活動にはかなり熱心だったから、左季のことは自分の子というより、面倒を見るべき多くの子の中の一人、という感覚だったのかもしれない。みんな仏様の子供、ということだ。

境内が近くの幼稚園の散歩コースになっていたり、親の共働きなどで、放課後、行く場所のない子どもたちを寺で預かったりと学童保育のような活動もしていて、寺は地域の中心であり、多くの保護者や学校にとっても信頼できる、日常生活の中で欠かせない存在だったと思う。

だから、寺にはいつも多くの子供たちが集まっていた。

広い境内やお堂の中は子供たちの格好の遊び場で、たまにはみんなで大掃除の手伝いなどもして。墓地で肝試しをして。もちろん、危険だから、と立ち入りが制限されている場所も多かったけれど。

いそがしい父の唯一の趣味が陶芸だったようで、敷地の隅に小さな陶芸小屋を建てるくらい本格的にやっていたから、そこへ近づくと怒られることもあった。置いてある作品や材料にいたずらされても困るし、火を使う陶芸窯も入れていたので危ないということだろう。

あるいは、勝手に裏山に入ったりすると、ひどく叱られもした。以前に迷いこんで、迷子になった子供もいたようだ。

それでも十分に、幼い子供たちにはかくれんぼができる広い遊び場所で、母もよくおやつを用意していたから、休みの日でも近くの子供たちは自然と集まっていた。境内の中だけでなく、寺務所の広間も子供たちがいつ来てもいいように開放されていたのだ。

が、その子——隆生は、これまで中へ入ってきたことがなかった。

たいていは誰かが新しい友達を連れてくるとか、最初は親が連れてくることが多いのだが、隆生はそれもない。

左季も顔を見かけたことがあるという程度で、この時は名前も知らなかった。

突然声をかけた左季に、隆生が驚いたようにビクッと振り返った。

「なんで入らないの？　みんな、中で遊んでるのに」

今日もいつものように、何人もの子供たちが寺務所に集まっていた。左季にとっては普通のことだ。

隆生はとっさに立ち上がったが、いつもみたいに逃げ出すタイミングを失ったらしい。

ふいと視線をそらせて、無愛想に吐き出した。

「……みんな嫌がるだろ」

「どうして？」

首をかしげた左季に、隆生がぎゅっと唇を引き結ぶようにして答えた。

「俺んちが貧乏だから」

そうなのか、と、この時、左季は思っただけだった。その言葉の意味を、正しく理解してはいなかったのだろう。世の中にはそういう家がある、というくらいで、単によく読む絵本とか童話の中に出てくるだけの単語でしかなかった。

「オヤジも嫌われてるし」

そしてぼそっと小さく、隆生は付け足した。

隆生の父親はギャンブル好きで定職にも就かず、まともに家に金を入れていなかったようだ。酔っ払ってはまわりの人間にからんだり、借金したりしていたようで、誰からも相手にされない状態だった。年の離れた隆生の兄も学校では問題児で、中学にならないうちから悪い仲間とつるんでいたらしく、家に帰ってこないこともよくあったらしい。夜の店で働いていた母親もまともな近所づきあいはなく、地域の中でも孤立した家庭だということを、左季も中学になった頃からようやく理解し始めた。

それでもこの時は、左季もまだ純粋だった。……いや、傲慢（ごうまん）だった、というべきだろう。自分が正しい人間だと信じて疑ってもいなかった。

正しくありたいと思っていたし、貧乏だったらなおさら自分が助けてやらないと、と思った。

「仏様のところには誰が来てもいいんだよ」

躊躇（ちゅうちょ）する隆生に、左季は父の受け売りの言葉を投げた。

「お母さんの作るおやつ、おいしいよ？　誰でも食べにきていいんだよ」

もしかすると本当にお腹が空（す）いていて、やはりおやつに釣られたのかもしれない。

おいでよ、と隆生の手を引っ張った左季に、隆生はいかにも気乗りしない様子でだらだらとついてきた。

だが一緒に寺務所の、いつも子供たちが遊んでいる広間へ入ると、とたんに空気がざわついたのがわかった。

「えー、なんであいつが来てんだよ……」

「乱暴者なんだろ？」

「お母さんが遊んじゃダメだって言ってたぞ」

うさんくさそうにこちらを眺め、ボソボソと言い合う子供たちの声に、左季は一瞬、たじろいだ。こんなふうに子供たちの中で自分が――自分のしたことが否定されたことは、それまで一度もなかったし、ひどく理不尽で腹立たしかった。

「言っただろっ」

そんな空気を敏感に感じたのだろう。

投げ出すように言って、隆生が左季の手を邪険に振り払った。

「僕が連れてきたんだ！」

が、そのまま外へ出ようとした隆生の手をギュッとつかみ直し、左季は子供たちに向かって叫んだ。

「来ていいに決まってるだろっ！　嫌ならおまえらが出て行けばいいっ」

見せつけるみたいに強く隆生の手を握ったまま、左季は全員をにらみつけた。

そんないつにない左季の剣幕に、一瞬に子供たちが固まったのがわかった。

結局のところ、左季はこの寺の子供で、ここは左季の家だ。出ていけ、と言われたら何も言えなくなる。

……自分が偉いわけでもなんでもないのに。

何人か女の子がわっと泣き出し、その騒ぎに奥にいた左季の母親があわてて飛んできた。

「そうね、ここには誰が来てもいいのよ。みんな仏様の子供なんだから。ほら、左季、あなたもそんな大きな声を出さないの。びっくりするでしょう」

母親のなだめるような言葉で、子供たちも仕方なく隆生を受け入れることにしたようだ。

一人ついていた学童指導員の女性は地域の保護者の一人で、やはり隆生が交じることにためらいをみせていたが、それでも左季の言葉に反論はできないようだった。それが子供じみた建前であっても、だ。

隆生はもともと無愛想だったし、確かに協調性がなく、あまり他の子供たちとは馴染めなかったようだが、それでもちょこちょことやってきて、隅の方で本を読んだり、おやつを食べたりしていた。

隆生にとっては決して居心地のいい空間ではなかっただろうが、それでも他にいる場所がなかったのかもしれない。あるいは、家にいるよりもマシ、ということだったのか。

左季は寺の中で隆生の姿を見つけると、ちょっと満足な気持ちだった。

自分のおかげだ、と。自分が助けたのだ、と——本当に思い上がっていた。

だから隆生が相変わらず自分に対しても不機嫌で、まったく自分に感謝しないのがちょっと不服だったけれど、それでも隆生のことはなんとなく自分の責任のような気がして、左季は見かけると自分から隆生に声をかけるようにしていた。

習い事がない時には、自分の役割だった境内の掃除にも、よく隆生を手伝わせた。

「貧乏で食べ物がないから、ここにおやつを食いにきてるんだよ」

と、そんな陰口も聞いていたので、隆生を働かせることでその対価になればいい、という漠然とした気持ちもあった。

他の子供たちとも定期的に掃除はしていたが、なにしろ敷地が広い。飛んできたゴミを拾ったり、落ち葉を集めたりと、毎日の仕事が尽きることはない。

小学校へ上がって、二年生になってからも、それは習慣のように続いていた。

この日も、二人で本堂の裏あたりを掃除していた時だった。

ずっと奥にあった陶芸小屋のあたりに、家族だろう、中年の女性と制服の女の子、それに小学生くらいの男の子が立っているのを見かけて、隆生がふと立ち止まった。

子供たちがしゃくり上げるように泣いているのが、気になったようだ。

「あいつら、何やってるんだ?」

手を止めて不思議そうにつぶやいた隆生に、左季もそちらを眺めて答えた。

「……ああ、お葬式。火葬かな」

「あんなとこで?」

隆生が意外そうに聞き返してくる。

確かに普通なら、こんな寺の奥でやることではない。

「ペットのだよ。お葬式は本堂でやるのかもだけど」

もともと陶芸を趣味にしていた父は、ここ数年、頼まれることが増えたらしく、死んだペットの火葬も時々、おこなっているようだった。そのために陶芸用とは別の窯——火葬炉も小屋の中に用意したようだ。ペット専用に小さな墓地も造成していた。

葬儀はともかく、火葬などはあまり見ていて楽しい光景でもないので、いつもひっそりとおこなわれていたのだ。

へえ…、と隆生がつぶやいた。

「中で燃やしてるのに煙とか出ないんだな」

「わかんないけど。陶芸だと、窯の種類もいろいろあるみたいだから。電気のとか」

「そうか。ご住職、陶芸やってたんだな」

思い出したようにつぶやいて、隆生がちょっと皮肉めいた笑みを浮かべる。

「骨壺（こつつぼ）とかも作って売ってんのか？」

「ペット用のはたまに作ってるみたいだよ。別に売ってはないけど」

いくぶんムッとして、左季は言い返した。

とはいえ、そもそも寺に入る金は基本すべて「お布施」だ。お札やお守りと同じ。無償で提供したとしても金は入る。おそらく実際の価値以上の。

「普通に皿とか茶碗とかも焼いてるよ。みんなが使ってるのだってそうだろ」

少しばかりあわてて左季は言った。言い訳みたいだ、と自分でも思って、少し腹が立った。

隆生にも、自分にも、だ。

「坊さんなのに、ヘンな趣味だよな」

「ヘンじゃないよ、別に。陶芸も自分に向き合うためだってお父さん、言ってたし。ちゃんと向き合ってやらないと、形が崩れるんだって」

ムキになって言った左季に、隆生は、ふーん、とつぶやいた。

「お坊さんって、お堂で仏様と向き合うんだと思ってたよ」

「仏様と向き合ってから、自分と向き合うんじゃないの？」

自分でもよくわからなかったが、……それだけに、悔し紛れに、左季はそんなわかったふうなことを言った。

「野良犬とか、道端で野垂れ死ぬだけなのにな……。俺、見かけたことあるぜ？　車にはねられたのかもだけど、草むらで死んでたの」

箒を握り直していくぶん手荒く地面を掃きながら、隆生が低く言った。

「それは……、見つけたらここに連れてくれれば供養できるよ」

思わず声を上げた左季だったが、隆生は鼻で笑っただけだった。

本当に、自分は何も知らないバカな子供だった。

隆生は自分と重ねていたのかもしれない——と、ずっとあとになって、左季もようやく気づいたくらいだ。

道端に死体が捨てられるくらいの存在なのだ、と。

「おまえと俺とはぜんぜん違うもんな」

隆生は冷めた口調でそう言っただけだった。

なぜか、それがひどく悔しかった。

隆生と話すと、いちいちその言葉が胸に小さなトゲみたいに刺さって残る。なぜかいつも、自分が何の力もない、何も知らないバカな子供みたいに思えてくる。

だから本当は、隆生と話すのは——一緒にいるのは、あまり好きではなかった。

それでも……それだけに、なのか、隆生のことはいつも気になって仕方がなかった。

隆生の姿を見かけると、わざわざかまいに行ってしまうことも多い。つっかかるような態度になって、口ゲンカになるようなこともあるのに。

単に隆生に対する責任感なのか、……なんだろう？　負けたくない、というような意地だったのかもしれない。

自分の方がずっと賢くて、世の中のことを知っていて、大人だと思っていたのに、なぜか隆生の方が大人びて見えた——。

左季たちは校区の同じ小学校へ通っていたが、それは三年生になった時だった。

父の知り合いだという和太鼓奏者が寺の講堂を借りて練習を始め、子供たちにもボランティアで教えてくれるようになったのだ。大きな長胴(ながどう)太鼓から締(しめ)太鼓、小鼓なんかだ。数もあるし、置く場所に困るような大きなものもあったので、ちょうどいい保管場所だったのだろう。

左季は他の習い事もあったし、時々、うしろから眺めているくらいだったが、隆生はあっという間に夢中になった。

初めはもしかすると、何かをぶったたきたい、という鬱屈(うっくつ)した欲求を解消するためだったのかもしれない。だが次第にその面白さに目覚めたようだ。

学校が終わるとすぐに寺に来て、誰よりも遅くまで残って、熱心に練習するようになった。土日や、時には早朝にもやってきて、和太鼓の手入れや補修なども手伝うほどだった。

そんな隆生には奏者の先生も目をかけていたようで、真剣に教えられるだけますますのめりこんでいくのが傍目(はため)にもわかった。

隆生にとっては、生まれて初めて自分が打ち込めるものを見つけたのかもしれない。

「和太鼓って、神社でやるもんじゃないの？」

今まで自分が……ほとんど自分だけが相手になってやってたのに、とたんに左季を無視して和太鼓に夢中になっている隆生にいらだって、そんな言葉を投げたこともある。隆生はあっさり無視しただけだったけれど。

しかし逆に隆生が寺へ入り浸る時間は長くなり、それだけ姿を見かけることも、一緒に過ごす時間も長くなっていた。風呂に入って帰ったり、合宿みたいに寺に泊まっていくこともあったくらいだ。

そしてその和太鼓の練習を通じて、まわりの隆生を見る目も、そして隆生自身のまわりとの関わり方も、少しずつ変わっていった。

音を合わせ、集団で演奏することで協調性を学び、仲間たちと馴染んで。いつの間にか一緒にたわいのないバカ話をして、よく笑うようになっていた。

そして一番大きな長胴太鼓を任されていた隆生はリーダーシップを発揮して、その和太鼓クラブでは中心となってみんなを引っ張るようになった。

次第にまわりの子供たちも隆生を頼りにし始めているのがわかって……、左季はなぜか少し、悔しさを覚えていた。

なんだろう……？

ほんの幼い頃から常に、子供たちの中心にいるのは自分だった。自分が他の子供たちに指示したり、教えたりしてまとめていたのに、その役目を、注目をさらわれたような気がしたのだろうか。

みんな年とともに成長し、自立し、それぞれに好きなことを覚えるのは当然なのに。そして自分も、そんな堅苦しい役目から解放されて、自由に、好きなことをして過ごせるはずなのに。

自分だけが置いていかれているようないらだちと、もどかしさを覚えていた。

それでも——毎日、一心に太鼓をたたき続ける隆生から目が離せなかった。

真冬でもたいてい上半身をはだけさせ、真剣な横顔で汗を飛び散らせながらバチを振るっていた。手にも足にも、大きなマメができて痛そうだったが、決してやめることなく。

その音が腹に、体中に響いた。

多分……、これほど一つのことに打ちこんでいる人間の姿を見たことがなかったからかもしれない。

父が時に何時間も身動き一つせず、仏様に向かってお経を唱えている姿にも似て。

本当に自分とは違う人間なのだ、と、左季はようやく気づいた。

隆生は自分みたいにただ環境に恵まれただけの空っぽな人間ではなく、自分自身で輝くことができる。自分自身を磨くことができる。

自分なんかよりずっと特別な人間なのだ——、と。

泣きたいくらい、それが悔しくて、うらやましくて、……まぶしかった。

だがそんなある日、隆生が寺へ姿を見せなくなった。その翌日も、翌日も、三日続けて。

春休み中のことで、いつもなら朝から来ているくらいだったのに。

記憶している限り初めてのことで、もしかして病気にでもなったのかとちょっと心配になった左季は、迷った末、こっそりと隆生の家を訪ねた。

別にこっそりと行く必要はなかったのだろうが、誰かに言えば止められるか、一緒に行く、と言われそうで、それは妙に嫌だった。自分が気にしている、と知られるのも、ちょっと恥ずかしくて。

住所を頼りに行った先は、二階建ての安アパートだった。灰色の壁に錆びた鉄階段が張りつき、ドアの鍵も役に立ってなさそうなたたずまいだ。

アパートの前でタバコを吸っている人相の悪い男の姿に、少し足がすくんだ。が、よく見ると隆生の兄だ。まだ中学生か高校生のはずだが、とてもそうは見えない。

じろり、とにらまれたが、左季は勇気を振り絞ってボロボロの外階段を上がっていく。

どの部屋かな、と、もう一度手にしていたメモを確認しようとした時、いきなり甲高い女の声がドアを突き破るようにしてすぐ目の前から響いた。

「——バカみたいに太鼓ばっかりたたいて！　そんなヒマがあったら、バイトでもして家に金を入れたらどうなのっ」

そして続けて、男の——隆生の怒鳴り声が。

「うるさいなっ！　じゃあ、てめぇは何なんだよ？　母親面して、ろくに面倒も見てねぇくせにっ。あんたに俺の大事なものを取り上げる権利はないだろっ！」

「母親に向かって、その口の利き方はなんなのっ！」

えっ？　と思った次の瞬間、バン！　とものすごい勢いでドアが開く。

肩で息を切り、険しい表情で隆生が飛び出してきた。

しかし部屋の中の誰かを——母親だろうか——にらみつけたまま、左季には気づいていないようだ。

「ハッ！　ろくに勉強もしないで和太鼓が何の足しになるの？　そんな子供のお遊びじゃ、一銭にもならないでしょうがっ」

さらに大きく聞こえた母親の声に、左季は思わず息を吸いこんだ。

正直、何が起こっているのかも理解できていなかった。

あまりにも……自分の知っている、生きている世界とはかけ離れていて。

それでも女の言葉に、カッと一瞬、頭に血が上った。

一心に、全身で太鼓をたたく隆生の姿がまぶたによみがえり、何か——何か吐き出さずにはいられなかった。

「価値はある……！」

気がつくと、左季は腹の底から叫んでいた。

隆生の横に立ち、目の前の女をにらみつけるようにして。

茶色の髪と派手な化粧で、だるそうに玄関横の壁にべったりと背中をつけ、指にはタバコを挟んでいる。

……母親？　これが？

正直、驚いた。学校の保護者会や寺に来る母親たちとも、まるで違っていた。

「左季……⁉」

ようやく左季がいることに気づいて、隆生が驚いたように声を上げる。

かまわず、左季はわめいていた。

「バカなことじゃないっ。隆生のやってることは価値があるよっ！　聴いたこともないくせにっ！」

今まで生きてきて、これだけ大声を上げたことはないくらいだった。

ただ隆生がどれだけ必死に太鼓をたたいているのかも知らないくせに、と思うと、ひどく悔しくて、黙っていられなかった。

「……ハァ？　なんなの、あんたは？」

いらいらとタバコをひとふかしし、女が鼻を鳴らす。

「隆生の友達？　ガキが人様の家の事情に口を出すもんじゃないよ」

ピシャリと言われて、さすがに左季も一瞬ひるむ。それでも歯を食いしばって、必死に言葉を押し出した。

「隆生は……、真剣に太鼓をやってるよ。隆生がいるから、みんなの太鼓がまとまってるんだ。みんな、隆生の太鼓に合わせてる。す…、すごいことなんだからっ！」

自分でも何が言いたいのか、何を言っているのかもほとんどわからないまま、左季は泣きそうになりながら叫んでいた。

「おい、左季…、おまえどうして……？　——ちょっと来いって！」

あわてたように隆生が左季の腕を引っ張り、力尽くで階段を下りる。すぐそばの公園まで、強引に引きずられた。

「帰らなくていいよっ、あんな家！　うちにくればいいっ」

ようやく立ち止まった隆生の手を振り払い、左季は悔し紛れにわめいていた。

この時の左季は、本当に何もわかっていない子供だった。

自分にできることと、できないこと。そして今の自分にできることなど、ほとんど何もないのだと。

……だが、隆生にはわかっていたのだろう。

ちょっと笑って、大きく息を吐いた。

「別に…、あんなの、たいしたことないって。いつものことだから。兄貴がちょっと問題起こして…、母さんもイライラしてたんだよ」

そんな大人ぶった隆生の口調が、さらに腹立たしく思えて。

「何、笑ってるんだよっ!?」

噛みつくように言って、左季は隆生をにらんだ。

「……や、別に」

ちょっと目をそらし、それでも隆生はにやにやしていた。

「なんかな…。おまえがうちに来るとか、ちょっとびっくりした」

少し口ごもるように言われて、確かになんでわざわざ来たんだろう？　と、あらためて自分でも少し不思議な気がした。

「すげー、うれしかった」

そしてぽつりと付け足された言葉が、何か撃ち抜かれるように胸に響いた。

感謝されたのだ、とわかる。多分、初めて。

左季の家に、ではなく、左季の行動に。

自分でも信じられないくらい、左季にとってもそれがうれしかったのだ――。

隆生の言うように、いつものこと、だったのか、それからも隆生は太鼓を続けていた。

むしろ、さらに熱心になったのかもしれない。

母親も、ある意味、金のかからない子供の趣味を黙認したのだろうか。

和太鼓クラブには、寺に来ている他の子供たちも何人か参加していた。池内久美もその一人だ。締太鼓という、少し小ぶりな太鼓を担当していた。他に熱心だったのは、井川寛人と窪塚大輝という二人の同級生だ。

あとは年下の子供たちが、今はまだ遊び半分、興味半分というくらいだろうか。

左季も「おまえもやってみろよ」というちょっと強引な隆生の誘いに引きずられるように、時々、平太鼓とか小鼓とかを教えてもらったが、あまり向いているとは言えなかった。口唱歌とか、口で太鼓のリズムをとる練習でもうまく合わずに笑われて、むかっとしたこともある。それでも人数が足りない時などは、たまに演奏会や祭りのイベントなどに参加はしていたけれど。

美統が初めて寺に来たのは、隆生が太鼓を始めたくらいの頃だった。

左季の父と美統の父親である津田とは大学で同期の友人だったようで、その父親に連れられてきたのだ。

津田は早くに奥さんを亡くして独り身であり、やはり男手一つで小さな子供を育てるのは苦労していたのだろう。昼間は弁護士の仕事があってきちんと面倒を見る余裕がない、ということで、左季の両親を頼ったらしい。

寺の近くに部屋を借りて、そこから自分は都心の事務所へ出勤し、美統はその間、幼稚園へ行って、津田が帰ってくるまで寺で待っている、という形ができた。不規則になりがちな仕事を終えてから、津田が寺まで美統を迎えにくるのだ。

母親がいない分よけいに、だったのか、仲のいい親子だった。

だが津田の仕事はかなりいそがしかったようで、たいてい夕食は左季と一緒に食べていたし、かなり遅い時間になる時などは左季の部屋に泊まっていくことも多かった。左季にとっては、弟ができたような感覚だ。

三つ年下だったが、寺で過ごしている時間も長かったので、美統も和太鼓クラブに入って池内と一緒に締太鼓をたたいていた。

無邪気で天真爛漫（らんまん）だった美統は、すぐにみんなと馴染んだ。

まわりの大人にも、左季たち年上の子供たちにも——特に女子からは可愛（かわい）がられていたが、あるいはそれも、母親を亡くした子供の本能だったのかもしれない。

子供なりにまわりに気を遣っているようで、もうちょっとワガママを言ってもいいのにな、と左季などは考えてしまうくらいに。

聞き分けがよくて、癇癪（かんしゃく）を起こすようなこともなく、何が欲しいと口に出して言うこともなくて。

左季はよく宿題を手伝ったり、勉強を見てやったりしていたが、美統は昔から頭はよかった。理解が早く、寺務所にあった本などもあっという間に読み切って、よく左季の部屋に来ては本くらいだ。

棚をあさっていた。昔の問題集の中から自分で選んでは、左季に聞きながら自分で解いていた

父親の津田には、

「左季ちゃんが美統の勉強をよく見てくれるから助かるよ」

と感謝されたが、正直、左季が見ていなくても勝手に勉強していて、左季の方がむしろ焦ってしまうくらいだ。

左季が幼稚園に迎えにいくことも多かったし、小学校へ上がると一緒に通学していたから、本当の兄弟みたいねえ、とよく言われていた。

実際、美統は、いつも左季のあとをついてまわっていた。仲はよかったし、左季とケンカになることはほとんどなかったが、隆生にはたまに憎まれ口をたたいて、しょっちゅう追いかけっこみたいなことをしていたから、もしかすると隆生の方が本当の兄弟に近い感覚だったのかもしれない。自分はむしろ、親戚のお兄さん、というくらいだろうか。

中学へ上がり、寺務所へ出入りする子供たちの顔ぶれも少しずつ入れ替わって、学校のクラブ活動や個々の友達づきあいなど自分の世界が広がるにつれ、次第に姿を見せなくなる同級生も増えていた。

だが隆生は変わらず、毎日のように太鼓をたたきにきていた。

その頃には、下の小学生たちに自分が太鼓を教える立場になっていた。技術や練習のやり方

とともに、礼儀や和太鼓への向き合い方も。

大きな太鼓を演奏するには、それなりの——いや、相当な体力が必要とされる。一流のアスリート並みに。

腹筋も背筋も、バチを振るう肩や腕まわりも、年々、本当に目に見えて隆生の身体はがっしりと大きく鍛えられていった。

すぐ隣にいた悪ガキが、目の前でみるみる「男」に変わっていったのだ。

全身全霊で演奏する姿は——その力強い背中も、厳しい横顔も、多分、誰の目にも魅力的に見えたのだと思う。

池内の、隆生を見る目が女だな、と気づいたのは、中学二年くらいの時だっただろうか。

太鼓を続けていれば一緒に過ごす時間が長いのも当然だったが、二人が親しげに話しているのを見かけたり、隆生の背中の汗をタオルで拭ってやったりしている姿を目にすると、なぜかひどくいらだってしまった。

気持ち悪い、と吐き出したくなるくらい。

怪しいんじゃないのか、とあからさまな嫌みを口にしたこともある。その頃の自分は、本当に嫌なヤツだったのだろう。

……いったいどちらに嫉妬していたのか、その時の左季はあえて考えることをしなかったけれど。

結局、当時の隆生は和太鼓に夢中で彼女を作る気がなく、告白されても断ったのか、あるいはそれを察して池内の方があきらめたのか……そのあたりはわからない。しかし、特に二人の仲が進展したようには見えなかったので、左季としては少しホッとしていた。

池内は和太鼓クラブではマネージャーのような役割もしていて、変わらず太鼓仲間ではあったから、なんにしてもひどい振り方ではなかったのだろう。

この頃からすでに、隆生は将来について真剣に考えていた。

和太鼓の先生から「今はプロのパフォーマーという職業もあるよ。海外で演奏しているチームもある」と教えてもらって、いつになく目を輝かせ、かなり興奮していた。おまえならやれるし、その気があるなら紹介してやる、と先生からも太鼓判を押されたようだ。

多分、隆生はこの時、将来は和太鼓の演奏者になるという夢を得たのだと思う。

親がアテにできないと知っていたから、本当に自分の力だけでまっすぐに、その夢に向かっていた。

隆生が自分の夢を見つけたことはうれしかったし……、しかし同時に、ただ親に言われるままの習い事と勉強くらいしかしていない自分は、本当に甘やかされた子供でしかないのだと、見せつけられた気がした。

自分が将来、何をしたいのかもわからない。隆生みたいに必死に、夢中になることもない。

正しいことをしているつもりで、しかし何が正しいのかもわからなくなって。

一人置いていかれたようで、ひどく悔しく、……淋しい気持ちだった。

ただそれは、世間的な、学校での評価とは違う。

隆生は勉強ができる方ではなかったし、左季は常に成績でもトップクラスだったから、やはり学校では左季の方が目立っていた。

生徒会長を務め、うっかり生徒の万引きや喫煙などを見つけたら注意をして。両親の地域活動の手伝いも続けて。

結局、単なる優等生として、どこまでいっても型どおりのことしかできない自分にいらだってしまうが、それを口に出すことも、弱音を吐くこともできなかった。つまらないプライドだけが高くて。

そして自分が何か失敗することで、父に失望されるのが怖かった。

今にして思えば、堂々と母親に向かって自分のやりたいことを口にした隆生はすごいな、と思う。その勇気が、今ならわかる。

自分の人生に対する責任を、自分で負うことをきっちりと宣言したのだ。

将来、自分が何をやりたいのかすら、左季には見つけられないでいるのに――。

中学三年の春頃だっただろうか。

この日、左季はめずらしく夜の繁華街を歩いていた。塾の帰りだったが、うっかりバスに乗り遅れて歩いて帰ることになり、その最短ルートだったのだ。

初めてではなかったが、昼間とは違って妖しく華やかな夜の街はやはり中学生には少しばかり異質な空気感だ。

無意識にも足早に歩いていた左季は、高校生くらいだろうか、バカ笑いしながら通りに広がって歩いていた三、四人の男たちとすれ違った。

彼らがちらっと左季を横目に見て、ふいに騒がしかった声が収まったことに、少しばかり嫌な予感はしていた。

案の定、そこから少し行ったところで先回りして待ち伏せされ、人通りのない薄暗い裏路地へ引っ張りこまれた。

「俺たち今、金に困ってるんだよなー。ちょっと貸してくんない?」

「あんた、お寺の子だろ? 坊さんって人を助けるのが仕事だよなぁ」

「俺たち、いつも賽銭はきっちり投げてんだよ。こんな時は少しくらい助けてもらってもいいだろ?」

にやにやと歪な笑いを浮かべながら、だらだらと身体を近づけてくる。

言っていることが単なる屁理屈だというのは、中学生でもわかった。

「つまり、カツアゲですか？」

わずかに眉をひそめ、左季は冷ややかに返した。

「……あぁ？」

一瞬、何を言われたのかわからなかったように、男の顔が険しく引きつった。低くうなって左季をにらみつけてくる。

左季はそっと息を吸いこみ、まっすぐにその男を見つめ返した。

「余計なお金なんか持ってるわけないでしょう。バス代くらいですよ」

怖くなかったといえば、嘘だ。

だが引くのは嫌だった。自分は間違ったことはしていない。こんな理不尽な力に屈したくなかった。

「賽銭を返してほしいのなら、払いもどしましょうか？　百円くらいならあるし、あなたに仏様のご利益があるとは思えませんから」

「ふざけんなよッ、このガキ……！」

ぴしゃりと言った左季に、男が腕を伸ばして左季の衿首をつかみ上げる。そのまま全身が後ろの壁にたたきつけられ、喉が締め上げられた。激しい痛みが背中と喉元を襲う。

「マジ、クソ生意気なガキだな……、コイツ」

「なー、そいつ、金持ってないんなら、アニキんとこに連れてってもいいんじゃねぇの？　カワイイ顔してるし。こーいうのが欲しいって言ってなかったか？」

「そーだな……」

リーダー格なのだろうか、目の前の男が左季の顔を眺めて少し考えこむ。

だが息苦しさでなかば意識が朦朧としていて、左季は彼らが何を話しているのかほとんど理解できなかった。

――と、その時だった。

「おい、やめろよ」

低い声が遠くでぼんやりと聞こえたかと思ったら、次の瞬間、スッ…と呼吸が楽になり、左季は思わず咳きこんだ。

「なっ…、誰だっ、おまえ？　――放せよッ、クソ！」

どうやら男は力尽くで左季から引き剝がされたらしく、左季との間に別の男が強引に身体を割りこませてきたのがわかる。

大きな背中が左季をかばうようにして、前に立ちはだかっていた。

「あぁっ？　なんだ…、やる気かっ？」

気色ばんだ男が嚙みついてくる。

「……左季、大丈夫か？」

しかしそれにはかまわず、少し不安そうな男の声が左季の耳に届いた。力強い腕が左季の身体を支えるようにして、しっかりと立たせてくれる。

「隆生……？」

暗闇の中でほとんど顔は見えなかったが、その声だけでもわかる。

驚くと同時に、やはりホッとしていた。

「おいっ、なめてんのかっ！　てめぇっ！」

あからさまに無視された男が、ほとんど殴りかかるような勢いで隆生の腕をつかんだが、隆生は振り返ると同時にたやすくそれを振り払った。

相手は隆生よりもずっと年上だったが、体格は隆生の方がよかったくらいだ。まともに向き合って、さすがに少したじろいだらしい。が、それでも圧倒的な人数差がある。

「――ハッ！　なにカッコつけてんだよ…、ガキがッ。邪魔してんじゃねぇっ。引っこんでろよっ！」

「隆生……！」

左季はとっさに隆生の肩を引き寄せていた。

隆生にケガをさせるわけにはいかない、と思った。ここでボコボコにされて、骨折とか…、もしヘンに指を折られたりしたら、太鼓がたたけなくなるかもしれない。

しかし隆生は身動き一つせず、しっかりと左季を守るように立ったままで、ただ黙って男を見上げていた。

「……あ？　なんだ、おまえ、隆生か？」

と、後ろにいた一人がふいに気づいたように声を上げた。

「おまえ、知ってるのか？」

目の前の男が振り返って尋ねている。

「そいつ、真哉（しんや）の弟だよ」

「ハァ？　マジかよ……」

あっさりと返った答えに、拍子抜けしたように吐き出した。

「こいつ、俺の友達なんだよ。ちょっかい出さないでもらえる？」

その男に向かって、隆生が淡々と言った。

隆生の顔をちろっとうかがうみたいに眺め、チッ、とつまらなそうに舌打ちすると、しょうがねぇな、と捨て台詞（ぜりふ）みたいな言葉を残して、男たちが背中を向けた。

ぞろぞろとだるそうに男たちが行ってしまってから、ようやく左季は大きな息をついた。知らず全身から力が抜けていく。

「大丈夫か？　おまえ、意外と怖いもん知らずだよな……」

向き直った隆生にかすかに笑って言われ、左季はどこか決まり悪く、ちょっと視線をそらせてしまった。

「別に……、ああ、でもありがとう」

「俺の力じゃねぇよ。あいつら、兄貴を知ってたんだろ」

それに隆生が肩をすくめる。

真哉――という、五つ違いの隆生の兄は、どうやらこのあたりではちょっとした顔のようだ。チンピラに毛が生えた程度だろうが、さっきみたいな若い連中はさらにその下の不良グループという感じなのかもしれない。

隆生とは決して仲がいい兄弟ではなかったと思うが、さすがにその弟に手を出すのはためらったということらしい。

「送ってくよ」

ポツリと隆生が言って、大通りに向かって歩き出す。

「こんな時間にうろつくのは危ないぞ？」

そしていくぶん大人ぶった説教をされて、左季は思わず言い返した。

「隆生だってうろついてるだろ」

「俺は……、母さんにちょっと用があっただけだから。進路相談の日程出てないの、うちだけだって先生に急かされて」

そんな説明に、ああ…、と左季はうなずいた。

それで母親が働いている夜の店にやってきたということらしい。

中学三年になれば、進路も具体的な話になってくる。

「じゃあ、お母さんとこに行かなきゃいけないんじゃないの？」

寺まで送ってもらっていたら、さらに時間が遅くなる。

「行ってきたよ。ちょうど帰るとこ。……そういや、おまえは進路、どうするんだ？　おまえなら私立でもどこでも、いいとこ行けるんだろ？」

何気ないように聞かれ、左季はあっさりと答えた。

「このまま公立に行くと思うけど」

中学もそうだったが、確かに左季の成績なら、十分に私立の名門進学校も狙えるはずだ。というか、合格できるはずだ。

だが父親は地域活動に熱心なだけに、このまま近くの公立に進めばいいという考えのようで、左季としても特に不満はなかった。母親は、本心では進学校へ行かせたいようだったが、父親に逆らうつもりはないようだ。とりあえず塾には通っているし、左季自身もその先の大学進学には問題ないようにするつもりだった。

「そうか……」

ふぅん、と、どうでもいいようにつぶやいた隆生の横顔が少しばかりうれしそうに見えて、左季も妙に心が弾む。

「おまえはどうなんだ？　また同じとこ、行けるのか？　今の隆生の成績なら、もう一つランクを下げた方が安全そうだけどね」

その勢いでちょっと意地悪く言った左季に、隆生がとたんに渋い顔をする。

左季が行くとすれば、家から一番近い公立校のはずだ。

「……やっぱ、まずいかな？」

「もうちょっと勉強、がんばれよ」

「そうだな」

ちらっと笑って言った左季に、隆生が意外と素直にうなずく。そしてちろっと左季を横目に見た。

「教えてくれんの？」

「いいよ。でもおまえ、和太鼓の練習時間は削る気ないだろう？」

「……うーん、そのあととか、土日とかで時間、作るから」

「きちんとスケジュールを考えた方がいいな」

妙にうきうきとした気持ちでそんな計画を頭の中で立てていた左季は、いきなり足を止めた隆生の背中にぶつかりそうになってちょっとあわてた。

「……隆生？」

そして立ち尽くした隆生の視線の先を無意識に追うと、……どうやらラブホテルへ入ろうとしている二人連れを見ていたようだ。

「おい……」

確かに興味がないとは言えない年頃だが、反射的に左季は視線をそらせてしまう。

やっぱり隆生も興味があるのか、と少しドキリとしたくらいだ。

だが動こうとしない隆生に、あらためてこっそりそのカップルをうかがい見て、――ようやく気づいた。

二人は男同士だった。

スーツ姿のサラリーマン風の男と、ラフな格好の大学生くらいの男。

誘うリーマンの男を大学生が軽く突き放すようにしていたが、結局じゃれ合っていたらしく、植え込みの陰でキスしてから連れだって中へ入っていくのが見えた。

「寺って……、ああいうの、どうなんだ?」

二人の姿が消えたあともじっとそちらを眺めながら、隆生がポツリと聞いた。

「ああいうの?」

察してはいたが、左季は無意識に聞き返してしまう。

まるで、今見たことなんかたいしたことじゃない、と言いたいみたいに。

「男同士とか」

「ああ……」

「ダメな宗教って多いだろ?」

「そう……だな」

まともに聞かれて、ちょっとあせってしまう。

「まあ…、寺は昔から、……ええと、お稚児さんとかの文化もあるし。いや、それが正式に認められてるかっていうと、まだかなり保守的だとは思うけど。宗派にもよるだろうし」

自分でも何を言っているのか、ちょっとわからなくなる。

というより、そんなことは今まで考えたこともなかった。

「でも基本、みんな……、どんな人間も平等に救われるというのが仏教の教えだから。問題ないと思うけど」

それでも左季は強いて平静な口調で言う。

それに、ふーん、とつぶやいただけで、隆生がようやく歩き出した。

隆生にとっては単なる好奇心だったのかもしれない。

が、ふいに何気ない調子で口を開いた。

「おまえさ…、もし男同士っていうのに興味が湧いた時は、俺を誘えよ」

「……なんで？」

思わず、左季は聞き返してしまった。

いや、そもそもそんなのに興味が湧くとかおかしいだろ、と返すべきだったのかもしれない。

が、目の前でそういうカップルを見たせいか、不思議とそんな感覚はなかった。

「知らないやつを誘うの、危ないだろ？」

「そうか……」

なんとなく納得して答えてから、そうなのか？　と、ふと我に返るように考え直してしまう。知っているやつなら安全なのか、とか、そもそも隆生ならいいのか、とか。

そんな左季をちらっと横目に眺めて、隆生が喉で笑った。

「おまえ、意外とちょろいなー。危なっかしいっつーか」

「なんだよっ」

左季は思わず、隆生の肩をグーで殴りつけた。

単にからかわれただけなのだろう。

だが一緒に歩きながら、左季はなぜか心臓の音が耳に響くようだった――。

この日の言葉通り、隆生は少し勉強もがんばって、もちろん左季のサポートもあり、無事に同じ高校へ進学することができた。

左季もうれしかったが、だが同時に、ここまでなんだな、という現実が見えた気がした。

高校を卒業すれば、間違いなく進路は分かれる。

左季は進学するだろうし、隆生は和太鼓を仕事にできるように目指すのかもしれない。それは、どちらもこの地を離れるということだ。ぜんぜん別の世界に。

正直なところ、もしかすると中学を卒業したらすぐにでもそっちの道へ突き進むのかもしれないと思っていたくらいだ。ある種の技術職だし、アーティストならなおさら、学歴など関係ない。

隆生は両親や兄に何も期待をしていなかったし、一日も早く自立したいと思っていることは、左季にもわかっていた。

だから、一緒にいられるのもあと三年だけだ。

むしろそれは、隆生がくれた猶予期間のようにも思えた。

すでに自分の将来を——その道に挑戦することを決めている幼友達をまぶしく見つめながら、左季自身はただ漠然と、優等生の顔で高校生活を送っていた。

自分の未来など何も見えないまま。……それも思春期特有の迷いだったのかもしれないが。

二年に上がる少し前くらいだっただろうか。

ある日、左季は母の様子が妙におかしいことに気づいた。

高校生になった左季は、すでに母の手を離れたと言っていい年代だったし、塾にしても部活にしても、ほとんど母の手をわずらわせる必要はなくなっていた。日々の弁当などは、やはり感謝しつつ受けとっていたけれど。

だからこの頃の母の日常は、ルーティンになっている家事の他には、寺の作業と地域活動の手伝いが主な仕事になっていたと思う。

むしろ時間に余裕ができたせいだろう。今まで手がつけられていなかった古い納屋の片付けだとか、裏山の整備だとか、納骨堂の掃除だとか、かなり精力的に動いていたようだった。

もともとこの寺の娘として生まれた母は、そんな仕事もさほど苦ではなかったらしい。

だがその母が時々、ひどく落ち着かない様子であたりを気にしていたり、逆にぼうっとしていたり、妙に……何かに怯えているようで。

「お母さん、どうかしたの？」

台所でぼんやりとすわりこんでいた母を見かけた左季が何気なく声をかけると、ビクッと肩をふるわせて振り返り、左季を見てホッとしたような顔をした。

「いいえ、別に。何でもないわよ。ちょっと疲れているだけ」

そう答えた母の微笑みは、明らかに無理に作ったように強ばって見えた。

なんだろう？　と不思議には思ったが、まったく思い当たるふしがない。

もしかすると何か重い病気が見つかったのか、とも思ったが、生活パターンからしても病院へ行っているような様子はなく、ひょっとしてお父さんが浮気でもしてるのか？　という変な想像までしてしまった。が、やはり、まさか、としか思えない。

もちろん父だって人間だ。左季もこの年になれば、父がふだん自分たちが見ているままの男とは限らないと、理解はしている。

家族に言えない秘密の一つや二つ、あっても不思議ではないが、でも父の日々の生活も昔から大きな変化はなかったと思う。

勤行をして、法事や葬儀を執り行って、呼ばれると講演会や地域の会議などにもめんどくさがらずに出席して。左季の目には厳格な父だったが、講演会などではユーモアを交えたしゃべりもしていて、かなり人気の講師らしい。

そしてたまの自分の時間があれば、陶芸小屋で土と向き合って。時によっては、誰も寄せつけず、半日以上も一人で過ごしていた。もし愛人がいるのなら、土と触れ合うより、女のベッドで時間を過ごすだろう。

母に何か悩みがあるのは間違いなさそうだったが、いつからだろう？　と思い返すと、そういえば、と思い当たることが一つだけあった。

半年ほど前――十月のちょうど学園祭が終わった頃だっただろうか。

このあたりで中学一年の男の子が行方不明になったのだ。私立に通っていたし、寺に遊びにきている子供ではなかったが、小学校は同じ校区だったと思う。

比較的裕福な家の子だったらしく、家出をするような状況でもなく、当初は誘拐が想定されたようだが、どうやら身代金の要求はなく、迷子か連れ去りか、ということでかなり大々的な公開捜索になっていた。

テレビのニュースでも頻繁に報じられ、当時は報道陣が詰めかけて、この地域も騒然とした空気だった。両親も他のボランティアと一緒になって、必死に捜索やチラシ配りをしているのを、左季も目にしていた。寺の裏山にも、何度か捜索隊が入っていたようだ。

寺にも警察が何度も訪れて、両親や左季だけでなく、集まっていた子供たちもしつこく話を聞かれていた。その子の目撃情報だけでなく、最近誰か知らない男に声をかけられたりしなかったか、とか。見慣れない車が通っていなかったか、とか。それだけ手がかりがなかったということだろう。

結局その子は見つからないままで、もちろん継続捜査にはなっているはずだが、新しい情報もなく、世間的にはだんだんと忘れられ始めているようだ。

だが当事者にとっては、とても過去の話にはできない。その子の母親が時々、寺にお参りに来ている姿を左季も見かけたことがあった。子供の無事を祈っているのだろう。

当然ながらひどくやつれた様子で、気づいた左季の母親がよく話しかけているようだった。寺務所でお茶を振る舞って、ただ話を聞くだけでも違うのだろうと思う。

やはりお寺の娘として生まれ育った母は、そういうことが自然とできる人だった。

だから母の様子がおかしいのも、その子や母親のことを心配してのことだろうな、となんとなく思っていた。

左季としては、変質者の連れ去りだろうな、と予想していたが、寺に遊びにくる子供たちの保護者や年配の檀家さんたちの間では、「神隠し」という言葉がささやかれていたようだ。

時代錯誤だな、と内心であきれていたが、どうやら以前にも隣町あたりで子供がいなくなったことがあったらしい。十年以上も前の話で、幼すぎた左季の記憶にはなかったが、やはり寺の裏山の中まで捜索隊が入る騒ぎだったと聞いた。だがその子供は、以前にも家を飛び出したことがあったらしく、結局、家出として処理されたようだ。その後、見つかったかどうかは誰も知らないようだったが。

早く見つかればいいな、と、心配ではあったが、やはり他人事に左季は思っていた。

……母ほど親身になれない自分に、少しばかり失望しながら。

それは高校二年の、ちょうど夏休み前の終業式の日だった。

学校から早めに帰宅し、参道へ入る手前あたりで左季はたまたま美統とかち合って、一緒に寺へ帰ってきた。

中学生になった美統は学校での付き合いも増えたはずだが、やはり毎日のように寺へは通ってきている。締太鼓の練習も続けていて、宿題も自宅でやるより寺務所でしていることが多かった。左季に教えてもらえる、という利点もあるし、やはり父親の帰宅がかなり遅い時間になるので、左季の家で夕食や風呂まで入っていくことも普通だった。

アイドル系の顔立ちだった美統は、やはり学校でも人気者らしく、美統目当てで一時、放課後になると女の子たちが寺務所へ押しかけてきたり、和太鼓クラブへの参加を希望する子が急増して、あまりに騒がしく、他の子供たちの迷惑になってしまったが、父が一度、座禅を義務化するとあっという間にいなくなっていた。

「そんなもんだよ」

と、美統は達観したような顔で言っていたが。

そろそろ夏祭りも近く——寺ではなく神社の行事ではあるが、別に神社と宗教対立があるわけではなく、隆生たちは神社の祭りで、和太鼓を披露する予定だった。ここ数年の恒例になっていて、左季も数合わせで参加するので、少し練習しないとな、とそんなことを話しながら、門の近くまで来た時だった。

二十歳前後の、いかにもガラの悪い男たちが三人ほど、門前でたむろしているのに気づいて、左季は思わず眉を寄せた。緩いパンツとシャツをだらしなく引っかけた格好で、まるでコンビニの前で暇を潰(つぶ)しているような様子だ。何人かはタバコを吹かしている。

見たような顔だった。

そう、以前にも絡んできた連中だ。隆生の兄の友人だか知り合いだか。

狭い街だけに、あれからも時々、繁華街ですれ違うようなことはあって、ちろっと意味ありげな目を向けられてはいたが、特別何かされたことはない。

「――あ、来たぜ」

しかし左季を見つけて声を上げたところをみると、明らかに待ち構えていたようだ。タバコを足下に投げ捨てている。

「左季ちゃん…？」

不安そうに小さく声をこぼして、美統がぎゅっと左季の肘のあたりをつかむ。

「先に中に入ってて」

彼らの前に立つと、左季はその手を軽く握ってから、美統の背中を押すようにして寺の中へ送り出した。

ちらちらと心配そうな顔でこちらを振り返りながら、美統が小走りに境内を走り抜けていく。

「何かご用ですか？　参拝でしたらご自由に中へどうぞ。それとタバコ、吸い殻はもって帰ってもらえますか？」

彼らの前に立つと、そっと息を吸いこみ、左季は毅然と言った。

「――あぁ？」

一人が険しい顔で凄んできたが、以前と違ってここは左季のテリトリーだ。年齢も上がっている。さほど恐れる必要はないはずだし、むしろ、この連中がわざわざこんなところまでやってきた理由がわからない。

「ちょっと聞きたいことがあっただけだよ」

一人がうなるように言った。

「あんた…、真哉が今どこにいるのか、知らないか？」

「真哉さん？」

隆生の兄だ。

正直、突然の問いに面食らった。

「知りませんけど……。どうして俺が知ってると思うんですか？」

まったく接点などない。

ずっと幼い頃には母親に言われたのか、寺に隆生を迎えにきたこともあったし、左季ももちろん顔は知っていたが、ろくに話したこともなかった。

「そりゃ……」

男が少しばかり言いよどんで左季から視線をそらし、三人で顔を見合わせる。

なんだ？　と首をひねった左季に、男がたたみかけるように尋ねた。

「真哉に会ってねぇかと思ったんだよ。昨日かおとといか」

「真哉さんと顔を合わせたことなんか、ここ数年ないですよ。すれ違ったことくらいはあったかもしれないけど」

まともに返した左季に、男たちがいらだったように声を上げてにじり寄ってきた。

「本当だろうな⁉」

「どうしてそんな嘘をつく必要があるんですか？　だいたい真哉さんが俺に会いにくる用事もないし」

実際にまったく心当たりはなく、左季の方もいくぶんむかっとしながら言い返した時、寺の奥から男が一人、ものすごい勢いで走ってきた。

「――おい！　何やってんだよ、おまえらっ！」

隆生だ。

少し後ろから美統が心配そうに追いかけてきたから、どうやら美統が呼んできたようだ。

生徒会の仕事で終業式後も少し遅くまで学校に残っていた左季より、隆生の方が早く帰宅してそのまま寺へ来ていたのだろう。

あっという間に迫ってきた隆生は、左季と男たちの間に強引に割りこむと、男の身体を手荒に突き放した。

以前に絡まれた中学生の頃よりさらに隆生の身体は大きくなっており、今の男たちを明らかに圧倒している。

「……別に、おまえの兄貴の居場所を聞いてただけだろ」

それだけに男たちの方も力尽くでどうこうするつもりはないようで、どこか言い訳めいた口調で言った。

「左季が知ってるわけないだろっ」

隆生が嚙みつくように返したが、まったくその通りだ。

「けど、おかしいんだよ！　こんな急に連絡取れなくなるなんてな。仕事も途中だし……」

歯がゆそうに言いながら、ちらっと左季の方を見る。意味がわからない。

「知るかよ、そんなことっ」

相手にせず、隆生が吐き捨てた。

「おまえは本当に知らないのか？」

うかがうように男が隆生に確認している。どうやら左季の前に、隆生にも尋ねていたのだろう。まあ、当然だ。

「知らないっつってんだろ！　もともとろくに家には帰ってきてなかったしな。俺より、あんたらの方がよく知ってるんじゃないのか？　兄貴が何やってんのかは」

ぴしゃりと隆生が言った。

そう言われると、男たちにも返す言葉はないようだ。

「どうせ、あんたらとつるんでるよりもっといい仕事でも見つけて、一人で街を出て行ったってだけだろ」

「なんだとっ？」

そして少し隆生らしくもなく皮肉な口調で続けると、男が眉をつり上げて声を荒らげる。

「おい、やめとけ」

しかしさすがに場所柄を考えたのか、というより、参道の後ろの方から怪訝そうにこちらを見つめる大人たちの影が見えたらしく、別の男が引き止めた。

「もし真哉に会ったら、こっちに連絡よこすように言っといてくれ」

「わかったよ」

それだけ言った男に、隆生も無愛想なまま短く返す。

「お兄さん、いなくなったのか？」

だらだらと男たちが帰って行く背中を眺めながら、左季はあらためて隆生の顔を見上げて尋ねた。

「さあな。兄貴が帰ってこないのはいつものことだし。っていうか、今は家を出て、誰か友達のところに転がりこんでるみたいだったし。もともとろくに顔も見てねぇよ」

隆生が無表情なまま言い放って、ハァ、と肩から力を抜くみたいに息を吐き出す。そして気づいて、足下のタバコの吸い殻を拾い始めた。

左季もしゃがんで一緒に集める。

「ほら、よこせよ」

と、隆生が三、四本、吸い殻のたまった片手を無造作に差し出してきて、左季は少しためらいながらも、自分の集めた数本をそれに乗せる。

なんとなく、こんなたわいもないことを一緒にする時間がうれしかった。

「おまえがタバコの吸い殻をきちんと拾ってるなんてな。昔のままの悪ガキなら、あいつらみたいにタバコを投げ捨ててる不良になりそうだったけど」

照れ隠しもあって、パンパンと手をたたいて灰を落としながら、左季は少しばかり意地悪く言った。

「更生したんだよ。和太鼓に出会ったからな」

澄ました顔で隆生が返す。

「俺と会ったからじゃないのか？」

流れのまま、からかうように言った左季の目を、隆生がふっととらえた。

どこか怖いくらい、強い眼差しが突きつけられてドキリとする。

え？　と、とまどって——だがそれもほんの一瞬だったのだろう。

わずかな間があってから、隆生がにやりと笑った。

「そういうことにしといてやろう」

肩をすくめてさらりと言うと、スタスタと寺の方へ歩いていく。

「——左季ちゃん！　大丈夫？」

心配そうな顔で美統が走ってきた。

「うん、大丈夫だよ。ありがとう」

「隆生、意外と頼りになるんだね。まあ、こういう時くらいしか、そのムダな筋肉の使い用はないかもだけど」

そして例によって、隆生につっかかっている。

「ムダなわけねーだろ。太鼓のための筋肉だぞ」

それに隆生がむっつりと返し、キャッキャッと美統の笑い声が境内に響く。

正直なところ、隆生たちの兄弟仲がよくないことは知っていたから、左季はそのことをあまり気にしてはいなかったし、隆生もそうだろうな、と思っていた。おそらく隆生が言っていたように、何かいい儲け話でもあって都会へでも行ったのだろう、と。

だがやはり兄弟というのは、そんなに簡単に割り切れる関係ではなかったのかもしれない。

その日から隆生の様子が、少し変わったような気がした。

夏休みに入り、思う存分、和太鼓の練習もできるようになるし、ふだんならもっと浮かれていていい状況だった。

だが夏祭りのお披露目を前に、隆生は太鼓のリズムを乱していた。いつものような、腹に響いてくる力もない。

先生も渋い顔をしていたし、左季にもわかるくらいだったのだ。

やはり内心では兄のことを心配しているのかもしれないな、と思った。

ふだんからああいう悪い仲間と付き合っているということは、それだけ危険な状況に巻きこまれても不思議ではないのだ。

しかし左季にできることは何もなかったし、すぐにそれどころではなくなっていた。

……いや、違う。

むしろ左季にとって大きな問題が起きたのだ。

――まさしく人生を一変させるほどの。

翌日になって、鐘堂のあたりを掃除していた時、左季は携帯が落ちているのを見つけた。

黒いボディは傷だらけで、かなり使いこまれているのがわかる。いつからあったのか、ちょうどまわりの植え込みの陰に隠れていて、今まで人目につかなかったようだ。

よくある二つ折りの携帯で、一応、開いてみたが、電源を切っているのか、充電が切れているのか、バックライトはつかず、画面は真っ暗なままだ。

寺に来る子供たちは携帯を持つには少し早すぎるし、大人の誰かがうっかり落としたのならきっと探しているだろうな、と思いながら、とりあえず寺務所にいた母にそれを持っていった。

持ち主がわかったら返しておくわね、と母はそれを預かった。

探している人から落とし物の問い合わせがあるかもしれないし、しばらく待ってなければ交番に届けるか、電源が入るようなら、中を見れば持ち主がわかるかもしれない。

この時は、左季もそれ以上のことは特に考えていなかった。

だがその数日後、左季が境内の奥にある納骨堂のあたりを通りかかった時、めずらしく人影が見えた。

この日は、父は檀家の法事で寺を空けており、ふだん納骨堂へ出入りするのは、定期的にお経を上げている父くらいだったからちょっと不思議に思って、左季は中をのぞきこんだ。

もちろん泥棒が入るような場所ではなく、盗られるものもないが、何かイタズラでもされていたら困る。

が、中にいたのは母だった。

納骨堂といっても、東屋のような屋根がかかった下に、分厚い石材の壁が三列に連なっているシンプルな造りだ。それが二ブロック。

もう十五年以上も前に父が建てたもので、敷地自体はそこそこ広い。

ロッカー式というのか、それぞれの壁にびっしりと御影石で棚が作られており、ちょうど銭湯の下足箱のような形というか。それぞれに扉がついており、その一つ一つに遺骨が納められるようになっている。

ただそれぞれの壁で使われている御影石は種類が違うようで、よく見る薄いグレーの色合いから、壁によっては黒や濃いブルー、くすんだ赤と、美しく色が分かれていた。種類によって値段も違うので、そのあたりは故人や遺族の希望によって選べるのだろう。

まだ使われていない棚も多かったが、いくつかの扉には表札のように個人の名前や、「〇〇家」の家名、あるいは墓碑銘が刻まれたプレートがかかっていて、基本的には誰の遺骨かはわかるようになっている。

ただ花立てや焼香台は納骨堂の中央に置かれているので、お参りにくる人はたいていそこですませるのだろう。

母が立っていたのは一番奥の壁の前で、……確かそのあたりは無縁仏が安置されているところだった。

身元不明者が遺体で見つかった場合や、引き取りを拒否された遺体を行政から委託されてここで預かっているのだ。最近では、墓じまいやら、後継者がいなくなった墓も多く、全国各地からの問い合わせもあるらしい。

おかげでその壁の半分ほどは埋まっているようで、ただ本来ならば喜ぶべきことではないのだろう。

はじめは掃除でもしているのかな、と思ったが、どうやら母は、その収められた棚の扉に掲げられたプレート――無縁仏なので刻まれているのは、お骨を預かった日付だろうか、それをメモしているようだった。

しかしパッと見た瞬間は、何をしているのかわからなくて。

「お母さん？　何してるの？」

何気なく声をかけた左季に、母がものすごい勢いで振り返った。

凍りついた表情で左季を見つめ、次の瞬間、大きな声で叫んだ。

「何でもない！　何でもないのよっ」

恐ろしいくらいの形相で、怒鳴るように返されて、左季は一瞬、言葉も出ないくらい驚いた。

そんな母を見たのは初めてだった。そんな大きな声で叱られたことも。

「出なさい！　早く！」

そして左季を押し出すようにして一緒に納骨堂の外へ出ると、母は荒い息で左季をにらみつけるようにして言った。

「あなたはここに入っては駄目。それに……、このことはお父さんに言っては駄目よ。いいわね⁉」

ものすごい力で肩をつかまれ、その迫力に飲まれるように左季はうなずくしかなかった。

「でも……、どうして？」

それでもさすがに聞かずにはいられなかった。

当然だろうその問いに、母はハッとしたように身体を離し、あわてて左季から視線をそらせた。

「とにかく……、すべてがはっきりするまでは……、それまでは、何も聞かないで。私にも、お父さんにも」

あえぐようにそれだけ言うと、母は返事も聞かずに走り去る。

少し離れた講堂から太鼓の低い響きが聞こえてくる中、左季はその後ろ姿を呆然と見送るしかなかった。

まったく……意味がわからない。

それでも何かが——何かよくないことが起こっているような、嫌な予感だけはあった。

混乱したまま、ようやく左季が足を動かそうとした時、目の前の石畳の隙間に落ちていたほんの小さなものに気づいて、何気なく拾い上げた。

ゴミかと思ったが、どうやらそれは——校章だった。

裏がピンになっているバッジだ。ピン自体は、すでに折れ曲がってなくなっていたが。

左季の高校のものではないし、中学校のものでもない。寺に来ている子供の誰かのだろうか、とも思ったが、思い直して、左季はそれを握りしめて持ち帰った。

この寺に来る子供たちはたいてい校区の中の子で、ほとんどは左季と同じ小中学校になる。見覚えのない校章があるのは不思議だったし、そもそもあんなところに落ちているのもおかしかった。裏の墓地と同じく、納骨堂などは子供たちが遊び場にするところではなく、ふだん近づくこともない。

だとすると、母が落としたのかも、と気がついたのだ。なぜ母がこんなものを持っていたのかはわからないが。

そしてそれがどこの学校の校章なのかは、調べるまでもなくすぐにわかった。

寺務所に入った時、まっすぐに目に入ったのだ。

すでに色の褪せたチラシが、今も掲示板の目につくところに貼られている。

去年の十月、行方不明になった中学一年生。

失踪当時の服装は通っていた私立校の制服で、まだ真新しいこの校章が胸につけられていた――。


何かがおかしかった。

もちろん、この校章がその行方不明の子供のものかどうかはわからない。が、寺に来ている中に、その私立校に通っている子供はいない。

なぜ母がその学校の校章など持っていたのか。もちろん、母が落としたものとは限らないし、母もどこかで拾ったのかもしれない。

だがそれなら、警察に届けるなりなんなりするのが普通だと思う。関連があるかないかは、警察が調べてくれるだろう。

何か……ひどく心が落ち着かなかった。胸騒ぎだけが、日に日に大きくなっていた。

無意識のうちにも、左季はそれから母をそっと観察するようになったが、明らかにふだんとは様子が違っていた。

注意力が散漫で、誰かに名前を呼ばれてもすぐには気づかないことも多くて。どこかピリピリと気を張り詰めていて。

いつも柔らかく子供たちにも保護者にも接していた母だったから、はっきりとはわからないままにも、そんな母の空気が伝染していたのだろう。

寺中の空気が変わったような気がした。

左季が気にしていた分、そう感じてしまったのかもしれないが、それでもみんな、理由もわからないままにとまどっていたようにも思う。

毎日毎日、次の瞬間にも何か恐ろしいものが爆発しそうで、左季もじわじわと追い詰められているような気がした。

隆生にも「おまえ、ちょっと変だぞ?」と心配されるくらいに。隆生自身も、大きな心配を抱えていたはずなのに。

納骨堂へ行くしかない——、と思った。

母が何を見ていたのか、確かめるしかない。

決心して、父と母と二人ともが家を空けている隙を狙って、左季は納骨堂へ入りこんだ。

心臓がキリキリと痛むのを感じながら、母が見ていた壁の前に立ってみる。

縦に十列、横に五列の大きな壁で、ちょうど左季の目線の高さあたり、横一列の五つの棚は、無縁仏の……、納骨された日付だろうか。プレートを見る限り、すべて埋まっていた。その一つ下の列も。合計でちょうど十体だ。

それ以外は、一番上の端から順番に二列ほど、一番下の棚にもプレートがかかっている。左季は目の前の棚についていた日付を、母がしていたように順番にメモをとった。

ここに納骨されているのは、遺体が発見されても引き取り手のいなかった、いわゆる無縁仏や、あるいはかなり古い時代からあった墓で、もう後継者がいなくなったものをまとめて合葬したものだろう。

思っていたより多いな、というのが素直な印象だった。

こんなにも多いのか、と。そしてこれからの時代、ますます増えていくのだろうと思うと、やはり気持ちは沈む。

だが将来性が見込めると判断したからこそ、父はこんな納骨堂を早々と作ったわけだし、別に桜をシンボルツリーにした樹木葬のスペースも作ったのだ。先見の明があったのだろう。

あらためて、名前はなく日付だけが記された棚の扉を眺めて、左季は考えこんでしまった。

いったい母はこれの何に、あれほど取り乱していたのだろう？　他と特に違うところなどは見当たらない。

が、しばらく眺めていて、ふと左季は気づいた。

一番新しい日付は、ついこの間のものだった。ほんの一週間ほど前だ。

そう。ちょうど隆生の兄がいなくなった頃――。

その考えが頭をよぎった瞬間、左季は無意識に目を見開いた。ドクッ、と痛いくらいに心臓が大きく響く。

そして反射的にすぐ隣に視線を移すと、記されていた日付は去年の十月だ。

中学生の男の子が行方不明になったのと同じ月。

急に呼吸が苦しくなった。

単なる偶然……なのか？

何が……何がどうなのもかわからない。

わからないままに、まさか、と思った。そんなはずはない、と。

じわじわと喉が渇いてくるのがわかる。唾が引っかかって飲みこめないくらいだ。

左季はおそるおそる手を伸ばし、一番新しい日付の扉をそっと持ち上げて開いた。ずっしりとした石の重みが手のひらに伝わる。

小さな骨壺が一つ、中に入っていた。……父の手製の骨壺のようだ。無縁仏のために作っているのだろう。

そして――。

左季は思わず息を呑(の)んだ。

その横に、あの携帯が置かれていたのだ。この間、左季が拾った携帯。

瞬きもできなかった。一瞬、間違いなく、呼吸が止まった。

どういうことだ……？　まさか、この携帯は……。

ダメだ、と全身から警報が出ているようだった。脳が、これ以上、先へ進むことを拒否している。

それでも——ようやく震える手を伸ばし、左季は何か茶褐色に汚れた布にくるまれていた携帯を手に取った。

おそるおそる布を開いて、左季はたまらず悲鳴を上げそうになる。

布は破れたTシャツで、その汚れが血の跡だと気づいたのだ。相当な出血で、……着ていた人間は死んでいるかもしれない。

逃げ出したかったが、今逃げたら、何もわからないまま、永遠に悩み、苦しむことはわかっていた。

確かめるしかなかった。ここで見なかったら、もう二度と真実はわからない。

意を決して携帯を開いたが、やはり画面は真っ暗なままだ。

そっと息を吸いこみ、電源ボタンを長押しする。

と、ふわっと明かりが灯り、やがて待ち受け画面が表示される。十パーセントに足らないくらいだったが、充電されているようだ。

左季の携帯とは機種が違って使い方はよくわからなかったが、それでもアドレス帳をなんとか開いてみる。

ほとんど見覚えのない名前ばかりだった。

が、「隆生」という登録があって――間違いなく、記憶している隆生の番号だった。

だが……だからといって、これが隆生の兄のものとは限らない。他の友達のものかもしれない。

確かめる方法は一つしかなかった。

唾を飲みこみ、必死に指先に力をこめて、左季はその番号へ発信する。

五回、十回、と呼び出し音が続き、なかなかつながらなかったが、ふいにふっ…と途切れた。

『もしもし？』

と、覚えのある声。少しかすれていたが。

左季は携帯をきつく握りしめたまま、無意識に息を殺した。

『……兄貴？』

そして隆生の、どこか息を詰めるような、強ばった声。

瞬間、左季は通話を切った。電源を落とし、まるで危険物か何かのように携帯を骨壺の横に押しこむと、急いで扉を閉める。

自分でもわかるくらい息づかいが荒く、肩が上下していた。

間違いない。隆生の兄の……、真哉の携帯だ。

どうして？　……つまりこの骨は――真哉、なのか？　本当に？

すでに死んでいる、ということなのか？

頭の中が真っ白になった。

どういうことだ？

左季はこの携帯を母に渡した。ということは、母はこの骨が真哉だと……知っている、ということになる。

どうして？　どうやって？

母が隆生の兄の失踪に……そして、もしかするとあの行方不明の中学生の失踪に、何か関わっているのだろうか？

何がなんだか、まったく理解できなかった。

確かにあの頃から少し様子はおかしかった。だが母が関係しているとはとても考えられない。理由もわからない。

――骨。

しかしふいに、その事実に気づく。

そうだ、骨だ。彼らは骨になっているのだ。きちんと骨壺に収められて。

父の作った――骨壺に。

火葬、されて？

その想像に、一瞬、ザッ…と全身の毛が逆立った。

反射的に、納骨堂からさらに裏山に近い奥にある陶芸小屋へ視線が引きずられた。

骨壺の中を見たわけではない。だが中が骨だとすると、おそらくそういうことになる。自然に白骨化したものを集めたとか、砕いたとかでなければ。

そして父には、その手段がある——。

誰にも立ち入らせない陶芸小屋。

陶芸用に二、三種類の窯があり、さらにはペットの火葬用の炉もある。

人一人を焼くのにどのくらいの時間がかかるのかはわからないが、時間さえかければできないことではない。

そして父は、半日以上、小屋にこもっていることもよくあった。

——いや、でも。

それはあり得ない。

左季は頭に浮かんだその考えを振り払うように、必死に首を振った。

あり得ない。そんな。

それでも一度張りついた考えは容易には離れず、……逃れるためには、最後まで確認するしかなかった。

左季はまっすぐに寺務所へ向かった。

途中、講堂の縁側で足を伸ばして休憩している隆生を見かけた。ペットボトルを片手に握ったまま、何か考えこむように険しい表情をしている。顔色が悪かった。

当然だろう。あんなふうに行方不明の兄からいきなり電話があったのだ。

左季は声をかけずに寺務所へ入ると、一番奥の事務作業用の部屋に置かれていたノートパソコンで、納骨堂に収められているお骨の台帳を確認した。

他にも檀家さんたちの住所録や、父のスケジュールなども管理されていて、一応、パスワードはかかっていたが、家族で共有されているものだ。

無縁仏として納骨されている記録は二十数体。

明らかに数が合わなかった。少なくとも十体ほど。もしかすると、それ以上。

ちょうど……真ん中の二列くらい。

まさか、と思いついて、左季は十年以上前の「神隠し」の記録をネットで検索した。さっきメモした日付と付き合わせてみる。

やはり失踪したのと同じ年の日付が同じ列にあった。翌月の月日になっていたが。

他の日付でも検索をかけてみたが、特に引っかかってくる失踪事件は見当たらなかった。

そうでなくとも、日本では年間、七、八万人もの人間が失踪している。大半は家出人ですぐに帰宅しているにしても、やはり消えたままの人間は多いし、すでに失踪宣告が出されている場合もあるだろう。家出だと判断したなら、そもそも届けを出していない場合も多いはずだ。

いつ、どこで、誰が消えても——誰にも知られないまま、葬られることがあるのだ。

そういう意味では、行政の手続きを経てこの寺へ預けられた無縁仏も同じだろうが、しかし、やはり違う。

事故や自然死ではなく、誰かの手が加わっている——のか？

隆生の兄も？

……何もかもがわからない。それが何を意味しているのかわからない。考えたくない。

ただ混乱と、恐怖でしかなかった。

父が関わっているのか。母はそれを知ったのか。

はっきりとさせなければならない、とわかっていた。

だが聞くのは怖い。次の瞬間、足下から世界が崩れ、真っ暗な闇に呑みこまれていく感覚に襲われる。

それでもこのままだと、自分が得体の知れない恐怖に押し潰されそうだった。

母と話すべきなのか。それとも、父と？

バカげた話だと一笑に付されるか、そんな怪物だと思っているのか、と怒られるのならそれでいい。

　でも、もし――。

　翌日から、寺では三日間の和太鼓クラブの合宿が始まっていた。神社での演奏披露に向けてのものだ。

　夏場でもあり、男たちは大きな板張りの講堂で雑魚寝だった。左季は自分の部屋があるのでわざわざ講堂に泊まることはなかったが、蚊取り線香をあちこちに配置し、大きな蚊帳を張るのは手伝った。そして数人の女子たちは、畳のある寺務所に泊まる。まるで修学旅行のような賑やかさだった。

　だが毎年のことなのでたいていの子供たちは慣れていて、初めて参加する下の子に教えていく形になっていた。ちょっとしたボーイスカウトのキャンプみたいなものだ。

　母も見かけはいつもと同じ様子で、大勢の食事を準備するのにいそがしそうにしていた。数人来ていた手伝いの保護者にも、テキパキと指示を出して。

　寺だけに精進料理が中心だったが、母は料理がうまかった。山菜の炊き込みご飯や、腹持ちのいい芋団子のあんかけや団子汁などは人気があった。

　最終日には恒例の肝試しやら、ちょっとした花火大会なども予定されていたが、初日はまだ体力もありあまっている分、和太鼓の練習に時間をとり、数人ずつ大風呂に入って、ようやく寝静まったのは真夜中過ぎだろうか。

しかし左季は、なかなか寝付けないでいた。ここ数日、ずっとだ。

この夜、夜中の二時近くになってから、眠れないままに左季は本堂に下りていった。

ただでさえがらんと広く、夜は薄気味悪く感じる子供たちも多いようだが、左季にとっては慣れた静寂だ。むしろ心が落ち着く。

仏様の前で少し座禅を組んでみるが、しかしこの日は、どうしよう？　という迷いが喉元までこみ上げたまま、動き出す勇気が出ない。

部屋に帰る前に水を飲んでいこうと台所に寄ってみると、明かりがついたままだった。

こんな時間にめずらしい。ふだん、消し忘れるようなことのない母だ。

「お母さん？」

そっと声をかけて中へ入ってみたが、人の気配はなかった。

なんとなくため息をついて、ふとそれに気づく。

テーブルの下に何か落ちていた。

拾い上げてみると、経典で使うような蛇腹の折り本だった。厚さはさほどなかったが、緑色の布で美しく装丁され、表紙に貼られた紙に墨書きされていたのは、「覚え書き」という文字と年代だけ。元号で、何年から何年、というものだ。

父が書いた文字だということはわかる。

日付が入っているということは、日記のようなものだろうか。

なぜそんなプライベートなものがこんなところにあるのかわからなかったし、不思議にも思ったが、……左季は椅子に座ってそっと中を開いた。

やめておけ、という心の声が——警告が、頭の中に聞こえた気もする。

しかし、真実を知らないわけにはいかなかった。

中の紙は少し古びた状態で、冒頭に年月日。やはり日記のようだ。二十年以上も前の日付で、左季が生まれる前、というより、結婚前だろう。

かなりの達筆で、読めない人間も多いだろうが、左季は書道も習っていたし、昔から慣れ親しんだ文字だ。やはり父の字に間違いはない。

毎日つけているわけではなく、一日の分量も数行ずつと短い。

だがその内容は——左季の予想を遥かに超えていた。

『ずっと人を殺したいと思っていた。その欲求を抑えていける自信がない。』

『人の首を絞めるのが好きだ。指の下で脈打つ血管と、皮膚の感触にぞくぞくする。』

『命の火がゆっくりと消えていくのを、手の中で感じるのが楽しくて仕方がない。これは中毒性がある。』

『最期の瞬間まで、恐怖に満ちた赤い目で見つめられるのが心地いい。』

想像を超えた言葉に、とても最後まで読むことはできなかった。

まさか、と思った。そんなことがあるはずはない。考えてはいけない。

意味がわからない。

――どうして？　何のために？

頭の中はぐちゃぐちゃで、ただ……ただ、どうしようもなく涙があふれた。

まともな声も出せないまま、左季はしばらく泣き続けたが、ようやくそれに気づいた。

こんなものがこんなところに落ちているのは、どう考えても異常だった。

いや、表紙に入っている年号は二十年前の一年ちょっとくらいの期間だ。本来、これ一冊のはずはなく、おそらく他に何冊もあったのかもしれない。……もしかすると、現在まで。

わざわざ父が母に見せたのか、あるいは母が隠していたものを探し出したのか――それはわからなかったが、この台所は寺の中で唯一、母の聖域のような場所で、父が立ち入ることはほとんどない。

だから安心できるこの場所で、母もこれを読んでいたのだろう。

ならば、今はどこにいるんだろう？

左季はあわてて母を捜し始めた。

仕事の都合か、もともと両親の寝室は別々だったようで、母は娘時代からの自分の部屋を使っていたが、そこにはいなかった。布団も出されておらず、寝た形跡がない。

迷ったが、左季は父の寝室にも行ってみた。が、父の姿もない。

こんな時間に二人とも部屋にいないなどということは、普通ではあり得ない。

さらにあせって左季は広い家の中を捜しまわり、渡り廊下から本堂の方まで走ったがどこも真っ暗な闇があるばかりだ。

左季はたまらずサンダルをつっかけて家の外へ飛び出した。

玄関先にいつも置いてある懐中電灯をつかみ、とりあえず行き慣れた寺務所へ向かったが、外から見ても真っ暗で人の気配はない。

――どうしよう？　どこに……？

不安だけが大きくどんどん膨らんでいく中、他に当てもなく、左季は納骨堂の方へ向かっていた。

真夜中の納骨堂はやはり不気味な静けさが広がっていたが、左季は視界の奥に小さな明かりを見つけてハッとした。

――陶芸小屋だ。

息を呑み、左季は一歩ずつ、そちらへと歩いていく。

「どうして⁉　どうしてなのっ⁉」

と、いきなりヒステリックに叫ぶ母の声が耳を貫き、思わず立ちすくんだ。

――いる。

多分、両親ともに。

それがわかって、しかしますます不安は大きくなった。

両親が、そして自分が、これからどうなるのか、あらためて考えてもわからない。

この先、何がどうなったとしても――すべては終わったのだ、とようやく気づいた。

これまでの平穏で幸せな時間。隆生たちとのあたりまえにあった学校生活。自分の未来。

すべてが崩れたのだ。

父は何人を殺したのだろう?

長い……二十年以上もの間、ひっそりと殺し続けていたのだ。

頭のいい人だから、きっと捜査対象になりにくい家出人を狙って。

――シリアルキラー。

そんな言葉がぽっかりと頭に浮かぶ。

もしかすると母と結婚したのは、この寺に入りこむためだったのかもしれない。

絶対にバレないように遺体の処理をするために。

そして自分の「トロフィー」を飾っておくために、あの納骨堂を作った。

自分でも意識しないまま、ゆっくりと足は進んでいたらしい。

いつの間にか、左季は陶芸小屋の前まで来ていた。

入り口は開きっぱなしで、奥に窯(かま)や炉、轆轤(ろくろ)や作業テーブルなどが整然と置かれているのが見える。棚にはいくつもの骨壺(こつつぼ)。……これからのための。

そして扉を入ってすぐのところで、激しく言い争っている両親の姿が、涙ににじんだ視界に映った。

いや、感情を爆発させて食ってかかる母に、父は恐ろしいほど冷静に返していた。

「どうしようもなかったんだよ。私には、他にどうしようもなかったんだ」

いつもと変わりなく穏やかな父の声。静かな横顔。

左季はただ呆然(ぼうぜん)と見つめるしかない。

「君が……ずっと気がつかなければよかったのにな」

まっすぐに母を見つめたまま、つぶやくように言った父の腕がすっと前に伸びた。

そしてその手が母の喉にかかり、母の身体(からだ)を強引に後ろの棚へ押しつけるようにして、両手で締めつけている。

うっすらと微笑(ほほえ)んだその横顔が、左季の目に焼き付く。

「――お母さんっ！」

ハッと我に返り、左季は思わず叫んでいた。

初めて左季の存在に気づいたように、父の動きが一瞬止まる。ふっと、冷たい目がこちらを向いた。

その瞬間――。

左季の目には、母が父に抱きついたように見えた。

しばらく身動きもしないまま、二人で抱き合っているように見えた。

どのくらいたってからか――実際にはほんの数秒なのだろう。

ゆっくりと父の身体が背中から倒れていった。

その顔は驚きの表情のまま固まり、眼球が濁って――そして、胸には深く、果物ナイフが突き刺さっていた。

目の前の光景に、左季は悲鳴も上げられなかった。

まるで現実感がない。

ここ数日のことは、本当に夢の中にいるようだった。

夢だったらよかった。なにもかも。

それでも、床に倒れた父のまわりには、さっき見た……同じ装丁の父の日記が投げつけられたように何冊も散らばっているのがわかった。

左季が台所で見つけたのは、ここに持ってくるつもりで母が落とした一冊だったのだろう。

ほんのわずかにあえぐようにしていた父が身動き一つしなくなり、——目の前で死んだのがわかった。

ぼんやりと顔を上げると、母と目が合った。母も泣いていた。

そして気がつかないままに左季が片手に握りしめていた父の日記に目をとめ、母がゆっくりと左季に近づくと、静かに手を差し出してきた。

その顔はなぜか微笑んでいて。不思議とホッとしているようにも見えて。

左季は無意識のまま、操られるように手にしていた日記を母に渡す。

「ごめんねぇ…、左季。私が……、気づかなくて……」

伸びてきた母の手がそっと左季の髪を撫でる。指先に、父の血がついているのがわかる。

「お…母さん……」

「全部……忘れてね……。お願い」

泣き笑いの表情でそれだけ言うと、次の瞬間、いきなりものすごい力で左季の身体を扉の外へ大きく突き飛ばした。

あっ、と思った時には左季は外の地面へ倒れ、陶芸小屋の扉はピシャリと閉ざされた。中から鍵のかかる重い音が聞こえる。

「お母さん……？　お母さんっ⁉」

とっさに左季は扉に飛びついて開けようとしたが、すでにびくともしない。

中で母が何かをまいているのか、バシャッという水音のようなものがする。

「お母さん！」

嫌な予感に左季は死に物狂いに扉をたたいたが答えは返らない。

そして中からぶわっと音が聞こえたかと思うと、あっという間に窓ガラスを覆い隠すほどにオレンジの炎が吹き上がった。灯油の匂いが鼻をつく。

すぐに扉は触れられないくらい熱くなり、しかし左季はかまわず、必死に扉を開けようとする。

「——左季！」

どのくらいそうしていたのか、気がつくとすごい力で身体が後ろに引きずられた。

「おいっ、左季っ！　左季！　何やってる！　こっちへ来いっ！　危ないだろっ！」

隆生の血相を変えた声が耳を打つ。

泊まっていた保護者や、和太鼓の先生や、美統や他の子供たちも何人か——異変に気づいたらしく、いつの間にか駆けつけていた。

「お…母さんが……っ」

「え？」

隆生の腕をつかみ、震える声でようやく言った左季に、隆生が顔色を変える。

しかし木造の小屋はすでにすさまじい炎に包まれ、空高く炎を上げていて、まともに近づく

こともできない。

「左季っ」

崩れそうな左季の身体は、隆生の腕にしっかりと抱きしめられていた。

目の前が、ただ真っ赤に染まっていく。炎の匂いと音が脳裏に刻まれる。

それとともに、吸いこまれるように意識が遠のいていくのがわかる。

——それぞれが、自分の心の中に仏様を見つければいいんだよ。

いつだったか、子供の頃、一緒に座禅を組んでいた時に父が言っていた言葉を思い出す。

父は自分の中に何を見つけていたのだろう——？

陶芸小屋は、消火されるというよりも自然に鎮火したようだった。

敷地の奥にぽつんと建っていたので、そばに類焼するものがなかったのだ。

すべてが燃え尽き、両親の遺体はほとんどもとの形をとどめていなかったようだ。

もちろん心の傷は大きく、魂が抜けたような状態で、左季はそのあとしばらく家の外へ出ることもできなかった。夏休み中だったのは、せめてもだっただろう。

消防と警察によって火災現場に捜査が入ったが、結局、事故として処理された。

父は陶芸小屋に電気窯の他に灯油窯も設置していて、日頃から灯油もかなりの量がストックされていたのだ。

だとしても、どうして火がついたのか、不審な点は残る。しかし発火したのは小屋の内側からで、放火のように外から火をつけられた形跡は認められなかった。

しかも真夜中、どうしてそんな時間に夫婦で陶芸小屋にいたのか。

おそらく誰の胸にも自殺、あるいは心中の文字が浮かんだのだと思う。必死に逃げ出そうとした様子もみられなかった。

だが自殺——心中だとすると、まったく動機が思い当たらなかった。……少なくとも警察や、まわりの人間には。

夫婦仲が悪かったわけではなく、どちらかが不倫をしていたような気配もない。金銭的な問題もみられなかったし、かといって、僧侶であり人格者で通っていた父や、専業主婦でまわりとの付き合いも良好だった母が、誰かに火をつけて殺されるほど恨まれていた様子もない。ふだんから人の出入りは多かったが、不審な人物の目撃談もない。

発生した時間も時間だ。何か突発的な夫婦ゲンカがエスカレートした末の惨劇、というセンも考えられたようだが、だとしても、状況からその証明は難しかった。仮に無理心中だったとしても、どちらがどちらを、という事実を確定することは、できたとしても意味がない。

残された遺族にとって——つまり左季にとって、気持ちが楽な方に、という配慮が無意識にも働いたのだろうか。

作業中にうっかり灯油を倒し、何かの拍子に火がついて、あわてて二人で消そうとしているうちに服にも燃え移り、手遅れになった——、という形で報告書はまとめられたようだ。

高倉の家に残されたのは左季しかいなかったが、とてもこの家に一人、住み続けるのは無理だった。

法律上、両親の財産は左季が相続することになるが、いずれにしても得度をしていない左季が寺の跡を継ぐことはできない。母方の親戚で僧籍のある人にあとを任せ、土地や建物などは譲渡することに同意した。

そして左季自身は、アメリカで結婚して暮らしていた従姉に誘われるまま、日本を離れた。

アメリカの高校へ編入し、英語での授業は確かに大変だったが、左季は必死に勉強した。

というより、頭の中にいっぱいの知識を詰めこむことで、他に何も考えられないくらいにしたかった。

おかげでハイスクールは主席で卒業し、入った大学も二年スキップしてメディカルスクールへと進み、インターンとレジデンシーを経て医師免許を取った。

初めから法医学者を目指していたわけではない。

医師になろう、と思っていたのだ。何を専門にするにせよ、たった一人でも、誰かの命を救えれば、せめて——せめて父の罪を少しでも償えるのではないか、と。

だが結局、その望みは実現しなかった。

患者と——生きた人間と向き合って、まともに触れることができなかったのだ。

目の前に座った患者の顔を見て、喉元を見て——相手に向かって伸びていく自分の手を、指を見て。

その手が相手の喉をつかみ、絞め殺してしまうのが、動画を見るようにまぶたに浮かんでしまう。

母の喉に伸びた父の手を。

救いたいと思うのに、……殺してしまいそうで。

それでも研修中は、自分自身と闘うような思いで必死に乗り越えた。だがそれを生涯の仕事として続けていくことは不可能だと思った。

結局、自分は——人殺しの子供なのだ。シリアルキラーの。

シリアルキラーの大半は、サイコパスだと言っていい。

アメリカでは日本よりもサイコパスの研究は進んでいる。心理的、環境的、そして遺伝的な側面からも。

遺伝——があるのだ。

自分自身にその傾向がないとは、左季自身、断言することはできなかった。

そう、自分が本当に正しい人間であれば、父の罪を告白するべきなのだろう。

すべてを公にし、あの日、両親に起こったこと――したことを、すべて話すべきだったのだろう。

……だが、できなかった。

もしすべてを話したとしたら、日本中がものすごい騒ぎになるのは目に見えている。

世間の非難は父親に集中し、だがすでにこの世にはいない。

代わりに、残された左季に向けられる。

なぜ気がつかなかったのか、と。何十年もずっと殺し続けていて、気がつかないはずはない。

知っていたはずだ――、と。知っていて黙っていたのだろう、と。

そうでなくとも、容赦なく好奇の視線が突き刺さることは間違いなかった。

アレが連続殺人鬼の子供だ――、と。あいつもそのうち、人を殺すんじゃないのか、と。

結局、左季は逃げたのだ。逃げるしかなかった。

それからまともに帰国することなく十四年間をアメリカで過ごした。そのままむこうで研究者の道を進んでもよかったはずだった。

なのになぜ、帰ってきてしまったのだろう――?

直接のきっかけは、今の大学から誘いがあったからだ。

一年だけ、という条件に心が動いた。

アメリカでの市民権をとって永住する前に――日本を捨てる前に、一度だけ、もどろう、と。

それで自分の気持ちに区切りをつける。

全部忘れてね――、と母は言った。それが最後の言葉だった。

だが忘れられるはずがない。

だから、逃げるしかなかった。一生、逃げ続けるしかない。

今度日本を離れたら、もう二度と帰ってこない。日本での思い出はすべて捨てる。

その覚悟のために、帰ってきたのかもしれなかった。

当然ながら、両親の墓は実家の寺にある。今は母方の叔父が住職を務めてくれている。

帰国してから一度、挨拶がてら墓参に寄ったが、まだそれだけだった。

あまりに凄惨すぎる記憶に、叔父も左季が寄りつかないことは理解してくれているようだが、左季が実家の寺に足を向けられないのは、むしろ別の理由だった。

隆生の兄の墓がそこにある。無縁仏として葬られている。

知っているのに、それを告げることができない。

それが苦しかった。

……結局は、保身でしかないのだ。

殺人自体は自分の罪ではない。確かにそうだ。

だが表沙汰になれば、すべてを失うことがわかっていた。

今の仕事も、これまでの功績も、将来も、社会的な信用もすべて。

そして何よりも、もし真実が隆生に知られたら。

左季の父が、兄を殺したのだと。

隆生がどんな目で自分を見るのか——それが怖かった。


あの火事のあと、気を失った左季が意識を取りもどしたのは、自分の寝室だった。

隆生がそばにいた。

「もう少し寝てろ」

左季の目が覚めたことに気づいて、ぶっきらぼうにそれだけを言った。

それからも、しばらくずっと一緒にいてくれた。

合宿していた他の子供たちはすぐに親のところへ帰されたが、隆生と、美統の父親の津田(つだ)も寺に駆けつけて、落ち着くまで泊まりこんでくれていた。

さすがは弁護士だけあって、津田はいろいろと煩雑な手続きや何かをすべて代行してくれたのだ。おかげでずいぶんと助かった。左季一人でできることなど、ほとんど何もない。

警察や消防は当然、くわしい状況を聞きたかったようだが、……左季は、覚えていない、と答えた。

火が出る前後のことは何も覚えていない――、と。

あれだけの衝撃だ。無理もない、と大人たちは考えたようで、しつこく尋ねてくることはなかった。

それでもやはり、ネットではしばらく「無理心中？」の文字が躍り、いろいろな……いいかげんな憶測や中傷が飛び交っていた。

どれもこれも無責任なものばかりだったが、それでも真実よりは遥かにマシなのかもしれない。

左季は一夜にして、「可哀想な子供」になったのだ。同情されるべき子供に。

……昔の隆生のように。

安全な場所から、他人を哀れんでいただけの自分がどれだけ傲慢だったか、今ならわかる。

だが隆生は、黙ってそばにいてくれるだけだった。

眠れない左季のそばで、何日も。ただぎゅっと手を握って。

それだけでうれしかった。それだけで幸せだった。

それだけで、左季は少し、眠りに落ちることができた。

ただそばにいるだけでいい。

「俺がおまえを守るよ。何があっても」

夢の中で、その言葉が優しく耳に届いた。

……そんな資格は、自分にはないのに。

それがわかっているだけに、うれしくて――苦しかった。

だが状況が状況であり、現場も現場だった。

両親があんな亡くなり方をしたところにいつまでも左季を置いてはおけないということで、四十九日を終えてすぐに、左季は渡米することになった。

日本を発つ時、美統は泣きそうな顔で、またね、と言った。別れる友達も、親戚も、そうだった。

落ち着いたら連絡してね、元気でね、と。

だが隆生は、じゃあな、と言っただけだった。

はっきりとした別れの言葉のように。

実際、左季は日本に――この家に帰ってくることを考えていなかったから、意識して「またね」とは口にしなかった。元気で、ありがとう、とだけ言葉にした。

おたがいに、二度と会わないのだ、とわかっているような気がした。

そしてこの時初めて、はっきりと左季は自覚した。

好きだったのだ――、と。

絶望的な思いで、初めて気がついた。

決して許されない恋なのだと。

口にすることも――きっと思うことすらも、許されない。

父が、隆生の兄を殺したのだ。数え切れない人の命を奪った。

――それを自分は隠蔽（いんぺい）した。

誰よりも遺族に対して、許されない罪だった。

自分はこの先、誰かを愛することなどできないだろう。そんなことは許されない。

だから左季にとって、これは最初で最後の恋だった――。

# 6

「いいっすねー！　左季先生と一緒に聞き込みとかっ」

梅雨入り前の心地よい空気の中、街路樹のツツジが満開に咲き誇っている歩道を歩きながら、江ノ木が賑やかに声を弾ませている。

「なんか、科捜研の人みたいですよねっ」

何が楽しいんだか、やたらとウキウキした様子だ。

少しばかり足が重い左季としては、江ノ木の明るさには少し救われる。隆生と二人きりでないということにも、少し気が楽だった。

「監察医だけどね。それに俺は聞き込みじゃなくて……、弔問のようなものだから」

そのため、今日はいつもよりかっちりとしたダークスーツを身につけている。

ふだんは大学に行けば白衣になるし、スーツを着て解剖もないので、それこそ大学生みたいなラフな格好なのだ。

葬儀も終えたこの日、池内――若林久美の夫のところへあらためて話を聞きに行く隆生たちに、左季も同行させてもらっていた。

葬式はあえて遠慮したこともあり、本当に弔問したい気持ちはあったが、左季が希望したというより、どちらかと言えば隆生からの依頼になる。

もし池内が左季に送ってきたストラップに何か意味があるのなら、昔の出来事が関わっている可能性もあるし、それなら隆生一人よりも左季がいた方が何かに思い当たる可能性があると思ったようだ。

正直、これ以上、過去に足を踏み入れたくはない。それに昔の事件が関わっているとも思えない。父の死ですべてが終わったのだ。

……もちろん、人知れず亡くなった人たちにも、左季の中でも、終わりがくることは永遠にないとしても。

だが池内の死は現在の話だった。いずれにしても、見過ごすことはできない。

「いや、なんかいいですよっ。めっちゃアガる！　左季先生なら、何か重要な証拠を見つけてくれそうですしね」

拳（こぶし）を握りしめて言う江ノ木は、なぜか鼻息が荒い。

それは確かに、現場や証拠品を調べる鑑識や科捜研なら証拠を見つけられる可能性もあるのだろうが、左季は遺体専門だ。というか、そもそも。

「日本だと、科捜研の職員も刑事と一緒に捜査するのか？」

何気なく尋ねた左季に、隆生がバスッ、と無造作に江ノ木の後頭部をはたいた。

「いや、それドラマの話。っていうか、おまえ、誰の許可をもらって左季を名前で呼んでんだよ？　あぁ？」

警察官にあるまじきガラの悪い口調で、後輩をにらみつけている。

「誰のって…、先輩の許可がいるんですか？　えーと、美統（みのり）くんもそう呼んでるからいいかなって」

江ノ木は先日の池内の解剖に意を決して立ち会ったのだが、案の定、吐きまくっていた。それを美統が介抱していたのだが、どうやらさっそく仲良くなったようだ。年も近いし、左季が大学を離れたあとのことを考えると、遠慮なく意見の言い合えるいい関係になってほしいとも思う。

きょとんとした顔で答えた江ノ木が、ハッとしたように左季に向き直る。

「——あっ、ダメでした？」

「別にかまわないけど」

「いや、ダメだろ」

「どうして？」

深く考えることもなくあっさりと答えた左季に、なぜか隆生がピシャリと言う。

「どうして？」

期せずして、左季と江ノ木の言葉がハモった。

隆生が不機嫌に眉を寄せてじろりとにらみ、いかにも不服そうにチッ、と舌打ちする。

「うわー、やっぱり先輩、左季先生ラブですね～。独占欲ですね～」

江ノ木がわずかに身をかがめ、内緒話でもするみたいに口元に手を当てて、にやにやと左季に言った。

が、隆生を真ん中にして三人で歩いていたので内緒話になるはずもなく、明らかにとぼけた軽口だ。

「ガキなだけだよ」

左季は肩をすくめてさらりと返した。

隆生のは、……なんだろう？　昔、寺に来ていた子供たちの中では、やはり左季が中心だった。左季の気を引くことは、一番手っ取り早く子供たちの中でのポジションというか、優劣が決まる。そんな名残に過ぎない。

今にして思えば、すべてが嘘ばかりの世界だったのだ。自分はその上でふんぞり返っていた、何も知らない裸の王様だった。

「それか、俺に媚を売っておくと、あとあと便利に使えると思ってるからだろ」

軽く突き放すように左季が言うと、キャハハハ、と江ノ木が声を上げて笑った。

「いいなぁ、左季先生。先輩がぜんぜん相手にされてない感じがいいっすよ。まあでも、左季先生には融通利かせてもらいたい時もありますもんねぇ…」

しみじみと江ノ木がうなずく。そして、ちょっと首をかしげて聞いてきた。

「先輩って昔からこんななんですか？」

「こんなって？」

「スカしてるっていうか、無茶しがち、っていうか」

そんな言葉に、左季はふっと考えてしまった。

確かに無茶をする時もあったけれど。

「……昔の方が慎重だったな。それに昔の方が熱血だったかもしれない。一つのことに一生懸命だったし」

男気があって、みんなを引っ張っていくようなパワーもあって。

どんな最悪の状況でも、いつも未来を見ていた。自分の力で這い上がってやる、という貪欲なほどの意志の強さが。

今の隆生は、確かに少し変わった。

なんだろう？　自分で未来をつかみ取ろう、という意気込みのようなものがない。

事件を追う集中力と凄みは感じるが、それは太鼓にかけていたような熱量とは違い、むしろ身を削っているようにも見える。

「まあ、十四年も会ってなかったからね。その間にいろいろとオトナの経験をしたんだろう」

少しごまかすように、左季は強いて軽く言った。

十四年は、人が変わるには十分な時間だった。隆生も、――自分も、だ。

そうでなくとも、警察官などやっていれば、人の裏を見ることも多いのだろう。

「つまらないことを言ってんな。……ほら、着くぞ」

へぇ…、と少し意外そうにうなっている江ノ木に、隆生が話を切るように言った。

「若林さん、いるかどうか確認してこい。アポ、とってるわけじゃねぇからな」

「とってないのか」

ちょっとあきれて目を見張った左季にかまわず、隆生は後輩を急かして先に行かせる。

「いるだろ。葬式の翌日だしな」

歩く速度を少し落として進みながら、隆生が肩をすくめる。

そっと息を吸いこみ、左季は前を向いたままポツリと尋ねた。

「そういえばおまえ……、和太鼓の道へは進まなかったんだな。刑事なんて意外だったよ」

「まぁな。高校出て警察学校に入ったんだよ。堅実だろ。すぐ給料もらえるし」

隆生が何でもないように答える。

確かに、早く自立したかった隆生にはいい職業だったのかもしれない。和太鼓奏者だと、確かにそれで食っていくまでには時間がかかりそうだ。

それでも――あれだけ打ちこんでいた和太鼓への道を捨てて、どうして警察官に？　と、聞いてしまいたくなる。

だがその言葉を、左季は呑みこんだ。

ただの家出だと自分に言い聞かせながらも、隆生は兄を捜しているのかもしれない。あの当時から、何か異変を感じていたのかもしれない。

ただ真実を、望んでいるのかもしれない――。

隆生にとっては何も終わっていないのだ。

そう思うと、胸の奥が絞られるように痛む。

「ああ…、刑事さん。葬式ではありがとうございました」

江ノ木が先に話を通したようで、左季たちが着いた時には、玄関先に姿を見せていた若林が、隆生に丁寧に一礼した。

池内の――若林の家は都内の古い小さな一軒家で、どうやら旦那の実家のようだった。義理の両親が二年ほど前に田舎に引っ越して、そのあと使わせてもらっているらしい。

池内は看護師だったが、旦那は介護士だと事前に聞いていた。左季たちより五つ六つくらい年上だろうか。痩(や)せた、温和そうな男だ。

あまりに突然の、想像もしていなかったことに、かなり憔悴(しょうすい)しているようだった。

普通に、平凡に暮らしていて、ある日突然妻が殺害されるなどと、考える人間はいない。

中へ通され、左季はとりあえず、仏前に手を合わせた。

安置されていた遺骨に、思わず息を詰める。

なぜ――死んだのか。誰が殺したのか。

昔の事件と関係があるのだろうか――？

頭の中でぐるぐる考えながらも、ふと仏壇の横に置かれていた親子三人の写真に気づいた。

無意識に手が伸びる。

生前の、幸せそうな池内の写真だ。

ああ…、と思わず小さな息がこぼれた。

やはり遺体の顔とは違う。初めて成長した、大人の女性になった池内の姿を見た気がした。

両親の間に、小さな女の子が写っていた。五歳くらいだろうか。

そう。子供がいておかしくない年なのだ。

今日は田舎から出てきていた祖父母が、娘を連れ出してくれているらしい。まだ母の死を実感していないのかもしれない。

「お嬢さん、昔の奥さんにそっくりですね」

静かにそう言った左季に、若林が少し驚いたように目を見張った。

「久美をご存じですか？」

左季のことは話していなかったのだろう。もしかすると、子供時代のことはほとんど話せなかったのかもしれない。

あの事件は、池内にとっても大きな心の傷になったはずだ。左季も実家を離れたあとのことはよく知らなかったが、あれ以来、寺に子供たちが集まることはなくなったようだった。

隆生が和太鼓の道をあきらめたのも、もしかするとそのせいかもしれない。

きっと多くの人生を狂わせた——。

父が実際に手をかけた人たちだけでなく。

一瞬、目を閉じてから、左季は答えた。

「幼稚園の頃から…、久美さんとは一緒に遊んでいたので。しばらく海外にいたので、もう十四年も会ってなかったのですが」

再会が遺体だとは思ってもいなかった。

「そうですか…。じゃあ、刑事さんと同じ、幼馴染み(おさななじ)なんですね」

隆生とは事件の当初から、そういう話をしていたのだろう。葬式にも出ていたはずだ。

若林の言葉に、ええ、と左季も小さく微笑んだ。

「連れてきてもらったんです。お葬式には出られなかったものですから」

奥さんの遺体を解剖したのが自分だとは、やはり言えなかった。自分の仕事を恥じているわけではないが、夫の立場ではいろいろと生々しい想像をしてしまうだろう。

わざわざありがとうございます、と若林が丁寧に頭を下げる。

「それで…、何かわかりましたか？」

顔を上げて、隆生をまっすぐに見つめて尋ねた。

「いえ、まだ何も。すみません。職場の方でも、ご近所にお尋ねしても、奥様が殺される動機がまったく見つからないのです」

隆生はことさら取り繕うことなく、ゆっくりと答えた。

「通り魔……、ということですか？」

悔しそうに若林が顔を歪める。

「あるいは。まだわかりませんが。けれど、奥さんは発見される前日、昔の知人と会うと言って外出されたんですよね？」

あらためて隆生が確認している。

——昔の、知人……？

一瞬、ドキリとしたが、昔といってもどのくらい昔なのかはわからない。看護学校時代とか、以前の病院に勤めていた時かもしれない。

「それが誰かわかれば、手がかりになると思うのですが」

隆生が難しい顔で顎を撫でた。

確かに、まったく関係がなければ、これだけの大事件なのだ。すでに名乗り出ていていいはずだった。

それがないということは、確かにおかしいと思える。

「奥さんの部屋とか…、持ち物を少し、調べさせてもらってかまいませんか？　何か犯人につながるものがあるかもしれませんので」

丁寧に頼んだ隆生に、若林がうなずく。

「妻の部屋はありませんが……、どうぞ、家の中をどこでも」

江ノ木と視線で合図し合って、二人が立ち上がった。

池内個人の部屋がないだけに、捜索範囲は広い。寝室とか、台所とか、ドレッサーとか、タンスとか。池内の管轄になりそうなところをチェックしているようだ。

あとはリビングや、子供のおもちゃ箱なども一応。小さなおもちゃの和太鼓が入っているのに、左季は少し微笑んでしまう。

赤、黒、緑の巴(ともえ)の模様が入った、レトロなタイプだ。今の時代では、子供のおもちゃに和太鼓を与える家庭はめずらしいだろう。しかも女の子なのだ。だが、池内らしい、と思う。

池内も、あの頃の思い出は悪いものばかりではなかったようだ。

隆生がそれを手慰みのように、指先でたたいている姿に、ちょっと胸が詰まった。

つまり隆生は、自分の夢をあきらめたということなのだ。あれだけ望んでいたのに。

結局、隆生の夢も潰(つぶ)してしまった……。

「左季」

途中で隆生に呼ばれて行くと、手帳を見せられた。後ろの方の余白に、左季の大学の住所が記されている。比較的新しい書き込みのようだ。

やはりな、とおたがいに視線で確認する。

どこかで左季が帰国したことを知ったようだ。

「今時、手帳というのはアナログだな…」

何気なくつぶやいた左季に、隆生があっさりと言う。

「携帯は見つかってない。犯人が持っていったんだろう。電源も入ってない」

なるほど、と左季もうなずく。

そして物置の隅で、隆生が小さなお菓子の缶を見つけてきた。

左季もうっすら見覚えのあるものだ。昔、寺務所でよく出していたお菓子の缶と、同じものだった。

中を開けてみると、やはり昔の……あの頃の思い出の品が入れられていた。

太鼓の演奏会をした時の寄せ書きだとか、メダルだとか。

懐かしさと息苦しさが同時に襲ってくる。

だが結局、決め手となるような収穫はないまま、左季たちは家をあとにした。

「まずいっすねぇ…。ほんとに通り魔とかだったら、次の被害者が出るまで探しようがない感じですよ」

駅へ向かって歩きながら、江ノ木がガシガシと頭をかいてうなる。

「通り魔にしては計画性がありすぎる気もするけどね」

それにちょっと首をかしげて、何気なく左季が口を挟んだ。

時間帯にしても、場所にしても。

「そうだな。通り魔なら普通、金や携帯を盗んでいくことはない。相手を襲ってさっさと逃げる。付近の防犯カメラをきっちり避けているのも慎重すぎる」

隆生が考えながらゆっくりと言った。

どうやら防犯カメラや車載カメラからの手がかりもなかったようだ。昨今の犯罪者も、そのあたりは十分に警戒しているのだろう。

「呼び出されてるみたいですしねえ…。やっぱり昔の知り合いでしょうか?」

何気ないような江ノ木の言葉に、ドキリとした。

昔の――知り合い……。

「まったく手がかりがないのか?」

「残念ながら、な…」

気が急くように尋ねた左季に、隆生が肩をすくめる。

答えながらちらっと左季を見たのは、例のストラップが関係なければ、という注釈がつくのだろう。

「あー…、まずいな。こっちの捜査人員、減らされるかもですね」

駅の近くまで来たあたりで、タブレットを開いて何かを確認していた江ノ木が、なかば独り言のようにつぶやいた。

「なんだよ?」

と、うなった隆生に、江ノ木がタブレットを差し出してみせる。

「例の…、誘拐事件。公開捜査になったみたいですよ」

いくぶん厳しい声だ。

「誘拐?」

左季も思わず声を上げた。

「中学一年の男の子が五日前に誘拐されたみたいなんですよ。でも犯人からの要求がまったくなくて。誘拐というより連れ去りですかね…」

江ノ木が左季にもタブレットを見せて説明してくれる。

小学校から上がったばかりで、まだ幼さが残る男の子だった。私立だろう、ブレザーの制服姿がまだ少し浮いている。かなり可愛らしい顔立ちだ。目をつけられやすい、とも言える。

ブレザーの衿には真鍮だろうか、小さな翼が二つとアルファベットを組み合わせた、西洋の紋章風のしゃれた校章が輝いていた。

子供の誘拐事件。しかも、中学一年生の。

フラッシュバックするように、行方不明児童を探すチラシの写真が脳裏によみがえる。嫌な既視感に、頭の芯がジン…と痺れた。めまいがする。

「またややこしい時にややこしいことが……だな」

「事件は順番に起こってくれませんもんね」

刑事二人にとっては、山のように扱う事案の一つということだろうか。事務的に話が進んでいる。

「早く見つかるといいけどな。長引くと難しくなる。まぁ、今の段階じゃ、向こうに優先的に人手が割かれるのは仕方ないな」

「僕たちがこっちの事件を外されるってことはないですよね？」

「それは多分、ないな」

そんな会話がちょっと耳から遠くなる。

次の瞬間——。

「おい、左季…！　どうしたっ？　大丈夫か？」

倒れかけた身体が、ぐん、と強い力に引き寄せられ、ハッと意識がはっきりした。

「先生、顔色悪いですよ？　今日ちょっと、気温も高いから」

江ノ木も心配そうに顔をのぞきこんでくる。

「ああ…、いや、大丈夫。昨日……、寝不足だったからかな」

急いで答えて、左季は隆生の腕からあわてて抜け出した。

「離せよ」

肌が触れているだけで、心臓が大きな音を立ててしまう。

「……マジ、嫌われてません？」

うさんくさそうな目で先輩を見た江ノ木に、隆生がふん、と鼻を鳴らした。

「これは左季の照れ隠しなの。俺と左季はラブラブなんだよ。十四年ぶりの運命の再会だからな」

「はいはい」

冗談にしても笑えない言葉に、左季はことさら冷ややかに、おざなりに返す。

「本気だぞ？　おまえのためなら、俺は何でもできるのに」

少し拗ねた口調で言う隆生に、左季はため息をついた。

「そんなに媚びなくても、研究室に来れば昼寝用のソファくらい貸してやるから」

「やった」

大きな笑顔で声を弾ませた隆生に、江ノ木が声を上げる。

「えっ、ずるいっ。そんなことしてたんですか？　時々、所在不明になると思ったらっ。僕もいいですか？」

「おまえにはまだ早いんだよ」

隆生が邪険に後輩の要求を却下して、軽く蹴飛ばすふりをする。

おっと、とよけた拍子に、江ノ木がちょうど左季たちを後ろから追い越そうとしていた男にぶつかりそうになった。

「あっ、すみませんっ」

警察官が一般市民の迷惑になるのはまずい。

江ノ木があわててあやまり、相手も気にしていないように、いえ、とだけ軽く答えてそのまま足早に駅の方へと向かっていく。

と、その背中に、隆生がいきなり高い声を上げた。

「あれ…、津田さん？　津田先生！」

え？　と左季が思ったのと、男が怪訝そうに振り返るのは同時だった。

五十代なかばくらいの、仕立てのいいスーツ姿の男だ。片手に重厚なビジネスバッグを提げている。

眼鏡をかけた穏やかな顔が少しとまどったようにこちらを眺めてきたが、すぐにふわりと表情を緩めた。

「あれ…、もしかして、左季くん？　それに、隆生くん……だったかな？」

間違いない。津田だ。美統の父親。

「あ…、ご無沙汰しています」

左季はあわてて頭を下げた。

懐かしい——と同時に、また一人、あの頃の知り合いに会ってしまった。

何が、というわけではないが、妙に胸がざわつく。

太鼓仲間ではなかったが、間違いなく津田もあの頃、よく顔を合わせていた一人だ。

「びっくりしたな…、こんなところで。左季くんには美統がお世話になってるから、一度、きちんと挨拶に行かないとと思ってたんだよ」

津田が大きな笑みを作った。

「いえ、こちらこそ。美統くんが来てくれてとても助かっています」

「津田先生はどうしてここに？」

隆生が意外そうに尋ねている。

それに津田が駅の方を指さして答えた。

「私の事務所がすぐそこなんだよ。駅の向こう側。君たちはどうして？」

「えっと…、仕事でちょっと。実は俺、警察官になったんですよ。事件の捜査でこのあたりに来ていて」

少しばかり言葉を濁した隆生に、津田が意外そうに目を見開いた。

「警察官？　ああ…、そういえば美統が言ってたかな。じゃあ今も仕事中なの？」

「ええ。……あ、そうだ。ついでみたいですみませんが、先生にも少しお話をうかがっていい

です か?」

「隆生?」

いきなりそんなことを言い出した隆生に、左季は少し驚いた。

だがまあ、確かに津田も池内の「昔の知人」には違いない。いずれ話を聞きにいくのなら、この機会に、ということだろうか。

津田がちらっと腕時計を見て、うなずいた。

「じゃあ、うちの事務所に寄っていくかい？　今なら少し時間もあるから」

# 7

津田の事務所は言っていた通り駅を挟んだ反対側で、歩いて十五分ほどの距離だった。

途中の駅に着いたところで、江ノ木は先に報告に帰らせ、隆生と二人で訪ねることになる。

左季からすれば、——隆生も同様のようだが、やはり十四年ぶりの再会だ。ただテレビの画面越しに見かけていた分、少し馴染みはある。

やはり落ち着いた物腰の、穏やかな雰囲気だった。やり手の弁護士のはずだが、ありがちな威圧感はない。そのあたりが主婦層には支持があるのだろうか。

父と二人で、のんびりと縁側でコーヒーを飲んでいた姿が目に浮かぶ。

津田といる時だけはいつもの厳しい父ではなく、仏に仕える僧侶でもなく、ただの気の合う友人として、気を許しているように見えた。

この人のことも、父は欺いていたのだ。

「うわ…、これはすごい。立派ですね」

案内された事務所を前にして、隆生が口笛を吹くように声を上げた。

よくある個人名での事務所ではなく「ＭＩＮＯＲＩ法律事務所」——とエントランスに名前が刻まれている。

五階建てくらいで、まだ新しく、しゃれた雰囲気のビルだった。自社ビル、なのだろうか。他に看板はなく、造りからしても他のテナントが入っている感じはない。

一階のエントランスは木材とガラスの組み合わせがモダンな造りで、弁護士事務所という重厚感を和らげていた。オフィス入り口までのアプローチにも大きめの観葉植物がふんだんに置かれ、ちょっとした高級サロンのようだ。

「あ、お帰りなさい、津田先生」

「お疲れ様です」

一階の広く明るいオフィスへ入ると、次々と声がかかった。

所属の弁護士とパラリーガル、合わせて十五人くらいはいるだろうか。たいしたものだ。昔の、男手一つで美統の面倒を見ながら必死に働いていた姿を知っていたから、やはり感慨深いものがある。

「すまん。お客様にコーヒーでも出してもらえるかな」

「……あ、アイスでお願いできますか？」

津田がすれ違った女性に軽く伝えたが、隆生が乗っかって図々しく注文した。

が、それはむしろ左季のためなのだろう。さっきの立ちくらみのようなものを気にしているのかもしれない。少しばかり気温が高かったので、確かにアイスの方が心地よさそうだ。

女性が「承知いたしました」とおもしろそうに微笑んで返す。

津田のあとについて、オフィスの片隅にあった螺旋階段を上ると、どうやら二階に津田専用の個室があるらしい。

そちらもかなり広く、促されて手前の重厚な応接セットに腰を下ろした。

「すごいですね…、先生の個人事務所なんですよね？」

「まあ、なんとかここまで来たよ。ここの上から二階分は自宅なんだ」

あたりを見まわしながら感心したように言った隆生に、津田がゆったりと微笑む。

「ＭＩＮＯＲＩって、美統くんの名前からとったんですか？」

やはり気づいて、左季はそれを確認してしまう。

「たまたまだけどね。実り、というのがいいだろう？　収穫という感じが、いかにも成果を手にできそうで」

そんな説明に、なるほど、と思う。

やはり弁護士という仕事は、イメージも重要だ。

「美統くん、ここから大学に通ってるんですか？」

「通ってくれてもよかったんだけど、ちょっと遠いからね。学生時代から大学近くに部屋を借りてるよ。でもわりとちょこちょこと帰ってくるかな」

相変わらず、仲のいい親子のようだ。津田も美統の教育に金を惜しむつもりはなかったようで、よかったな、と安心する。

「それにしても……、ひさしぶりだね。十…四年ぶり？　になるのかな。すっかり変わってて、びっくりしたよ」

「すぐわかったじゃないですか」

二人を見比べるようにして言った津田の言葉に、隆生が顔をほころばせる。

「俺なんか、ずいぶん外見のイメージが違ってたと思いますけど」

「うん。左季くんの写真は見せてもらってたから。美統と二人の白衣姿。似合ってたね。で、左季くんと一緒にいたから、隆生くんだな、ってすぐにわかったのかな？　昔からいつも一緒にいたからねえ…。すぐに連想したのかもしれないね」

そんな言葉に、ああ…、と隆生がちょっとうれしそうにうなずく。

「昔は美統と隆生くんで、左季くんの取り合いだったからね」

「今も負ける気はないですよ」

少しからかうように言った津田に、隆生がまともに返し、左季はちょっととまどった。

「おい」

幼馴染みの間での軽口ならともかく、津田に言うようなことではない。

と、そこにアイスコーヒーが運ばれてきて、とりあえず喉を潤した。

「ところで……、ええと、隆生くんは警察官になったんだってね？　このあたりには仕事で来たって？」

穏やかな様子で、津田が尋ねてくる。

さすがにやり手の弁護士だけあって、依頼人に安心感を与える物腰だ。

「はい。実は…、津田先生は覚えていませんか？　昔、和太鼓クラブにいた池内久美……今は、若林久美というんですが」

わずかに背筋を伸ばして、隆生が尋ねている。

「池内久美……、確か美統に太鼓を教えてくれてた子じゃなかったかな？　おかっぱのまじめそうな女の子」

ちょっと眉を寄せて、津田が記憶をたどるように答える。どうやら小学校の頃が一番記憶に残っていたのか。

「ええ、そうです。その彼女が殺されたんですよ。この間、桐叡医大の近くの公園で遺体が見つかって」

「えっ？　殺された？」

津田が大きく目を見開く。

「ご存じなかったですか？　美統に聞いてないです？」

思わず左季が横から疑問を挟んだ。

「いや、美統とそういう話は……。おたがいに守秘義務のある仕事だしね。そういえば、そんなニュースを見た気はするが。……そうか。あれは彼女だったのか」

ソファの背もたれに身体を預け、津田が口元を手で覆った。

確かに、名字が違っていればすぐに連想はしないだろう。めずらしい名前でもない。

「しかしまた……、どうして？」

「それを調べているんですよ」

「ああ…、そうだね」

津田が何度もうなずく。そしてふっと視線を上げた。

「それで左季くんはどうして？」

「私がその遺体の解剖をしたんです」

左季は静かに答えた。

「そうか……、左季くんが担当したのか」

津田が大きなため息をつく。そしてちらっと微笑んだ。

「美統も役に立てばいいけどね。君の助手をしているんだろう？」

「優秀ですよ、美統くんは。いいんですか？　法医学者なんかやらせていて。臨床医でも十分にやっていけると思いますが」

思わず力説してしまう。正直、今からでも転向していいんじゃないかと思うくらいだ。

「なんか、ということはないだろう。まぁ、自分の好きなことがやれているんならいいんじゃないかな。あの子は昔から、自分の嫌なことには見向きもしないからね」

「確かにそうだなー」

津田の言葉に、アイスコーヒーを飲みながら、他人事のように隆生がつぶやく。

そしてグラスを置いて、淡々と質問を続けた。

「先生は、池内とはこの十四年の間に会ったことはありませんか？」

「いや、ぜんぜん。……そうか。まあこれだけ近くに住んでいたら、どこかで会っていても不思議じゃなかったね」

顎を撫でながら、津田が難しい顔で答えた。

「彼女がこのあたりに住み始めたのは、二年前からみたいですけど」

淡々とした隆生の質問が続く。

「会った覚えはないな。生活のサイクルが合わないんだろうね。私は自宅がこの上だから通勤時間がないし、出かけるにしても今は電車を使うことも少ないし。それに、左季くんはともかく、彼女の顔はすれ違ってもわからなかっただろうね」

「そうですか……」

隆生が渋い顔でうなずく。

それはそうだろう。

昔、美統が寺に来ていた頃、津田は左季とは週に何度も顔を合わせていたが、池内とは何度か顔を見たという程度のはずだ。たまたま練習を見学した時とか、和太鼓の演奏披露の時とか。十代前半からだと、かなり顔の印象も変わる。むこうがテレビに出た津田を覚えていることはあっても、津田の方からは難しそうだ。

隆生が続けて尋ねた。

「そういえば先生は、十八日の真夜中から三時くらいまで、どこにいましたか?」

「えっ? 私が疑われているの?」

あからさまなアリバイの質問に、津田が驚いたように声を上げた。

「いや、ぜんぜん。ただ、すみません。俺、無精なんで。一応、池内とも知り合いだったし、何かあってまた聞きにくるのも面倒だから、まとめてすませておきたいな、と」

隆生がポケットからペンと小さなメモ帳を引っ張り出しながら言った。

ふだんは江ノ木が一緒なので、彼が聞き取りのメモをとっているのだろう。初めて隆生の刑事らしいところを見た気がする。

が、ペンを動かすたびに和太鼓のストラップが揺れて、ちょっと邪魔そうだ。つまり、それだけふだんは使っていないということなのだろう。ペン自体、単なる飾りだ。

「ハハ…、なるほどね。効率的だ」

あっけらかんと言われて、津田がおもしろそうな笑みを見せた。

　直球だけに、むしろ答えやすいのかもしれない。

　確かに「昔の知人に会いにいった」という夫の証言がある以上、片っ端から確認しておく必要があるのだろう。

「……ええと、十八日？　というか、夜のその時間なら、普通に寝てたか、寝る寸前だったと思うな。家に……、ここの上にいたよ」

　津田が指先で天井を指す。

「そうですか」

　特にがっかりした様子もなく、隆生がうなずく。

「火曜日だね。確かその日は美統が帰ってきてたから、一緒に食事に出てたと思う。帰って、おやすみを言ったあとだったから、アリバイ証人にはなれないと思うけど」

「大丈夫ですよ、ありがとうございます」

　結局、メモをとるほど複雑な内容ではなかったのか、隆生は何も書かずにメモ帳をポケットにしまいこみ、朗らかに礼を言った。まあ、形式上の質問ということかもしれない。

「それにしても、隆生くんは大変な仕事を選んだんだな。左季くんもだけど」

　津田の眼差しが静かに左季を見つめる。

「立派な仕事だよ。アメリカでも成果を出していたんだろう？」

「ええ…、まあ」

「ご両親も喜んでいるよ、きっと」

力強いそんな言葉に、左季は微笑みを強(こわ)ばらせるしかなかった。

ふいに胸に突き上げてきた衝動を、疑問を——左季は必死に押し殺した。

この人に、聞いてみたかった。

あなたは父の正体を知らなかったのか——、と。

年数でいえば、誰よりも長い付き合いだったはずだ。そしておそらく大学時代から、父は始めていたのだ。

だが家族でさえ、息子でさえ、父の別の顔に気がつかなかった。他人にどうこう言う資格などない。そして家族以外の人間に、今さらその重荷を背負わせる必要はない。

この人が、両親の、父の冥福(めいふく)を祈ってくれるのであれば、それでいい、と思う。

左季自身はまだ、十四年たってもまだ、父のしたことを受け止められていない。許せるとか許せないとか、それさえも考えられない。

消えない怒りはあったが、それが父に向けられているのか、自分に向けられているのかもわからない。

だから最後まで自分を守ってくれた母の死を悼(いた)むことはできても、父の死は——ただ死でしかなかった。すでに骨になってしまった死だ。

わからなかった。

見知らぬ何人もの人を殺したことよりも、ただ隆生の兄を殺したことにこらえきれない怒りを覚える。いまだに、夜中に叫び出したくなるほどに。

そしてそんな自分を、嫌悪してしまう。

こんなふうに、隆生の隣にいる資格すらない自分を知っているから、……だから。

一年。一年の辛抱だった。

「ありがとうございました。お仕事のお邪魔をしてすみません」

そんな言葉で隆生がソファから立ち上がり、左季もあわてて続いた。

「仕事、がんばって。死んだ彼女も君に捜査してもらえるなら本望だろう。……ああ、美統をよろしくね、左季くん」

じっと目を見つめて言われ、左季は微笑んでうなずいた。

「はい。美統くんなら優秀な法医学者になりますよ」

断言できる。そう、自分が日本を離れても、美統ならばすぐに独り立ちできるだろう。

そんな未来を思い描けると、少しホッとする。

失礼します、と部屋を出て、さっきの螺旋階段を下りたところで、ちょうど出先から帰ってきたらしいスーツ姿の男が、片手のスマホを見ながら勢いよく階段を登ろうとして危うく左季とぶつかりそうになった。

「危ないっ」

とっさに左季の腕を引いた隆生が、一歩前へ出るようにして左季をかばう。

隆生と男がまともにぶつかって、ただ隆生はわかっていた分、しっかりと踏ん張っていたが、不意打ちだったらしい相手は大きく体勢を崩し、手にしていたスマホとビジネスバッグを弾き飛ばしていた。

だらしなくバッグの口も開きっぱなしだったらしく、中身が半分くらい床に飛び出している。

「うわっ！　すみませんっ」

あせったように男が大きな声であやまって、ペコペコと頭を下げてから、ようやく顔を上げる。

とたんに、大きく目を見開いた。

「——えっ？　あ、おい、隆生じゃないか？　それに…、もしかして左季かっ？」

野太い声で聞いてくる。

どこか見覚えはあるが、パッと名前が出てこない。

髪は昔よりも短く、体格はひとまわり大きくなっている。丸顔の、愛嬌のある男だ。

「……大輝か？」

が、隆生の方は思い当たったらしい。わずかに眉を寄せたが、すぐに名前を口にした。

そうだ。窪塚大輝。

あの頃、和太鼓クラブにいた同級生だ。あの日の合宿にも参加していた。

また、一人――。

くらっと一瞬、左季は目の前が暗くなる。

どうして……こんなにも次々と目の前に現れるのか。

「そうだよ！　ひさしぶりだなっ、おい」

顔いっぱいに喜色を浮かべて、大輝が気安く隆生の肩をたたく。

「おい、邪魔になるだろ。早く片付けねぇと」

「おっ、そうだ」

そんな隆生の言葉に、思い出したように大輝があわてて床に散らばった私物をざっくり拾い集めて無造作にカバンに投げ入れている。

そういえば、昔から大雑把な男だったな、と左季もそんなことを思い出した。テストの答案の欄を一つずつずらして書きこんでしまい、零点をとるような。

頭は悪くなかったが、弁護士になるにはかなりの努力をしたのだろう。この先、優秀な弁護士として実績を積むには、もう少し細部に気を遣った方がいいかもしれない。

「それにしても……、びっくりしたよ、隆生。高校卒業以来か？」

中身がごっちゃになったバッグの口はやはり開けっぱなしで、大輝がすぐそばの自分のらしいデスクにバッグをのせると、あらためて隆生に向き直った。

「そうだな。それでおまえはどうしてここにいるんだ？」

隆生もさすがに聞かないわけにはいかないのだろう。

そもそも、池内の知人というだけで津田に話を聞いたのだ。それでいえば、大輝はもっと深い知人になる。少なくとも、友人、だったはずだ。

「窪塚くんはうちに所属してる弁護士だよ」

と、後ろから下りてきた津田がにこやかに説明した。

「そっ。ようやく司法試験に受かって、司法修習も終わってな。正式に採用してもらったとこだよ」

大輝が大きな笑みで声を弾ませている。長年の苦労が実ったところのようだ。

「そりゃ、すごい」

おー、と隆生も声を上げた。

「えっと、……で、どうしておまえら……？」

再会の興奮が過ぎ、ようやく不思議そうに大輝が左季たちを見比べた。

大輝からすれば、隆生と左季が一緒にいることも不思議だろう。

「あー、そうだな。長い話だが、ここで会ったが百年目って感じだな。おまえにも話を聞かねぇと」

ポリポリとうなじのあたりを掻きながら、隆生がうなる。

「報告はあとでいいよ。窪塚くんは貸してあげるから、近くの喫茶店でもう一杯、コーヒーを飲んでいくといい」

クスクスと笑って、津田が言った。そしてちらりと大輝を見る。

「君もアリバイを聞かれてくるといいよ」

「アリバイ?」

大輝がぽかんとした顔を見せた——。

# 8

「ボスのお許しが出たようだから、ちょっと顔を貸してもらおうか」

隆生がポンポンと大輝の肩をたたき、そのまま気安く肩を抱くようにしてさっき入ってきたばかりの扉から外へと押し出した。

ほとんど悪徳警官がドラッグの売人を路地に連れこむような勢いだ。フロアにいた他の同僚たちも、ちょっとあっけにとられた表情で見送っている。

失礼します、と左季はあわてて津田に一礼して、そのあとを追った。

それにしても、こんな近い範囲に池内と津田と大輝がいたことに少しばかり衝撃と、そして言いようのない不安が湧き上がってくる。

もちろん、奇跡というほどの偶然ではないのだろう。美統が法医学者を目指したのも、隆生が刑事になったのも、それなりの道筋があってのことだ。

法律事務所を出て、隆生がきょろきょろとあたりを見まわしている。

同じ通り沿いに、明るいおしゃれなカフェと、クラシックな雰囲気の喫茶店の看板が見えた。

喫茶店の方が落ち着いて話せると判断したのだろう、先に立って隆生がそのドアを押して中へ入ると、隅のテーブルに腰を下ろした。

制服のウェイターが、水と、しっかりとしたタオルのおしぼりを出してくれる。

「にしても、すげぇひさしぶりだよな。びっくりしたよ。むっちゃ、変わってるじゃん、隆生。ていうか、左季、おまえこっちに帰ってきてたんだなー。え？　隆生は今、何してんだ？　ラッパー？　……ていうか、なんだよ、アリバイって？」

お手拭き(てふ)でゴシゴシと両手と首回りを拭きながら、せかせかといくぶん早口に大輝が聞いてくる。

「順番にいこう」

と、隆生が片手を上げてその勢いを止める。

とりあえず飲み物を注文してから、あらためて口を開いた。

「おまえ、どういう経緯で津田先生のところで働いてるんだ？」

「どういうって……、いや、俺、ずっと弁護士を目指してたからさ。大学を卒業して、とりあえずパラリーガルやりながら司法試験受けようと思って。あちこち事務所を探してたんだけど、そういえば津田先生のところはどうかな、って思い出して。連絡とってみたらＯＫもらったんで、ずっと働かせてもらってるんだよ。まぁ、美統のコネ？」

ハハハ、といくぶん照れたように笑う。

「おかげで勉強する時間もしっかりもらえたし。運がよかったよ」

なるほど、確かに無理のない話だと思う。津田にしても、いくらか知り合いならば雇いやすいというのはあっただろう。

それでも、やはりこれだけあの頃の仲間が集まってしまうのは、胸がざわざわする。

「じゃあ、美統とは連絡とってたのか？」

「でもないなぁ…。美統も医学部で大変そうだったし。今も先生とこにはよく帰ってきてるみたいだけど、上の自宅に入る時は別の入り口使うから。しばらく顔は見てないかな」

隆生の問いに、大輝がわずかに首をひねって答えている。

「で、おまえらは……何？」

そしてようやく、いろいろな疑問が乱れ飛んでいる顔で眺めてきた。

「今も二人でつるんでたのか？　正直、驚いたよ」

「俺は、今は刑事。左季は監察医。美統は監察医助手。で、今現在は若林久美（わかばやしくみ）の殺人事件を調べている。旧姓、池内久美な」

端的に説明した隆生に、大輝が大きく目を見開いた。いきなり知らされた予想外だろう事実に、口もぽっかりと開いている。

「池内？　え、久美？　殺人……？」

どうやら大輝も事件については知らなかったようだ。というより、被害者が池内だとは気がつかなかったのだろう。

「こないだ公園で見つかった看護師の遺体だよ」

「あれ、池内だったのか……」

隆生の説明に、呆然とした表情でつぶやいた。

「亡くなる前、昔の知人に会いにいくと言って家を出てる。……というわけで、とりあえず、おまえのアリバイも聞いておきたい」

「ア、アリバイって……」

いまだに理解が追いつかないように、大輝が運ばれていたコーヒーにとりあえず手を伸ばして、気持ちを落ち着けた。

左季は今回はホットのカフェオレを頼み、隆生は緑の鮮やかなクリームソーダを飲んでいる。というか、浮いているバニラアイスを食べている。

仕事中に食うもんか？　という意味をこめて白い目で眺めた左季に、メッセージは正確に受けとったらしく、「喫茶店といえばだろ」と意味不明な言い訳をして。

そういえば、アイスは好きだったな、とふいに思い出した。家ではほとんど買ってもらえなかったようで、寺に差し入れがくると無邪気に喜んでいた。

いつだったか、うっかり転んで膝をぶつけた左季に、隆生がもらったばかりのかき氷アイスをしばらく膝にのせてくれたことがあった。溶けるぞ？　と左季は心配したが、少し柔らかくなったくらいが食いやすいし、と隆生はちょっと強がった顔で答えていた。

熱を持った膝が、アイスのおかげで気持ちよくて。じゃあ、と左季は自分がもらったアイスバーを半分、分けてやった。といっても、簡単に分けられる形状ではなく、左季が急いで半分食べてから、はい、と残り半分をあげたのだ。

いいのか？　とびっくりした目で左季を見つめ、隆生がいつになく、妙におずおずとバーを受けとったのを覚えている。

女の子相手ならいろいろとはやし立てられるところだろうが、男同士だ。よくあることのはずだったが、左季も妙に気恥ずかしくなっていた。

たわいもない、子供の頃の思い出だ。

せめて……隆生の中で、そんな思い出が壊れないままに残っていればいいと思う。

左季がアメリカへ帰ったあとも。

「真夜中から三時くらいな。その前後もできれば」

隆生が昔の友人に、遠慮なく問いただしている。

「真夜中から三時って…、そんな時間、普通は寝てるだろ」

お手拭きで汗を拭（ぬぐ）いながら、ようやく大輝が答えた。

当然といえば、当然ではある。

「誰か証明できるか？　奥さんとか、恋人とか」

「いねーよ。ほっとけよ」

決して悪意があって確認したわけではないだろうが、大輝が憮然として答えた。

「弁護士先生になったんなら、これからいくらでも釣れるだろ」

「そう思うか？」

顔を突き合わせて、にやりと悪い笑みを見せた二人に、左季は冷ややかに指摘した。

「言い方。気をつけろ」

刑事に弁護士だ。言葉遣いには注意すべき職業だ。

ハッとしたように咳払いして、二人があわてて身を引いた。

「あー、で、最近、池内とは会ってないのか？」

隆生があらためて聞き取りを続ける。

「会ってねぇなあ……。――あっ！」

いったん首を振った大輝が、ふと何かを思いだしたように声を上げる。

「どうした？」

わずかに身を乗り出した隆生に、大輝があせったように両手を振った。

「いや、そういえば駅で……、女とすれ違って、池内に似てるなって思ったことがあったな、って。それだけ」

「池内かもな。二年前から近所に住んでるから、最寄り駅だろう。いつ頃のことだ？」

「ええ…と、……そうだな。五日くらい前かな」

大輝がきょろきょろと少し落ち着かない様子で答える。

「最近じゃないか。その時、何か気がつかなかったか？　誰かと一緒だったとか？」

隆生の口調に少し熱がこもる。

「いやぁ、ぜんぜん……。気にしてなかったし、そもそも似てるな、くらいで本人だと思ってなかったし」

つぶやくように言って、ハァ…、と大輝が大きなため息をもらした。

「あの時、俺がもうちょっと気をつけてればよかったんだな……。何か話を聞けたかも」

厳しい表情で、小さく唇を噛む。

「しょうがねぇよ」

それを隆生が慰める。

「でも池内がなぁ……。信じられないよ。どうしてだ？」

誰に聞くようでもなく、大輝が頭を抱えた。

「他に池内が会ってそうなやつを知らないか？　昔の友達で。……えーと、寛人とか、今、何してるか知らねぇかな？」

やはり和太鼓クラブにいた同級生だ。左季も名前は覚えている。ひょろっと痩せた、背の高い男だった。

と、ふと思い出したように、隆生が続けた。

「そういや、寛人と池内って、昔、付き合ってなかったか？」

「あー、うん。高二から高三くらいの時な」

そんな二人の会話に、そうだったのか、と内心で左季は驚いた。

池内は、隆生のことが好きなのだと思っていた。が、まあ、もちろんそのあとで、別の誰かを好きになったとしても不思議はない。

高二から高三であれば、左季はすでに日本にいなかった。

あの事件で、和太鼓クラブにいた子供たちはみんな傷を負ったのだ。その痛みを打ち明けられる人間は限られる。事件のことを話し、おたがい慰め合っているうちに、ということはあり得るのだろう。

「寛人は今、北海道だよ。高三の秋前になって、いきなり志望を変えてさ。なんか、魚関係の専門学校に行ったんだよな。で、そのままむこうに居着いたはず。ぜんぜん連絡とかはとってなかったけど……、部屋に帰ったら、多分、住所はわかるから教えるよ。……あ、今、俺と番号交換しとくか？」

額に皺を寄せて記憶をたどった大輝に、頼む、と隆生が短く返す。

そしてテーブルの上で、一度、隆生が大輝の番号を鳴らしておたがいに番号を登録した。

「あ、左季とも交換しとこうか？」

そして何気ない調子で言った大輝に、左季が返事をするよりも早く、隆生が口を挟んだ。

「いらねぇよ。必要なら俺が教える」

バッサリと言った隆生に左季は思わず目を瞬かせたが、大輝はちらっと左季を横目に見ただけで苦笑いした。

「相変わらずだなー」

そんな言葉に、何がだ？　と左季の頭に疑問が浮かんだが、隆生はふん、と鼻を鳴らしてから、話を変えるように口を開いた。

「にしても、昔はカエルにも触れなかった寛人が魚関係ってマジか？」

「っていうか、おまえが刑事なんかやってんのも、マジか、って感じだよ」

なかばあきれたように言ってから、横の左季を眺めた。

「まぁ、左季は頭よかったから、監察医？　ってのはわかるけど」

微妙に何か言いたげで、言いづらそうにしているのは、やはり左季の両親のことが記憶に残っているせいだろう。いろいろと聞くに聞けない、と。

「おまえらが今も二人でつるんでるのが、なんかすげぇ……、一番、びっくりしたかな」

そしてポツリと、そんなことを言った。

「たまたまだよ。仕事が重なってたから……偶然。俺が日本に帰ってきたのも、十四年ぶりだったから」

さらりと左季は答えたが、……そう、偶然なのだ。

左季が隆生と再会したのも、美統が法医学教室に入ってきたのも、そこに池内の遺体が運ばれてきたのも。そして聞き込み先で津田と会い、こうして大輝と話しているのも。

……偶然、なのか？

それを考えると、ぞくりとする。何かに――誰かに操られているような、もどかしい感覚に襲われてしまう。

だが確かに、一つ一つを考えてみると、どれもあり得る再会なのだ。つながっていて不思議ではない。

普通に生きていれば、誰もがそれぞれのつながりがあって前に進んでいる。

一度運命が交われば縁が続いていくことはある。……よくも悪くもだ。

――ただ。

「こんなに何度も、人の死に出会うなんてな……」

大輝が頭を掻き、ため息のようにつぶやいた。

そうだ。死体が多すぎる――。

左季は思わずギュッと、自分の手首を握りしめた。

だが、それが自分の選んだ道でもある。

常に死体に、骨に囲まれている。

ちょっと笑いたくなった。

今さらだ。本当に、今さら。

生まれてからずっと、自分は人の死に囲まれていたのだ。


「……行き着かねぇなぁ。池内が会いに行ったやつ」

大輝と別れ、大学近くにある左季のマンションまでわざわざ隆生が送ってくれていた。

まだ日も沈んでいないし、年頃の女の子でもあるまいし、と思うが。

正直、隆生に優しくされるのはつらい。それだけ罪悪感が募ってしまう。

だが一緒にいられる時間が愛おしく思えるのも、また本心だった。

……これが最後の一年だから。

「まぁ、あの頃の仲間とも限らないからな」

隆生のぼやきのような言葉に、左季は淡々と返した。

言いながらも、自分ではやはり、昔の事件が何か尾を引いているのではないかと疑ってしまう。それで池内が殺される意味はわからないが。

「おまえさ……」

左季のマンションが見えてきたあたりで、隆生がポツリと言った。

「監察医になったのって、ご住職やお母さんの死んだ原因を調べるためだったのか?」

「え…? いや、別にそういうわけじゃない」

反射的に答えてから——実際、そんな気持ちではなかったし、隆生はそう考えていたのか、とむしろ驚いた。

「どうしてそう思うんだ?」

「いや…、普通に不思議だったからな。あの時、大人たちはいろいろ言ってたけど、どうしておまえの両親があんな死に方をしたのか、正直、俺にはわからなかったし。おまえも納得してないんだろうな、って。なんとなく勝手に思ってたから」

「そうだな……」

そんな言葉に、左季は思わずつぶやいた。無意識に唇を噛む。

そうなのだろう。まわりの人間にとって、左季の両親の死は不可解だったはずだ。今でも消えない謎だと思う。

だが左季にとってはすべては明らかだったのだ。何の疑問もない。

きっと左季だけには、だ。

今は、それが池内の死と何か関わっているかどうか、ということだけが問題だった。あるいは、父の罪と。

接点などあるはずもないのに、ただあの送られてきたストラップが小さなシミのように気にかかる。

「……悪い。思い出したくないことだよな」

気遣うように言われて、左季はただ小さく首を振った。

きっと隆生には一生わからない。だからこそ、申し訳ないと思う。

一生、自分だけが抱えていく罪だった。

マンションの前で別れ際、真剣な眼差しで隆生が言った。

「おまえも気をつけろよ」

「俺が狙われる理由はないだろう？」

左季は小さく首をひねる。

「わからないだろうが。池内だって殺される理由はなかったはずだ」

それはそうだ。池内に限らず、誰だって。

――隆生の兄にしても。

それを思うと、やはり息苦しい。帰ってくるべきではなかったか…、と何度目かの後悔をする。

もしかすると自分が帰ってきたことで、こんな事件が起こったのではないのか……？

どうしても、そんな思いがまとわりついて離れない。

いったい誰が。なぜ——？

ぐるぐるとその疑問が頭の中をまわりながら、自分の部屋に入った左季は、無意識のままポストからとってきた手紙をチェックした。

中に一通だけ、左季の名前のみが表書きされた白い封筒が入っていた。

切手もなく、直接ポストに入れられていたようだ。

眉を寄せ、そっと中を開く。

——と。

『おまえの秘密を知っている』

その短い一行だけが、血のように赤い文字で記されていた——。

# 9

「——先生？　左季先生、大丈夫ですか？」

美統の声で、ハッと左季は我に返った。

一瞬、どこにいるのかわからず、とっさにあたりを見まわしてしまったが、すぐに見慣れた自分の研究室だと気づいた。

デスクの向こう側から、美統がわずかに身体を伸ばして左季の顔をのぞきこんでいる。

「顔色悪いよ？　朝からぼけっとしてるし」

「……ごめん。ちょっと寝不足」

心配そうに言われて、左季はなんとか照れ笑いを返した。

「また徹夜で論文とか読んでたの？　それか、むこうの研究者とチャットとか」

「そんなところだよ」

左季の言葉に、やれやれ、という顔で美統があきれたように肩をすくめる。

「ダメですよー。ほどほどにしないと」

そんな説教をして、美統が鑑定結果のファイルをデスクに積みながら軽やかに続けた。

「もしかして、上の誰かに意地悪、言われてるんじゃない？　先生はいろいろ難しく考えすぎだよ。もっとリラックスして。心を解放して。もっと自由に、ワガママに、やりたいことをするべきだと思うけど」

そう力説する美統は、確かに素直に自分の人生を生きているんだろうな、と思う。

正直、うらやましいくらいに。

美統自身夜遅くまで残って、というより、徹夜で働いていることもあるようだが、それも自分の探究心を突き詰めている感じで、美統にとっては苦ではないのだろう。

左季にもその感覚はわかる。没頭していれば、他のことは忘れられる。

「人間にはみんな、生まれ持ったものがあるんだし。先生はその才能をまっすぐ伸ばしてほしいな。そのうち絶対すごい発見をして、左季メソッドみたいな検査法とか確率すると思うんですよね」

大げさな言葉に、左季は思わず噴き出した。

それは買いかぶりすぎだ。

「ありがとう。……まあ、とりあえず、やりたいことはやれてると思うよ。学内政治に興味はないしね」

そんなものに関わるほど、長く居続けるつもりもない。

「あー、政治…。ほんと、面倒ですよね。でも予算でないと困るからなぁ」

ぶつぶつ言いながら帰って行く背中を見送って、そっと左季は息を吐いた。

頭が重く、芯のあたりが鈍く痛む。無意識にこめかみのあたりを強く押す。

寝不足なのは確かだが、何かをしていたわけではない。単に眠れなかっただけだ。

——秘密。

その言葉が頭にのしかかっていた。意識から離れない。

もちろん生きている人間であれば、秘密の一つや二つ、誰でも抱えているものだろう。

だが左季にとって「秘密」と言えば、一つしか頭に浮かばない。

——父のことを知っている人間が他にいるのか……？

そう考えるだけで、心臓が凍りついた。

だが他の誰が、あんな秘密を知り得たのだろうか？

父や母が他人にしゃべるとは思えない。今、実家で住職をしている叔父なら、もしかしたら骨の数が合わないことに気づいたかもしれない。

が、渡米する前、左季はもう一度、あの納骨堂の……隆生の兄の骨を確認した。あの携帯と血のついたシャツをどうにかしなければ、と思ったのだ。

だが左季が見た時には、小さな骨壺しか残っていなかった。おそらくあんな行動に出る前に、母が処分したのだろうと思う。

だとすると、仮に叔父が余分な骨に気づいたとしても、事件性を疑うかどうかは疑問だった。

確かに記録と数は合わないが、単に登録のミスかもしれないし、うっかりファイルごと記録が消えたのかもしれない。あるいは、墓じまいをした匿名の誰かから納骨を頼まれたものだと理解するかもしれない。

いったい誰が、どうやってあんな秘密を知ったのだろう？

それともあの手紙は、まったく関係のない、タチの悪いイタズラなのだろうか？　学内の、左季のポジションを妬んだ、あるいは反対する誰かとか？

確かに「秘密」という言い方は、あまりに漠然としすぎていた。

だが池内が殺された……こんなタイミングで？

それを思うと、誰かの意図を感じずにはいられない。

もしかすると犯人の、だろうか？　とも思うが、何のためにわざわざこんなものを送りつけたのか、理由がわからない。

単に自分をいたぶるため、……なのか。

恐怖をあおって……自白させたいのだろうか？　あの過去の罪を。

ゾクッ、と身体が震えた。

それが目的なら……誰が？

まず考えられるのは、殺された人の遺族の誰かだ。

——隆生……？

真っ先にその名前が頭に浮かぶ。

そうだ。隆生の兄が、父の最後の犠牲者だった。隆生が一番最後の遺族になるのだ。

だがそれは……あり得なかった。

隆生がすべてを知っていて、知らないふりで自分を追い詰めようとしているなどということは、さすがに考えられなかった。想像もできない。

もし何かに気づいているのなら、うすうすにでも感づいているのなら、ただ聞いてくれるだけでいい。

すべてを話すのに。

それで永遠に隆生を失うことになる。だが、同じだった。今度日本を離れたら、もう二度と会うことはないのだから。

ただ……、その瞬間の、隆生から向けられる視線が怖かった。

裏切られた怒りと、絶望と、嫌悪と。過去の自分たちの思い出も、すべてが赤黒く塗りつぶされてしまうのがつらかった。

左季の中に、すでに未来はないのだ。足下にある現在も、闇の中に続く地獄への道でしかない。

思い出したくない過去だったが、でも考えてみれば、今はもう、優しかった——楽しかった過去だけしか、二人で作った思い出しか、左季には残っていないのだ。

たとえ、それが嘘の中で作られたものだったにしても。

せめてそれだけは守りたかった。

だが池内の死で、それすらもじわじわと壊されていくようだった。

考えるだけで、頭の奥が重く痺れてくる。

それでも仕事は山積みだった。

ただでさえ一年という任期で、引き継ぎもなく前任者が残していった案件も多い。

今日も解剖の予定が一つ入っていた。薬物中毒者によるめった刺しだと聞いているので、かなり時間はかかるだろう。

他にも毒殺疑いのある遺体の解剖を依頼されており、数種類の薬物検査に毒物検査、他に白骨遺体のＤＮＡ検査も並行しておこなわれている。もちろん、大学の講義も実習もある。

ただ目の前の死体に集中していられるので、それはそれでよかったのかもしれない。その間は、何も考えなくていい。

この日、左季が仕事に一区切りをつけて検査室を出たのは、夜の九時に近かった。

さすがにずっしりと肩に重みを感じ、少し身体に糖分が欲しくなって、自販機のあるロビーへ立ち寄った。

教職員も学生たちも、すでにほとんどが帰宅していて、この研究棟に残っているのは左季と、あとは遺体くらいだろう。ひっそりと静まり返り、明かりのついている部屋はほとんどない。

「左季先生」

だから自販機で微糖のカフェオレを買って、プルトップを開けたところでいきなり声をかけられて、思わず飛び上がりそうになった。

「誰…っ？」

「あ、驚かせてすみません」

反射的に振り返ると、自販機の明かりだけの薄闇の中、壁際のソファベンチにいたのは江ノ木だった。座ったままペコリと頭を下げてくる。

ずっとそこにいたようだが、あまりに静かに座っていたのでまったく気がつかなかった。

「どうしたんだ？　こんなところで」

「ちょっと休憩中です」

軽く笑って言った声にいくぶん力がない。

左季はちょっと眉を寄せた。

「遅くまで大変だな。だいぶ疲れてるみたいだけど…、休憩するより、早く帰って休んだ方がいい」

「先生もですよ。……まあ、でもそうなんですよね。他にどうしようもないし」

江ノ木が手にしていた缶コーヒーをグッと持ち上げて飲み干し、ハァ、と深い息をつく。

いつもポジティブな彼としてはめずらしいことだ。

「隆生に走りまわらされてるんじゃないのか？」

少し冗談めいた口調で尋ねたが、冗談にはならないのかもしれない。

「いやまあ、それは仕事だからいいんですけど。進展がないのがつらいんですよね…」

確かに成果が出ないのが、よけい徒労感があるのかもしれない。

「まったく手がかりはないの？」

「それがぜんぜん。やっぱり通り魔なのか、あるいはよほど犯人が慣れていて手際がいいか…、ですよね。でも類似する事件は他に見当たらないし、そもそも動機がわからないから、正直、捜査の方向性がつかめないっていうのもあるんですけど」

江ノ木が苦い口調でうなる。そしてポツリと付け足した。

「もしかしたら、先輩は何か……つかんでるのかな、って気もするんですけど」

「そうなのか？」

驚いて、左季は思わず飲みかけていたカフェオレを口元から離す。

「でも、そういうのを話してもらえないのがキツいっていうか。まあ、被害者が幼馴染(おさななじ)みなら、先輩もいろいろと複雑な気持ちはあるのかもですけどね」

そんな、少し悔しげな江ノ木の言葉に、左季は何と答えればいいのか思いつけなかった。

「隆生は…、もともと誰かに頼るやつじゃないけど、でも、江ノ木くんのことは気に入ってると思うよ。それに最初に頼るとしたら君だと思う」

それでもようやく、そんな言葉を押し出す。

江ノ木が空の缶を握ったまま、ふっと顔を上げた。

「先生に頼るんじゃないんですか？」

「俺はないな」

そっと笑って左季は答えた。

「俺は……、助けてもらうばっかりだったから」

いつもそうだった。悪い連中に絡まれた時も、……両親が死んだ時も。

「そうなんですか？」

「うん。カッコよかったよ、あいつ」

「本人に言ってやってくださいよー。喜びますよ？」

「嫌だよ」

妙にうれしそうに言った江ノ木に、左季はあっさりと返す。

本人じゃないから、そしてこんな相手の顔もまともに見えないくらい薄暗く、他に人のいない夜の静かな空気の中だから、思わず口に出た言葉だ。

と、思い出して尋ねた。

「隆生も来てるのか？」

「ええ、先生の研究室で待ってますよ。明かりがついてたから、まだいらっしゃるかな、って」

「ただでさえ、あいつのお守りは大変なんだから。何をやらかすかわからないし。適当に気を抜いて、しっかり寝とかないと」

そんな左季の忠告に、ハハハ…、といくぶん力なく江ノ木が笑う。

「今日はもう帰っていいって言われたんですけど。なんか……、一人でおいとくのがちょっと怖くて」

「怖い？」

少しばかりためらいがちに言われて、左季は思わず聞き返した。

「妙にピリピリしてる感じなんですよね。またなんか……無茶しそうな気がする、っていうか。そういうの、なんとなく感じる体質になっちゃって」

江ノ木が耳のあたりを掻きながら、少し顔をしかめるようにして言った。

「体質？　すごい毒されてるな」

「あ、ほんとだ。ヤバいな……」

思わず口から出た左季に、江ノ木がいかにもあせった様子で首を縮めてみせる。そして小さくため息をついた。

「実は少年の誘拐事件の方もまったく進展なくて。こっちの事件の人員が減らされてるから、先輩のストレスもプレッシャーも結構大きいんですけどね。こっちの手がかりがないのにあせる気持ちはわかりますけど…、でも今まで、こんなに余裕のない先輩を見たことないんですよ……」

ふだんの陽気さが影を潜め、いつになく深刻な表情だった。

「左季先生が来てから、わりと落ち着いてきた感じだったんだけどなぁ…」

そんなつぶやきに左季はちょっととまどってしまう。それでも、いくぶん明るく言った。

「まあ、体質が変わるくらい心配してくれる相棒がいるのはありがたいことだよ。あいつももっと感謝しないとだけどね」

「ホントですよー」

げんなりとした調子で言った江ノ木に喉で笑い、左季は自分のカフェオレを飲み干した。空き缶をゴミ箱に捨てると、何気なく江ノ木に向き直る。

「隆生、部屋にいるの？　あいつのことは大丈夫だから、君はもう帰っていいよ。明日もあるんだし」

はい、と江ノ木が素直にうなずいて立ち上がった。

「じゃあ…、すみません。お願いします」

一礼して帰っていく姿を見送って、左季は自分の研究室へともどる。

靴音が規則的に響く中、部屋が近づいてくると、いきなり、どん！　とデスクか壁か、殴りつけるような音が聞こえてきた。そして、クソッ、と罵る声と。

確かに、かなり手詰まりになっている様子だ。

「何がしたいんだ……？」

そして、絞り出すようにこぼれた声が聞こえてくる。

やはり池内の事件だろうか。犯人に向けた疑問なのか。

そっと息を吸いこんで、左季は部屋のドアを開いた。

デスクに拳をぶつけたまま立っていた隆生が、ハッとこちらを振り返る。

「大丈夫か？」

静かに、まっすぐに尋ねた左季に、一瞬、視線をそらした隆生が肩から大きく息を抜くようにしてうなずいた。

「ああ…、悪い」

「デスクは大学の備品だからな。壊すなよ」

あえて冷ややかに指摘すると、隆生が少しとぼけた顔で肩をすくめた。

……自分に、何ができるのだろう？　隆生のために。

ふと、そんな思いが胸に衝き上げる。

が、隆生のために、などと自分が言うのはおこがましかった。自分が何かできるとすれば、何よりも——真実を話すことだけなのだ。

兄の生死もわからないまま、きっと隆生は苦しんでいる。

もしかすると、最後に会った時、激しい言い争いにでもなったのかもしれない。ケンカ別れになったことを、後悔しているのかもしれない。もしかすると、姿を消したのは自分のせいだと。

だからこそきっと、取り憑かれたように……無茶をするくらいに、他の事件にも取り組んでいるのだ。遺族を曖昧な状態に残しておかないように。池内の夫にも。

「それで……、どうしたんだ？　こんな時間に」

あえて淡々と尋ねると、ああ、と隆生がうなずいた。

「あのストラップ…、池内が送ってきたやつ。ちょっと預からせてもらっていいか？」

いくぶん事務的なトーンで、隆生が確認してくる。

「かまわないが……、何か調べることがあるのか？　指紋とか？」

今さら？　とは思うが、聞き返しながら左季はデスクの引き出しを開けて封筒を取り出した。

他に重要書類を入れてあるわけではなく、特に鍵もかけていない。

「封筒も？」

ふと気づいて尋ねると、そうだな、と隆生がうなずく。

封筒ごと渡すと、隆生がとりあえず中のストラップを一度、手のひらに落として確認する。

「江ノ木が…、もしかして池内は何かヤバい現場を見てしまって、口封じに殺されたんじゃないか、って疑ってたよ。それで、それを録画したデータとかをこの中に隠しておまえに送ったんじゃないかって」

左季は思わず笑ってしまった。ドラマの見過ぎだ。

「それはなかったと思うよ。最初に受けとった時、一応中も確かめたし。重さを考えても、フェルトと布だけだと思うけど」

「……だな」

しばらくじっとストラップを眺めていた隆生が短く言うと、再び封筒にもどしてポケットにねじこんだ。

「悪いな」

「それで何かわかるんなら、池内も送ってきた甲斐があると思うよ」

「そうだな。何か意味はあるはずなんだ」

確かにそうだ。事件に関係があるかどうかは別にして、池内が左季に送ってきた意味はある。

自分に言い聞かせるように口に出した隆生に、左季もうなずく。

「江ノ木くん、おまえが何かつかんでるんじゃないか、って言ってたけど。そうなのか?」

ふと思い出して口にした左季に、隆生がふっと一瞬、口をつぐむ。そしてさりげなく、視線をそらせた。

しかしそのわずかな間が、肯定しているようにも思える。

「……わからないんだ。確証があることじゃない」

ようやく、隆生が低く言った。

それはやはり、昔の仲間が関係しているということなのだろうか。

そんな想像に左季も落ち着かなくなったが、隆生にしてもまだはっきりと言えないということなのだろう。

そうか、と小さくつぶやくしかない。

ただ次々と昔の仲間たちと再会するたび、どんどんと過去へと引っ張られていく気がする。

どんどんと過去の事件が近づいてくる気がする。

隆生も、否応(いやおう)なく兄の失踪を思い出すことが増えるだろう。

池内の死の真相は知りたいと思う。

だがこれ以上、過去の出来事を掘り返したくはない——。

と、ふっと、隆生が首をかしげて左季の顔をのぞきこんだ。無意識のように伸びてきた手が、左季の顎をつかんで引き寄せる。

「おまえこそ、大丈夫か？　顔色悪いぞ」

眉をひそめて、じっと左季を見つめる。

顔が、近い。息が触れるほど。

唇が触れそうなほど。

そんな距離で、事故のようにまともに目が合った。

男の目に映る自分が、まるで深淵に投げ出されて漂っているようだった。表情もなく、感情もなく。闇の中に吸いこまれそうになる。

「左季」

自分の名前を呼ぶ男の声に、ふっと我に返った。

ようやく今の体勢に気づき、一瞬あせって、左季はとっさにその手を払い落とした。

「……ちょっとハードワークだったからな」

視線をそらし、何でもないように答える。

「まあ、日本に帰ってきてからずっとだけどな。こっちにいるうちに、できることはやっておかないといけないし」

何気なく言った左季の言葉に、隆生が小さく息を吐いた。軽く腰をデスクの端に引っかける。

「正直…、おまえはもう日本に帰ってこないんだと思ってたよ」

ポツリとつぶやくみたいに隆生が言った。

「そのつもりだったよ。今回だって…、一年だけだしな」

わずかに息を吸いこんで、あえて平静に左季は答える。

「二度と、おまえには会えねぇんだろうなって。それも仕方ないと思ってた」

「ああ……」

そうだ。別れる時、隆生だけ「またね」とは言わなかったのだ。まるで、左季が二度と帰ってこないと——そう決めていたのを知っていたみたいに。

それだけ左季にとっては衝撃的な出来事で、あの家に、日本にいることがつらいのだろう、と。隆生はそう理解していたのだろう。

もちろん、それもある。

だが本当は、左季にとって何よりもつらかったのは、あのまま隆生の顔を見て——何も言えないことだった。

父の秘密を、隆生の兄の死を、自分の中に封じ込めておかなければならない。

……これからも。永遠に。

「だが、また会えた。……正直、驚いたよ。なんかな…、ちょっと現実とは思えなかった」

「そんなにか」

隆生のそんな言葉は、少し大げさにも聞こえる。

確かに左季も予想していなかったが、それでもおたがいの仕事を考えると、そんな奇跡みたいな話ではない。

左季の方から会いにいくつもりはなかったが、もし左季が帰国していることがわかれば、隆生から会いにくることはできたはずだ。

……会いたくない、わけではなかったのだから。おたがいに、きっと。

隆生がそっと、唇だけで笑う。

何か——決意するみたいに。あるいは、あきらめたみたいに。

「左季」

静かに微笑んで、隆生が名前を呼ぶ。そっと腕を伸ばしてきた。何気ない様子で左季の手を取り、軽く引き寄せる。

混乱したまま、左季は抵抗することも忘れていた。

何が起こっているのかも、理解できていなかったのかもしれない。

それでも、隆生の手を、その温もりを肌に感じて、あ…、と、ふいに気づく。

そういえば自分は、人と触れ合うことが好きではなかった。生きた人間とは。

誰かに触られるのが怖くなっていた。……おそらく、あの火事のあとから。

いや、むしろ父の秘密を知ってしまった時から、かもしれない。

誰も自分のような怪物の息子に触れるべきではない、という拒絶感。うかつに近づかれたら、秘密を知られてしまいそうな恐怖。

向こうではハグも握手も日常だったけれど、本当に苦手だったのだ。どうしても一瞬、ビクッと身体が強ばってしまう。単なる挨拶で深い意味はないのだと自分に言い聞かせて、なんとかやり過ごしていたけれど。

ただ隆生に触られるのは——嫌ではなかった。なぜか自然と、安心できる。

それは多分……、あの火事のあと、左季の横でずっと手を握っていてくれたからだろうか。

眠りにつくまで、ずっと。眠ったあとも。

遺体にはない温もりが、じわりと肌に沁みこんでくる。今はそれが心地よい。

だから片手を男に預けて、左季は隆生の前に立っていた。

……何か、呆然と男を見つめたまま。

そんな左季を見つめて、隆生が喉で笑う。指先が伸びてきて、そっと左季の前髪を掻き上げた。

「おまえ、むこうで恋人とかいたのか？」

柔らかな笑みを浮かべたまま、隆生が尋ねてくる。

「なんだ、急に？」

とまどって、左季はちょっと眉を寄せた。

「いたのか？」

「……まぁ、それなりに」

重ねて聞かれ、なんとなく視線を落として言葉を濁す。

確かに、付き合った相手はいた。誘われて、ベッドをともにした相手も。

だが恋人とは呼べないだろう。それが恋でも愛でもないことを、左季は自覚していた。

そんな感情は、あの時の炎とともに焼け尽くされていた。

「おまえはいたのか？」

「まあ、それなりに？」

なんとなく流れで尋ねた左季に、隆生がちらっと笑って返す。

それはそうだ。やりたい盛りの十四年間、いい年の男が何もないはずはない。

「そういえば…、おまえはそれなりに遊んでたんだったな」

そんなふうに美統にからかわれていたのを思い出す。

「二十代は警察官として、命がけで公務に邁進してたさ」

「バカ。命はかけるな」

澄まして言った男を、左季は思わずピシャリと叱りつけた。

そんな左季を見上げて隆生がそっと微笑む。

「左季」

もう一度、ゆっくりと名前を呼び、左季の手に指を絡める。そのまま持ち上げて、自分の頬に押し当てた。

「俺を、そばにおいとけよ」

「……隆生？」

一瞬、意味を取り損ねた。

「おまえが欲しいんだ」

短い、しかし取り違いようのない言葉に、左季は知らず息を呑んだ。

頭の中が真っ白になる。

「おまえを手に入れるためなら、なんでもする」

瞬きもできないまま、左季は男を見つめ返していた。

——それはダメだ……！

淡々と落ち着いた声に、静かに貫いてくる視線に、左季は反射的に心の中で叫んだ。

唇が、口の中が乾いてくる。

「本気か？」

ようやく低い声を絞り出した。

「冗談に聞こえるか？」

隆生は相変わらず落ち着いた声だった。どこか楽しそうな笑みで。

「おまえ…、男の方がよかったのか？」

自分でもまともに考えられないまま、そんな言葉が唇からこぼれ落ちる。

隆生が吐息で笑った。

ふいに、子供の頃に一緒に見たラブホテルの入り口の光景を思い出す。あの時の会話も、鮮明に耳に残っている。

『おまえさ…、もし男同士っていうのに興味が湧いた時は、俺を誘えよ』

もしかすると、あの時から――？

信じられない思いで、心臓が大きく音を立てる。

「そうだな。おまえがよかったというのは、そういうことなんだろうな」

気負いもなく、さらりと隆生が答えた。

「ずっとおまえしか、欲しくなかったし」

息が、止まりそうになる。

呆然と隆生の顔を見つめたまま、左季は唇を震わせた。

「俺に手を伸ばしてくれたの、おまえだけだったもんな。今、俺がこうやってここにいられるのもおまえがいたからだし」

それは違う。あの頃の自分は、ただの小賢しい子供だった。

「おまえがいなかったら、きっと……、俺も兄貴みたいになってたよ」

ドン！　とものすごい力で心臓が殴られた気がした。

ようやく言葉の意味の大きさが、重さが胸に落ちてくる。

ダメだ。おまえは何も知らないからだ――。

心の中で割れるように叫んだ。

……すべてを知ったら、きっとおまえは俺を憎むだろう。今の自分の気持ちも、言葉も、すべてを後悔するだろう。

胸が詰まる。まぶたが焼けるように痛くなる。

「隆生、おまえだけは……無理だ」

あえぐように息を吸いこみ、左季はようやくかすれた声を押し出した。

今さらのように気がついて、あわてて隆生の手を振りほどく。勢いで倒れそうになった身体を、なんとかソファの背に両手をついて支えた。

「そうか……」

なぜ、とも聞かず、隆生はかすかに笑ってうなずいた。

「うん。だが俺の気持ちは俺のモノだからな」

背中でさらりと聞こえた隆生の声に、左季は何も言えないまま、息を詰める。

「大丈夫。おまえは誰にも渡さない」

揺るぎのない、――身勝手な言葉に、左季はもう笑いそうになった。

今にもこぼれそうな涙を必死にこらえ、代わりに吐息で笑い出す。

「……なんだよ、それ」

笑い話にしてしまいたかった。

いったい何が大丈夫なのかわからない。

「またおまえに会えたの、奇跡だって、言っただろ?」

そんな言葉に、左季はわずかに振り返る。

隆生の視線が、瞬きもせずにまっすぐ、左季をとらえる。

「もし…、もう一度おまえに会えたら、きっと俺はおまえを離せなくなるだろうな、って。それがわかってたよ」

すがすがしいくらいに、ただ穏やかな表情だった。

そんな――勝手な……。

左季はぎゅっと、ソファに置いた指を深く食い込ませる。こぼれ落ちそうになる涙を、必死にこらえる。

それができるのなら。ずっと、離さないでいてくれるのなら。

心の奥底に、沈めていた感情が震えてくる。その言葉が、声が全身をかき乱す。

でも。

――何も……知らないくせに……っ！

心の中で、左季は振り絞るように叫んでいた。

やりきれない切なさと怒りだけが全身を渦巻いていく。

自分たちの間には大きな闇があった。決して越えることのできない、深い闇が。

おたがいにどれだけ必死に手を伸ばしたとしても、見えない闇の中でその指が触れ合うことはない。

何もかも、すべてが遅すぎた。いや、もしかすると、初めから出会うべきではなかった。

やはり、帰ってきたのは間違いだった——。

そんな絶望が、全身を襲ってくる。

「遅い時間にすまなかったな」

隆生がデスクから腰を持ち上げて、まっすぐに背中を伸ばした。

左季を動揺させたことにだろうか、少し気遣うような表情でそう言うと、左季の背中を通り過ぎてドアを開く。

「隆生……！」

左季は思わずそちらを向いて、追いかけるように声を上げてしまう。

だが何を言えばいいのかわからなかった。

「そういえば…、捜査の人員が減らされたんだろう？　無理は……するな」

ようやく、喉に引っかかるようにそんな当たり障りのない言葉を押し出した。

振り返った隆生がじっと左季を見つめ、柔らかく、静かに微笑む。

「今日は優しいんだな」

「……いつもだろ」

あ、と思ったが、左季は強いて淡々と返した。

隆生とはこのくらいがいいのだ。仕事を間に挟んで、軽口を言い合えるくらいが。

一年——あと数カ月。忘れたふりで、こうして過ごせればいい。

それだけを願う。

「おまえも気をつけろよ」

少し気遣わしげに言われて、うなずいた左季は、ふいに思い出した。

あっ、と小さく声にも、表情にも出たようだ。

「どうした?」

ちょっと眉を寄せて聞かれ、左季はあわてて首を振った。

「いや、何でもない」

一瞬、あの手紙のことを相談した方がいいのか、と頭をよぎった。

だが今の流れで口にするのはためらわれた。単に、学生のイタズラかもしれないのだ。

それに「秘密」の内容を聞かれても、きっと答えられない。

「左季」

静かに名前を呼ばれ、ふっと顔を上げた左季に、隆生の眼差しがまっすぐに向けられた。

「必ず…、答えは見つける」

そんな強い言葉に、左季は思わず息を吸いこんだ。

「必ずおまえを守る。うざがられてもな」

唇で小さく笑って言われ、ふっとまぶたが熱くなった。胸の奥が苦しい。

もう、隆生を頼ることはできないのに。守ってもらう資格もないのに。

「警察はそういう仕事だろ」

それでも左季は、小さく笑って返した。

せめて警察官としての隆生であれば、それも許されるのだろうか。

「そうだ」

一言で答え、不敵な笑みで隆生がドアを閉めた。

左季はしばらくずっと、男の足音が消えるまで、その扉を見つめていた。

ようやく……声もなく、涙が頬を伝って落ちた。

もし、父が人殺しでなければ。もし、隆生の兄を殺したのが父でなければ。

母が何も知らないまま、偽りの幸せを生きていられたなら。

自分たちはハッピーエンドになれたのだろうか——?

# 10

「先生、次、頭蓋骨、開いていいですか？」

　ふいに耳に届いた学生の声に、ハッと左季（さき）は我に返った。

　献体による解剖実習の最中で、解剖室では四、五人の学生たちが解剖台の遺体を取り囲んでいた。

　犯罪に関わる司法解剖ではないとはいえ、ぼんやりしていていい状況ではない。献体を使わせてもらっている以上、それに見合った実習内容にするべきだった。

「ああ…、そうだね。誰がやるかは決まっている？」

　気持ちを引き締めて確認した左季に、一人がおずおずと手を上げる。

「躊躇（ちゅうちょ）するとぶれるから気をつけて」

　それだけ注意すると、意を決したようにその学生が半月状の解剖用の鋸（のこぎり）を手に取った。ジジジ…、とかすかな駆動音が重い空気の中に大きく響く。

　この日も事件に進展はなかったようで、隆生（りゅうせい）からの連絡もなく、左季は一日、たまっていた仕事に忙殺されていた。

講義に、鑑定書、検案書の作成に、解剖実習。

「そう、切開は思い切って。深さに注意して」

今回は左季が手を出すことはなく、時折後ろから指示を出すだけで、基本的には学生たちの手に任せていた。

それだけにふっと、何かの合間に意識が昨日の隆生との会話を思い返しそうになる。それでもなんとか、集中力を保たなければならない。学生たちにも、そう何度もあるわけではない、大切な機会だ。

「心臓を確認するためには、肋骨と胸骨を外す必要がある。その時に使うのは、……これだ。肋骨剪刀」

「仮に絞殺か扼殺の場合、たいていは舌骨と甲状軟骨が折れている。ここだね」

部分ごとに一つ一つ丁寧に説明し、学生たちは必死にノートをとっている。

取り出した脳の状態を確認して。臓器も一つ一つ秤に載せて重さを量り、遺体用のＣＴスキャンで大動脈の破損を確認する。血液や尿から薬物の反応を検査し、胃の内容物を調べる。さらにその結果を報告書にまとめ、一つずつ片付けていく。

江ノ木がいればゲロゲロ吐きそうな日常だが、実習生の顔色も真っ青だった。それでも先日、一度見ていた分、まだ覚悟ができていただろうか。

そんな仕事をようやく一通り片付け、この日もおそらく、研究棟を出たのは左季が一番遅かった。

夜の十時に近い。

一人暮らしのマンションまでは、徒歩で二十分ほどだ。散歩としてはちょうどいいが、そろそろ自転車を買ってもいいのかもしれない。ただ一年しかいないのだと思うと、それもちょっと躊躇してしまう。

公園や河原も通り抜けるコースで、昼間はジョギングやペットの散歩などで行き交う人も多いが、こんな時間になるとぱったりと人通りは途絶えていた。

そういえば、少し腹が減ったな、とようやく気がつく。

コンビニに寄っていこうかな、と思いながら、いつものように公園を突っ切ろうとした時だった。

三、四階くらいの低層アパートに囲まれた、ほんの小さな公園だ。地面は土が剝(む)き出しで、ブランコが二つと鉄棒。それに木製のベンチがぽつんと葉桜になった桜の木の下に設置されている。桜や銀杏(いちょう)などの大きな木が五、六本と、アジサイがいくつかまわりに植えられているくらいで、見通しは悪くない。

中に街灯はなかったが、周囲の家の明かりでぼんやりと公園全体は見渡せる。

だからベンチの前を通りかかった時、誰かが寝ているのはすぐにわかった。

酔っ払いだと、最初は思ったのだ。こんなところで、と。

しかし、その寝ている体勢はかなり不自然だった。

なんだ……？　と胸騒ぎのようなものを覚えながら、左季はそっと、男の頭がのせられていた手すりの方にまわりこんで、その顔を確認し——

「大輝（だいき）……！」

思わず叫んでいた。

悪い予感はあったはずだが、これは——想像もしていなかった。

とっさに手を伸ばしかけたが、あわてて引きもどす。

ダメだ。現状保存の重要性は、当然、左季も認識している。

それでも生死の確認は必要だった。

できるだけ現場を荒らさないように大輝に近づいて、状態を確認する。

すでに息はしていないようだった。青白く閉ざされたまぶたを軽く持ち上げてみるが、やはり眼球に反応はない。肌も冷たく、死んでいるのは明らかだったが、とりあえず左季は指を伸ばして脈をとり、死亡を確認する。

ついでといってはなんだが、身体を覆っていた薄手のコートの端をそっと指先で持ち上げてみると、下のシャツが真っ赤に染まっていた。さらにブルーのズボンも、血を吸って赤黒くくすんでいる。

刺殺のようだ。だが犯人が持ち去ったのか、凶器は見当たらない。

服が血まみれで傷口がはっきりしないが、どうやら三カ所。

左胸の切創。右脇腹の刺創。そして、右大腿部の刺創。どれが致命傷かはわからない。

ハッとそれに気づいて、左季は思わず息を呑んだ。

池内と同じ……だ。

三カ所の傷が、池内とまったく同じ場所だった。

刃物で誰かを殺す場合、胸か腹を一カ所、でなければ、めった刺し、というケースが多い。

この三カ所が符合するのは、とても偶然とは思えない。

――どうして……？

意味がわからない。池内が殺されて、今度は大輝が……。

さすがに愕然とし、混乱もしたが、一市民としても監察医としても、するべきことはしなければならなかった。

左季は携帯を取り出して、一一〇番通報した。

『事件ですか、事故ですか？』

通信指令室のオペレーターの冷静な声が耳に聞こえてくる。

「事件です。遺体を発見しました。場所は桐叡大学病院近くの公園、南へ一キロほどです。私は桐叡医科大学法医学教室の高倉左季。被害者の死亡は確認していますので、救急の必要はありません」

『え？　あの…、はい。ありがとうございます。ええと……』

これだけ明瞭で過不足のない通報はめずらしいのだろう。むしろオペレーターの方が少しとまどった様子だった。

『遺体がある、ということですね？　では、警察官を急行させます』

そんな応答とともに、カタカタとコンソールの音がかすかに耳に届く。

「お願いします。住宅街の中ですが、今のところ、付近の住人は気づいていないようです。サイレンは鳴らさない方がいいかもしれません。現着まで、私はこちらで待機していますので」

第一発見者という以上に、被害者の身元を知る左季はいろいろと聞かれるはずだ。

『はい。あの、よろしくお願いします』

いったん通話を終え、そのまま左季は隆生に電話を入れた。が、電源が切られているらしく、アナウンスが聞こえてくるばかりだ。

めずらしいな、と思いながら、仕方なく江ノ木の番号を呼び出すと、三コールほどで応答があった。

『——あ、はい。もしもし、左季先生？　初めてじゃないですか？　先生から電話もらうの。何かありました？』

いつもの元気な、しかし少しばかり不審そうな声だ。

「大輝が……、窪塚大輝の遺体を発見した。殺されたようだ」

端的に言うと、えっ！　と電話の向こうで江ノ木が絶句した。

「大輝のことは知っているか？」

『あ、はい。聞いてます。……ええと、先輩たちの幼馴染みの同級生ですよね？　池内久美とも。えっと、美統くんのお父さんの、津田先生のところにいる弁護士』

「そう。隆生とは電話がつながらないんだ。すぐに来てもらえるか？　本部からも連絡はいくと思うけど」

わかりました、という江ノ木の返事を聞いて、左季は通話を終えた。

やはり誰か、これまでの状況を知っている人間がいないと説明が面倒になる。し、同じ説明を、同じ警察に対してまたえんえんとすることになる。

だがこれで、連続殺人——の可能性が大きくなったのだ。

ごくり、と唾を飲みこみ、左季は再び、古い友人の顔をじっと眺めた。十四年ぶりに、ついこの間、再会したばかりだった。

死に顔に会うばっかりだな…、と内心で冷笑する。

生前の、愛嬌のある丸い顔がまぶたに浮かんだ。

どうして——大輝まで……？

そんな疑問がぐるぐると頭をまわる。

それでも書類カバンがベンチの足下に置かれているのを見つけ、とりあえず周囲をまわって、遺体の状況を確認してみた。監察医の職業病のようなものだ。いずれにしても、自分の元へ遺体がまわってくる可能性もある。

死後、どのくらいだろう？　この暗闇の中でははっきりしないが、さっき身体に触れた感じだと、死後硬直は全身に及んでいるようだ。

この出血量にしては、ベンチや地面に血液の痕跡が少ない。ということは、犯行現場はここではなく、運ばれてきた可能性が高い。

血痕や、あたりの地面を乱して足跡を消すのはまずい。

足下に注意をしながら観察して、ふと大輝のだらりと垂れ下がった指の……すぐ下あたりだろうか。何か小さなものが転がっているのが目に入った。

その場でしゃがみこみ、触らないように顔だけいっぱいに近づけて——次の瞬間、左季は思わずそれを拾い上げていた。

わかっていた。もちろん、本来ならば許されることではない。

血がついて赤く汚れたそれは、和太鼓のストラップだった。フェルトと、和柄の布と、組紐でしっかりと形が作られている。

だが、池内の送ってきたものとは少しだけ形状が違う。

みんな、あの当時にそれぞれが担当していた太鼓を模して、母が手作りしたのだ。

左季は小鼓だった。池内と美統は締太鼓。寛人——井川寛人は桶太鼓という種類だっただろうか。大輝も寛人と同じ桶太鼓だった。

だが、このストラップはそれとは形が違う。

そして隆生がたたいていたのが、宮太鼓とも呼ばれる長胴太鼓。鋲留めされた、一番大きな太鼓だ。

今、左季の手の中にあるストラップだった——。

# 11

「いやあ、さすがに監察医の先生は冷静ですねえ…」

所轄の年配の刑事にひどく感心したように言われたが、その探るような眼差しからすると皮肉だったのかもしれない。

とりあえず第一発見者を疑うのはセオリーのようなものだ。しかも被害者の知人だ。

この公園は大学から自宅マンションへの日常の通り道なので、その点では左季が第一発見者となっても不思議ではない。が、たまたま被害者の知り合いだったというのは、やはり捜査陣の興味を引くだろう。

しかも、そのつながりでいくと二件目になるのだ。

連続殺人、という見方が強くなるはずだし、最初の事件の捜査が手薄になっていたことを考えると、やはり警察としては失態と言えなくもない。もちろん、まだ生存の可能性がある少年の誘拐事件の方に手を割くのは無理のない判断ではあるが。

「――おい！　瀬上とはまだ連絡がとれないのか！」

どうやら本庁からも捜査員が来ていたようで、いらだったような声が遠くで響いている。江ノ木(えのき)があっちこっちから小突きまわされて気の毒だ。

だがこの状況で連絡がとれないというのは、やはりおかしい。

左季はポケットに片手をつっこんだまま、その手の中に拾ったストラップをギュッと握りしめた。

もとの場所にもどすことなく、そのまま——隠匿(いんとく)したのだ。

後ろめたさと、すぐに発覚するかも、という恐怖で心臓が痛い。

もちろん自分の立場はわかっていた。このことがバレたら、当然、今の仕事は失うだろう。大学にとっては二人続けて法医学教室から主任教授——自分は准教授だが——の不祥事を出すことになり、教室の存続が危ぶまれる事態になりそうだ。きっと美統(みのり)にも迷惑をかける。

しかし、そのままにしておくことはできなかった。

あの証拠は、——証拠だとすれば、間違いなく隆生を指している。

だが、隆生が大輝(だいき)を殺す動機がわからない。そんな動機があるとは思えない。

もし犯行現場がここであれば、もみ合った拍子に落ちたとも考えられるが、それならストラップをつけていたペンも落ちていていいはずだ。それに遺体がここまで運ばれてきたのなら、あんなところにストラップだけ落ちているのも、少しばかり作為を感じる。

……自分がそう思いたいだけかもしれないが。

何よりもまず、隆生の釈明が聞きたかった。

そう思ったが、連絡がとれないという事実に気持ちがあせってしまう。

まさか、本当に何かの拍子で大輝を殺してしまい、そのまま逃亡した——、と疑われても仕方のない流れができてしまっている。

野次馬がわらわらと集まってくる中、左季は初動捜査の邪魔にならないように公園の端の方に立っていたが、捜査員の一人を捕まえて尋ねた。

「遺体は……、私が司法解剖してもかまいませんが、他へまわされますか?」

親族ではないし、友人とはいっても十四年も前の話だ。池内の時は問題にならなかっただろうが、立て続けに殺されたとなるとやはり考えるだろう。

はっきりと言えば、もし左季が犯人なら、その犯人に司法解剖をやらせるのはまずいのでは、という話だ。

「あ、えーと…、そうですね……」

隆生と同じ班だったか、本庁の刑事が視線を落ち着かなく漂わせてうなった。

実際のところ、都内で起こる事件・事故の解剖が必要な案件に対して、解剖医はかなり少ない。管轄の問題もあるし、今から別の法医学教室なりへまわすとなると、結果が出るまでに相当時間がかかる可能性はある。

やりましょう、と言ってくれるのであれば、すぐにでも搬送したいというのは本音だろう。

「ざっとですが、見たところ死亡推定時刻は夕方の三時から七時くらいでしょう。まわしてもらえれば死斑の状態からもう少しはっきりとわかるでしょうが。ただその時間でしたら、私はまだ大学にいましたから、アリバイを証明してくれる人間は何人もいると思いますよ」

「あ、いえ、別に先生を疑っているわけでは……」

左季の方から言われていささか面食らったように、刑事がちょっと引きつった笑みを浮かべた。

とはいえ、仮に犯行現場が大学構内——たとえば解剖室だったら、あまり意味のあるアリバイではないのかもしれない。血も簡単に洗い流せる。

死体を隠すなら死体の中に、ということだ。

——ちょうど父が、骨の中に骨を隠したように。

考えたことはなかったが、やろうと思えば、自分は完全犯罪のできる環境なのかもしれなかった。

ズキッと、頭の芯に痛みが走る。

この先——自分が犯罪に手を染めないという保証も、どこにもない。

すでに今でさえ、自分は重要な証拠を隠匿しているのだ。

「あーっと、その件は上に報告して早急にご連絡させていただきますので」

さすがに一存では決められないらしい。

「わかりました。では私は、一度自宅にもどってかまいませんか？　ご連絡いただければ、すぐに大学へ向かいますので」

とりあえず、発見時の状況説明なども終わっている。

「あー、わかりました。……えっと、一応、身体検査とかさせてもらってかまいませんかね？　いえ、形式的なものですので。一応です」

低姿勢で言われ、内心でドキリしたが、左季はさらりと返した。

「ええ、どうぞ」

答えながら、左季はポケットから手を出して、軽く両手を持ち上げてみせる。……ストラップは軽く手の中に握りこんだままに。

この薄暗い中、刑事が探しているのは武器になるようなナイフか何かのはずで、手の中まで見てはいない。初動捜査で、公園内や付近の溝とかゴミステーションとかは調べていたようだが、凶器は発見できなかったらしく、つまり左季が犯人ならまだ身につけているかも、ということだろう。

身体をざっくりと調べられ、持っていたカバンの中も確認してから解放された。

「江ノ木に送らせますので」

と言ったのは、親切ではなく、単に逃亡しないように、ということや、途中で武器を捨てられないように、とか、おかしな様子がないか確かめろ、とか、いろいろとりまとめてのことだろう。

「長々とお引きとめしてすみませんでした」

江ノ木が謝りながら、左季と歩調をそろえて歩き出す。

現場の騒ぎが少しずつ遠のいていって、さすがに左季もホッと息をついた。

「それにしてもびっくりしましたよ。今度は窪塚大輝ですか……。いったい何があったんだろうな……？」

江ノ木が顔に似つかわしくない皺を刻んで考えこんでいる。

「やっぱり若林（わかばやし）久美の事件と、何か関連があると考えるべきですかね？」

「それはまだはっきりとは言えないだろうけど。でも手口は同じようだったね」

慎重に左季は答えた。

三カ所の創傷、だ。しかもまったく同じ場所の。

「彼女の自宅と大輝の職場が近かったのなら、昔の知り合いという以外の接点もあったかもしれないし」

自分で指摘しながらも、自分が一番信じられない。

「ああ…、そうですね。でも若林久美が会いに行った『昔の知り合い』というのが、窪塚大輝か、あるいはその知人だったという可能性は高くなったんじゃないですか？」

確かに、その通りだ。

左季は無意識に目を閉じた。

「子供の頃の友達っていうと、みんな…、実家が近かったってことですよね？　被害者二人も、先輩と左季先生も」

「ああ」

何気ない江ノ木の言葉に、そうか、と思い出した。

もしかすると、大輝は左季の実家の寺に葬られるのだろうか？

池内は婚家の墓に入るかもしれないが、大輝はまだ未婚だ。生きていれば両親が引き取ることになる。

あの納骨堂の……、隆生の兄のそばに入るのかもしれない。

そう考えると、やりきれなさで胸が詰まる。

「被害者の職場はもちろんですけど、きっと実家の方にも聞き込みに行くんだろうし……、あーっ、先輩、何してんのかなっ。先輩がいてくれた方がずっとスムーズにいきそうなのに」

江ノ木が自棄（やけ）になったように声を上げている。

「隆生とはまだ連絡がとれないのか？」

思わずうかがうように、左季は確認した。

「そうなんですよーっ。こんな時にほんと、どこ行ってんだかっ」

怒りながらも、さすがにまだ大輝の事件と隆生とを関連付けて考えているわけではないようだった。もともと単独行動も多かったのだろう。

「何か手がかりを見つけたとか？」

「だったら、言ってくれてもいいと思うんですけどね」

さすがに江ノ木もムスッとしている。

減らされた人員で必死に池内の事件を捜査していたのだ。それだけに仲間意識は高まっていたはずだ。

「手柄を独り占めしたかったのかな」

「いやあ……」

何気なく言った左季の言葉に、しかし江ノ木が一気にトーンダウンした。

「それはないかな。先輩、見るからに出世に興味ない人ですからねえ…。手柄とかも、正直、こっちがなんでっ？　て思うくらい、ほいほいまわりにあげちゃうし。報告書、書かなくていいから楽だって」

そういえば、前にもそんなことを言っていた。隆生らしいと言える。

「先輩って、結構貧乏くじ引いてるみたいなところがあるんですよね。何かミスがあった時に、先輩の責任にされても気にしてないっていうか…、どうでもよさそうな感じがあって。逆に言えば、どうでもいいから好き勝手やれてるとこがあるんじゃないかなぁ。いつ刑事を辞めてもいいみたいな…、ホントは刑事に未練とかはなさそうなんですよね」

左季は小さく首をかしげた。

「刑事という仕事に対する熱意とか誇りはないってこと？」

「ないですね。……うん、ないですね」

しばらくじっと考えてから、江ノ木が言った。

一番近くにいる後輩に、こんなにはっきり断言されるほどか、とさすがにちょっとあきれてしまう。

「先輩が刑事やってるのって、ぜんぜん別のモチベーションじゃないですかね…」

「別の？」

独り言のようにつぶやいた江ノ木に、左季は思わず聞き返した。

江ノ木がふっと顔を上げて、左季の顔を見つめてくる。

「左季先生ですよ」

「私？」

さすがに驚いて、左季は思わず目を見張った。

「左季先生と会ってから…、再会してから？　先輩、ほんとに変わりましたもん。よくわかんないですけど…、すごく左季先生には執着してる」

「執着って……」

さすがに少し口ごもった。

昨日の夜の、隆生との会話を否応なく思い出す。

あの時の隆生の言葉が嘘だとは思わない。――が。

やはり隆生は、兄の失踪について――死について、何か気づいたのだろうか？　刑事になって独自に兄の失踪を調べ続けて。

左季が、あるいは父が何か関わっていると、疑っているのだろうか。

もしかするとその真実を、隆生は左季に求めているのかもしれない。

いつか話してくれるのでは、という望みがあって、……あんな言葉になったのだろうか。

左季は思わず目を閉じて、深く息を吸いこんだ。

だとしたら、本当に自分はひどい――人間だ。

「だって先輩って、……何ていうのかな。犯罪を追いかけることには執念ていうか、集中力があるんですけど、基本、他人に無関心なんですよね。距離を置いてる、っていうか。客観性を保てるって意味で警察官にとっては悪いことじゃないとは思いますけど。……でも、左季先生だけなんですよ。あんなに自分からかまっていって…、ちゃんとまともに感情を見せて付き合ってるのって」

左季は答える言葉を見つけられず、ただ黙ったまま聞いていた。

いつも陽気で、軽い口調で、すぐに誰の懐にも飛びこんでいっているような江ノ木だが、さすがに刑事だけあって観察眼は確かなようだ。頭もいい。

いつか自分の秘密が暴かれるとしたら、江ノ木になのかもしれないな、とちらっと思う。

「だから…、先輩と左季先生って、やっぱり特別な関係なのかな、って」

ゆっくりと、疑問のようでもなく続けられた言葉に、左季は瞬きした。

「それは特別、という意味の解釈によると思うけど」

そして静かに口を開く。

「特別な関係に思えるのなら、それは多分、私と隆生が特別な記憶を共有しているからじゃないかな」

「特別な記憶……？」

江ノ木がわずかに眉を寄せて繰り返す。

さすがに隆生も話してはいなかったようだ。

「十四年前、私の両親が焼死したんだよ。私や、隆生の目の前で」

淡々と説明した左季に、えっ？　と江ノ木が目を見開いて絶句する。とっさに視線をそらせて、顔を伏せたままあやまった。

「あの、すみません…。知らなくて」

そしてハァ…、とため息をもらした。

「なんか…、先輩って時々すごい無茶するし、いつ死んでもいいって思ってるみたいで…、何考えてんのかな、って不思議なとこがあったんですけど。そういう……、いつ誰が死ぬのかわからない、っていう感覚が影響してるんですかね」

あの年代の子供に、強烈な印象だったのは確かだ。もっと子供だったり、もっと大人だったりした方が、まだ忘れられたのだろうか。

あまりに不条理に感じたのかもしれない。まわりの人間には理由がはっきりしないままだったのだから。

昨日までの世界が、突然——その瞬間に失われたのだ。

左季は静かに続けた。

「だからそういう意味では、特別な関係かもしれないな。私と隆生と、美統や大輝や……池内さんもね」

「えっ。みんな、いたんですか？」

江ノ木が驚いた声を上げる。

「ちょうどうちの寺に集まって、和太鼓の合宿をしていたから」

「じゃあやっぱり…、何か関係があるんじゃないですか？　その、ご両親の事件が」

勢いこむように尋ねてきた江ノ木に、左季はゆっくりと首を振った。

「両親が自殺したことは間違いないんだよ。他の人間が関与している可能性は、百パーセントない」

はっきりと言い切った左季に、そうですか…、と江ノ木が小さく息をつく。

「隆生って、いつから連絡がとれないの？」

その江ノ木をちらっと横目に見て、さりげなく左季は尋ねた。

「ええと…、今日の午後からかな。今朝から別行動ではあったんですけど、昼を過ぎたくらいからぜんぜん電話もつながらなくなって。ま、先輩が電話連絡を無視するのはよくあることなんですけどねー」

やれやれ、というように嘆息した江ノ木に、左季は思わず目を閉じた。

少なくとも一緒にいなかった、ということだ。アリバイは成立しない。

「もし左季先生の電話に出るようだったら、こっちに連絡しなさい、って叱っといてもらえますか？　左季先生の言うことだったら聞くかも」

当然ながら、この事件の隆生の関与を疑っている様子もなく、江ノ木がいくぶん軽い口調で言う。

「もし出たらね」

それに左季は静かに返した――。

翌日になって、結局、大輝の遺体は左季の大学へ搬送されてきた。

江ノ木が同行していて「立ち会います」とげっそりした顔で言っていたので、おそらく上司からの命令だろう。

おおよその左季のアリバイも立証できたようだし、解剖には他の助手も同席するし、それに警察官も立ち会わせておけば、もし万が一、左季の関与があったとしてもヘタな真似はできないだろう、ということだ。

「連絡、ないですか？　先輩から」

解剖に入る前、江ノ木にこっそりと耳元で聞かれたが、「ないよ」と左季は手袋をはめながら短く答えた。

それは本当だ。だが左季から電話をかけることはしなかった。……できなかった。

ただ怖くて。

これまでにないくらい――父の日記を読んだ時と同じくらい、怖かった。

もし隆生が本当に何かのトラブルで大輝を殺してしまったのなら、そのまま逃亡してほしいとさえ思ってしまう。

あれだけ――父のしたことを理解できなかったのに。

「うわー、まずいですよ。今日も連絡取れなかったら、先輩、マジで懲戒ですよー」

しっかりと頭を抱え、泣きそうな顔で江ノ木がうなった。

身勝手な先輩の尻拭いから、慣れない解剖の立ち会いから、江ノ木にとっては本当に踏んだり蹴ったりだろう。

「合掌」

と、いつもと同じ手順で、左季は遺体と向き合った。

解剖台に横たわったかつての友人の姿に、美統も目を閉じて手を合わせている。

そしていつもと同じ手順で、慎重に検死を進めていった。

死因は出血性ショック死。刃物による深い傷が胸と腹、そして大腿部の三カ所。

池内と同じ所見だった。傷口の形状も同じ。同じ凶器だろう。

もしこれが同一犯の犯行だとしたら——そしてもし、大輝を殺したのが隆生だったとしたら、池内も隆生が殺したことになる。

さすがにあり得ない、と思った。隆生が二人を殺す動機などないはずだ。

……しかし。

そうだ。父にしても被害者たちを殺す動機などなかった。隆生の兄も。

ただ楽しむために。あるいは、衝動に任せて。

隆生も、そうなのだろうか？

もしかすると、左季の両親の死が引き金になって、死に取り憑かれることがあったのだろうか？　刑事という仕事をしながら、自分が他人の命を奪うようなことがあるだろうか？

どう考えても信じられなかった。

隆生が人を——しかも友人を殺すなどということは、想像もできない。

だが……自分の父親のことすらまともに見えていなかったのに、自分に何かを判断することなどできるはずもないのだ。

どれだけ長く、深く付き合おうと、そんなことをする人じゃない——などという思いは幻想にすぎない。

父がどれだけ地域の人たちからの人望があったかを、左季は知っていた。どれだけ尽くしてきたかも知っていた。すべてが見せかけだったとは思えない。

だからこそ母も、きっと最後まで信じられず、誰にも相談できないまま——ああするしかなかったのだ。

隆生に別の顔があったとしても、きっと左季にはわからない……。

頭の中がぐるぐるする。まともに考えがまとまらない。

池内の死。ストラップ。昔の知人。脅迫状。大輝の死。隆生のストラップ。

もう、何もわからない——。

「先生、大丈夫ですか？」

ふいにすぐそばで聞こえた声に、ようやく左季は意識をもどした。

デスクの前から、心配そうな顔で美統がわずかに身を乗り出して左季を見つめていた。

左季の研究室だ。

解剖を終えてもどってきてから、どのくらいぼんやりしていたのだろう。

「ああ…、ごめん。ちょっと疲れてるみたいで」

肩から力を抜き、ようやく言葉を押し出した左季に、美統がうなずいた。

「そう…、だよね。こんなに続けて昔馴染みの解剖とか」

それは美統も同じだ。鑑定書の名前を見るのも——書きこむのも、気力を使う。

だがそんな何気ない言葉に、ふいにぶるっと身震いした。

もしかすると、次は隆生かも、という想像がふっと頭をよぎり、身体が強ばってしまう。

容疑者でなければ、被害者になっている可能性もあるのだ。——まだ発見されていないだけで。

「……あれ？　これ、先生の？」

と、美統がデスクの上に転がっていたストラップに何気なく手を伸ばした。

隆生のだ。持ち帰ったまま、手放すこともできずに、気がつくと見つめていた。

あっ、と思ったが、制止する間もなく美統は手のひらに載せて、近くで眺めている。

「じゃないか。隆生の？　これ、長胴太鼓だよね」

さすがに美統は、ミニチュアでも和太鼓の違いがわかったらしい。

「ああ…、拾ったんだよ」

心臓はドキドキと音を立てていたが、なんとかさりげない口調で左季は答えた。

「へえ…、隆生もまだ持ち歩いてたんだ。意外と可愛いな」

クスクスと笑いながら、美統がとん、とそれを左季の前に置き直す。

「ここ数日、顔を見せてないみたいだけど、やっぱり大変なのかな」

「暇な時に来ていたんなら、それはそれで問題だよ」

「そっか」

左季の指摘に、美統がハハハ、と笑う。

「今日も江ノ木くん、立ち会ってたし。顔、真っ青でしたね。慣れないなぁ」

「一度や二度じゃね」

よろよろしながら帰って行った江ノ木の顔を思い出して、左季もちょっと微笑む。

「あ、そうか。隆生、父さんのところに行ってるのかも」

ふと思い出したように、美統が言った。

美統の父、ということだ。津田弁護士。

大輝の職場だし、確かに、警察の誰かは話を聞きにいっているはずだった。自宅とともに、職場のデスクなども、職務上の問題にならない限りは、調べる必要がある。

が、おそらく隆生ではない。いまだ、江ノ木も連絡をとれないようだ。

そろそろ職場でも問題になり始めているはずだった。

「津田先生もショックだっただろうね」

何気なくつぶやいた瞬間、あっ、と左季は思い出した。

頭の中でフラッシュバックするみたいに、その場面が閃く。

そうだ。あの時——。

「……ごめん。今日は定時で上がらせてもらうから」

無意識に早口で言いながら、ちらっと時計を見ると、すでに夕方の六時に近い。

「先生…、ちゃんと定時までいるんだからあやまる必要なんてないですよ」

美統があきれたように言って、肩をすくめた。

「むしろ、ふだんが残業しすぎなんだから。たまにはちゃんと休まないと」

「解剖室とかの戸締まり、確認してもらっていいかな？　他の鑑定書は明日、チェックするから」

カバンを一番深い引き出しから引っ張り出しながら、左季はせかせかと頼む。

「了解です。お疲れ様でした」

美統が笑って送り出してくれる。

左季はポールハンガーに引っかけていた薄手のコートを羽織りながら、急ぎ足で大学の門を出た。

めずらしくまだ日が残っていて、ちょうどラッシュ時なのだろう、深く考えずにタクシーを捕まえたが、道はかなり渋滞していた。

ゆっくりと夕闇に沈んでいく街を眺めながら、左季は頭の中で思い返していた。

——もしかしたら。

隆生の太鼓のストラップ。あれはすでに、おとといの段階で隆生の手元から離れていたかもしれない。

だとすれば、隆生の無実は証明できるはずだ——。

# 12

左季（さき）がタクシーを降りたのは、津田（つだ）の事務所の前だった。

ちょうど七時を過ぎたくらいだったが、すでにオフィスの扉は閉まっており、中の明かりも消えている。仕事柄、まだ誰かは残業をしていそうな時間だったが、さすがに今日はみんな早めに引き上げたのかもしれない。

思わず、左季は肩を落とした。

だが考えてみれば、当然だろう。所属の弁護士が殺されたのだ。

最初の、池内（いけうち）の事件との関連性はまだ公表されていなかったから、もしかすると弁護士として関わった案件のせいかも、という不安はあるはずだ。

左季は、この間、隆生（りゅうせい）とともに津田の事務所を訪れた時のことを思い出していた。

あの時、螺旋（らせん）階段のところで隆生は大輝（だいき）とぶつかった。その時、大輝は自分のカバンの中身をぶちまけて、あわてて拾い集めていたはずだ。

もしかすると、ぶつかった勢いでポケットから滑り落ちた隆生のストラップを、ひとまとめに大輝が自分のカバンに入れてしまったのではないか――。

だとしたら、殺害されたこととは無関係に大輝が隆生のストラップを持っていたとしてもおかしくないし、隆生はあのストラップをボールペンにつけていた。ということは、大輝の手元にペンが残っているはずだった。

どうしてストラップをペンから外したのかはわからなかったが、大輝が隆生に返そうと思って自分のポケットに入れていたのかもしれない。

とにかく、ペンの有無を確認したかった。

警察が大輝のデスクを総ざらえしたのでなければ、どこにでもあるありふれたペンだ。それほど重要な証拠だと思っていないだろうし、多分まだ残っているはずだ。もしかするとペンを拾ったのは大輝ではなく、他の同僚か――あるいは、津田弁護士だったのかもしれない。あの時、階段を下りてきていたし、あのあとすぐに大輝は事務所を連れ出されたから、回収し損ねていたペンを津田が見つけたということもあり得る。津田だったとしても、あれが隆生のものだとわかるだろうし、隆生に返せるように、大輝に預けたということは考えられる。

とにかく、事務所の大輝のデスクを確認したかったのだが、仕方がない。

ここまで来たのだから、津田に会って頼んでみようか、と思いついて、左季は先日入ったオフィスへのエントランスから、さりげなく格子のパーティションで仕切られたさらに奥へとアプローチを進んでいった。

どうやら住宅へ通じているらしい重厚なドアが一つ、目の前に現れる。インターフォンもすぐ横にあって、左季は思い切ってそれを押す。

『おや、左季くん？』

はい、としばらくして応答した津田が、カメラを確認したのだろう、少し驚いたように声のトーンを上げた。

「突然すみません。ちょっと…、確認したいことがありまして」

気が急くように言った左季に、どうぞ、と気安くロックが外される音が聞こえた。

『エレベーターで上まで上がって来てくれるかな？　靴は下駄箱に入れておいて』

そんな言葉に、左季はドアを引き、中へとお邪魔した。

こちらの一階は玄関だけのようだ。大きな観葉植物の置かれたゆったりと余裕のあるスペースで、左季は言われた通り、横の下駄箱に靴を収め、端に出されていたスリッパを借りて、真正面にあった小さめのホームエレベーターに乗りこむ。

階数表示を見ると、すでに四階にランプがついていた。

五階まで表示はあって、二階、三階の部分は階数が消されている。オフィスに使っているフロアで、止まれないようになっているのだろう。完全に公私を分けているらしい。

あとは一階と、その横に鍵穴が一つ。セキュリティ上、キーを持っている人間しか使えない仕様のようだ。

四階でエレベーターの扉が開くと、目の前には広いリビングスペースが広がっており、津田が待ち構えてくれていた。

「やあ、いらっしゃい」

いつもと同じ穏やかな笑顔だ。

「いきなりお訪ねして申し訳ありません」

左季は恐縮して頭を下げる。

「いや、いつでも来てもらえるとうれしいよ。美統（みのり）も一緒なの？」

聞かれて、あ、とようやく思い出した。そういえば、どうせなら美統と一緒に来てもよかったのだ。

しかし微妙な話なので、一人で正解だったのかもしれない。

「いえ、今日は」

そんなことを考えながら、少しばかり言葉を濁す。

今さらに、話の切り出し方を迷った。

隆生のストラップが大輝の死体のそばに落ちていたということは、できれば口にしたくない。

事件と関係ないとわかれば、そのまま左季が預かっていてもいい——、とさえ思っていた。

もちろん、本来ならば絶対に許されることではない。が、よけいな遺留品で捜査を迷わす必要はない。……詭弁（きべん）だと、わかってはいたが。

だが隆生が疑われるようなことは、絶対に避けたかった。

「まあ、入って。コーヒーでいいかな？　時間があれば食事に誘いたいところだけどね。……あ、そうだ。ちょうどカレーを作ろうかと思っていたところだったんだよ。食べていかないかい？」

社会的にも名前が売れた立場になって、しかし津田は相変わらず気さくで、穏やかな物腰だった。

美統がいなくなったあとも、再婚もせず独り身を通しているようだが、そんな自由が楽なのだろうか。若い事務員でも、依頼人でも、あるいは芸能人でも、出会いもアプローチも多そうだったが。

「いえ、どうかおかまいなく。すぐにお暇(いとま)しますので」

左季はあわてて言った。

「そう言わずに。君とゆっくり話せるのもひさしぶりだ」

しかしにこにこと言いながら、津田が奥のキッチンの方へ向かっていく。

「どうぞ。座ってて。コーヒーくらい淹(い)れるよ」

少し遠くから軽く声を投げられ、ありがとうございます、と、左季は遠慮がちにリビングの中へ足を踏み入れた。

軽く三十畳ほどはあるだろう。木目を基調にしたフローリングで、すっきりとスタイリッシユにまとめられた部屋だ。

奥のキッチンの手前にちょっとしたダイニングスペースがあり、絨毯(じゅうたん)の敷かれた中央にはシックなソファが置かれている。

その端へ左季は手にしていたカバンを置き、とりあえずコートを脱いでその上に引っかけた。

奥からコーヒーメーカーの音が聞こえてくる。豆がガリガリとひかれているようだ。

……むしろ、隆生ではなく自分がペンを落としたので探したい、と言った方がいいのかもしれない。

頭の中で、左季はそんなふうに話の切り出し方を考えながら、何気なくリビングのインテリアを眺めた。

センスのいいモダンな絵や、大きめの観葉植物。飾り棚には、バカラだろうか、グラスがいくつか並んでいる。テレビやレコーダーなどの機材が目につかないが、壁の中に隠されているのだろう。

「一人暮らしですよね？　すごくきれいにしてらっしゃいますね」

感心して、そんな感想をもらす。

「まあ、美統も時々帰ってくるから」

左季の言葉に、ははは、と津田が軽く笑う。そしてふと思い出したように言った。

「そういえば……、窪塚(くぼづか)くんのことはもちろん知っているよね？　君が司法解剖もしたの？」

「ええ…、今日」

いったん津田に向き直って、左季は静かに答えた。

「そうか。つらかったね」

津田が沈痛な顔でうなずく。

「先生も驚かれたでしょう」

「そうだね。昼間は刑事が来て、他の弁護士にも話を聞いていったよ。でもうちの扱っている案件で、殺されるほど恨みを買うとは思えなくてね」

そうだろうな、と左季もうなずく。

そもそも民事だし、大輝は正式な弁護士になったばかりだ。まだ手がけている案件も多くはないだろう。

「もしかして、池内くんの事件と何か関係があるのかな？」

津田ならば当然、そこに考えはいくようだ。

「それはまだ捜査中のようです」

慎重に答えた左季に、そうか、と津田が渋い顔でうなずいた。

ミルの音が止まり、かすかな機械音がして抽出(ちゅうしゅつ)が始まったようだ。かすかにコーヒーのいい香りが漂ってくる。

このタイミングで、ペンのことを聞けるだろうか、と内心で考える。しかし、大輝のデスクを見せてください、と頼むのは、少し難しそうな気がした。警察の捜査ではないのだし、当然、仕事上の書類などもあるだろう。部外者が勝手に探していい場所とは思えない。

かといって、津田に探してもらうのも無理そうな気がした。

ストラップがついていなければ、本当にどこにでもあるような普通のボールペンだった。左季はなんとなく色や形を覚えていたが、津田に見分けるのは困難だろう。

困ったな…、と左季は考えこんでしまった。やはり津田に正直に事情を話すか、美統に話すか――しか、方法はないのだろうか。

隆生と連絡がとれれば、本人の弁解が聞けるはずなのに。

だがいまだに電話がつながらない以上、一刻も早く確証がほしかった。……自分のために、だ。自分の気持ちを落ち着けるために。

隆生が殺したかも、などというバカげた考えは、早く拭い去りたい。

「こんな時になんだが…、君にはずっとあやまりたかったんだよ」

左季が考えあぐねている間に、津田がふと思い出したように口を開いた。

「何をでしょう？」

左季は津田を振り返るとちょっと首をかしげる。

「あの時……、高倉が亡くなった時には、まともに君の力になれなくて」

「いえ、そんな」

ハッと胸をつかれたように、左季はとっさに首を振った。

十分にいろいろと助けてもらったと思う。両親が一度に亡くなって、あまりに突然のことに、叔父も叔母も寺の引き継ぎや何かに関して法律上のことはほとんど何もわからなくて、かなりの部分を津田が処理してくれていたはずだ。

正直、左季自身は、あの直後のことはほとんど覚えていなかったけれど。

渡米することになった経緯さえ、あやふやだ。ただアメリカから飛んできた従姉(いとこ)に、一緒に行く？ と聞かれてうなずいた。

それまで信じていた世界が壊れたのだ。

あの場所にいたくなかった。とてもいられなかった。

多分、どこでもよかった。ただ目の前の現実から逃げ出したかっただけで。

「正直、どうしてあんなことになってしまったのか、いまだに私にも理解できなくてね」

津田がポツリとつぶやく。

この人も苦しんだ一人なのだ。……裏切られた一人。

だがそれを知らない方が、まだ幸せなのかもしれない。

「あれほどの男が……、本当に残念だ」

深いため息とともに、津田が首を振った。

あれほどの男――という意味を、今の左季はそのままには受け取れない。

「でも今の立派な君の姿を見たら、ご両親も喜んでくれているよ」

津田の優しい言葉に、左季はそっと頭を下げた。

「だといいのですが」

きっと自分も、こんなまわりの人たちすべてを欺き、裏切っている——。

そして一生、それを抱えて生きていかなければならないのだ。それを思うと、胃から吐き気が這い上がってくる。

「父とは…、大学時代に知り合ったんですか？」

息苦しさを紛らわすように、左季は尋ねた。

「そう。学部は違ったんだけど、外国語が同じクラスでね。すぐに気が合ったんだ」

いったい父はいつから……いくつの時から、あんな衝動を抱えていたのだろう？

「卒業してからも親交が続いていたんですね」

「そうだね。高倉は寺に奉職して修行していたし、私も司法修習があったしで、なかなか会う機会はなかったが、連絡は取り合ってたよ。彼は結婚が早かったから、私もまだ駆け出しの頃はよく寺へ行って夕飯をごちそうになったりしてね」

「母も…、同じ大学だったんですよね？」

そういえば、と左季は思い出して尋ねた。

「そうだよ。お母さんは文学部だったけど、美人だったからねえ。性格も優しかったし。狙ってた男は多かったんだ。結局、高倉と恋に落ちて、そのまま結ばれたわけだけど」

津田が微笑んで言った。

母にしても、婿に入ってくれる相手を探して仏教の専攻のある大学へ通っていたところがあるのだろう。

そして父を捕まえたつもりで、――捕まった。

父はその頃から考えていたのだろうか？　寺を乗っ取り、自分の都合のいいように作り替えていくことを。

着々と、何年もかけて冷静に、父は計画を進めてきたのだ。

「本当にいいご夫婦だった。残念だよ」

しみじみと言われて、左季は叫び出したくなるのを必死にこらえた。

喉の奥が焼けるように熱くなる。

「左季くんは寺の方には帰っているの？」

「いえ…、時間がなくて。ぜんぜん」

いくぶんかすれた声で、ようやく左季は言葉を押し出した。そっと唾を飲み下す。

コーヒーができあがったらしく、津田がカップに注ぎわけながら、何気ない会話を続けた。

「まあ、監察医は絶対的に人員が足りてないと聞くからね。かなり大変だろう」

「美統くんがすぐに一人前になってくれますよ。執刀の正確さも、手際の良さも、見極めも…、私よりずっと優秀です」

「身近にいい先生がいるからだよ。昔からずっと、美統は君のあとを追いかけていたからね」

そんな言葉は、少し胸が痛い。

自分は決して誰かの手本になれる人間ではないと、自分で知っているのだ。

ただの人殺しの息子――。

罪を償うこともせず、それを必死に隠して生きているだけだ。

「まあでも、本当に立派に育ってくれたから、私も美統の両親に対して面目が立ちそうだよ」

さらりと何気ない口調で言われた言葉を、左季は一瞬、聞き流しそうになった。が、危うく耳に引っかかる。

「美統くんの両親？」

知らず、左季は繰り返していた。まるで津田自身は親ではないような言い方だ。

「あれ？　知らなかったかな。美統は養子なんだよ。母方の親戚の子でね。五つの時に両親が事故死してしまって、美統一人が残されてしまったから」

「そうだったんですか」

あっさりと言われ、初めて知る事実に左季もさすがにちょっと驚いた。

が、確かにあらためて説明するようなことでもなかったのだろう。あの当時なら、左季たちもまだ子供だった。

「なんか勢いで引き取ってしまったけど、私は妻を亡くしたばかりで、子育てももちろん初めてだったしね。君のご両親がいなかったら本当にどうなってたかわからないよ。もちろん、左季くんにも弟みたいに可愛がってもらったしね」

大事な家族を亡くしたもの同士で、という気持ちだったのかもしれない。だが実子でもない美統を、津田はここまできちんと育て上げたのだ。

「美統くんも津田先生のところに来て幸せでしたね」

「だといいけどねえ…」

微笑んで言った左季に、津田が少し照れたように笑う。

「私はすぐにむこうにもどると思いますから、美統くんにあとを託せそうですよ」

いくぶん決然と、左季は言った。

「一年の契約だってね。美統が残念そうに言ってたよ。もっと長くいてくれたらいいのに、って。美統にはまだ経験も必要だろうし」

「この一年でしっかりと鍛えますよ」

強いて明るく言った左季に、津田が、おっと、と少しおどけた声を上げた。

「これはよけいなことを言ったかな？　あとで美統に怒られそうだ」

左季も小さく笑いながら、すぐ後ろの壁の絵画を眺め、その下のローチェストに置かれていたきれいなグラスを眺めた。

バカラのワイングラス……、というより、フルート型のシャンパングラスだ。施された金彩が豪華で美しく、細身でスッ…とまっすぐに伸びたフォルムはトロフィーのようにも見える。

使用していたわけではなく、インテリアとして置かれているらしく、中にはビー玉が半分ほど入れられていた。きれいなのだが、薄いガラスが擦(こす)れて傷がつきそうで、ちょっとヒヤヒヤする。安くはないグラスだろう。

と、そのビー玉に交じって、何か金色に輝くものが目に入り、左季は何気なく身をかがめてグラスの外側からもう一度眺めた。

何だろう？　丸く金色の……ボタンのようだった。学校の制服についているような、装飾的な金ボタンだ。何か思い出のボタンだろうか。美統の学生時代のものとか。

思い出の品を飾るには、きれいでさりげないディスプレイだな、と感心した。とてもしゃれている。

さらに別の色もちらっと見え、わずかに目をこらすと、小さな校章のようなものも交じっていた。

美統は、高校は私立だろうから、その時のものだろうな——と普通に思った。

だがよく見ると、校章は一つではなく、他にもいくつかビー玉の中に紛れているようだ。金ボタンもどうやら一種類ではなく、そのデザインや大きさもいろいろある。

——そんなに？

さすがにちょっと違和感を覚えた。

まあ、校章はやはりいろんな色とデザインがあっておもしろく、単にコレクションと言っていいのかもしれないが、それぞれの学校に知り合いでもいなければ、なかなか集めるのは大変そうだ。

手前に見える真鍮(しんちゅう)の校章に、ふと左季は目をとめる。

どこかで見た覚えがあった。それもつい最近だ。

小さな翼が二つとアルファベットを組み合わせた——。

ハッと思い出した瞬間、思考が止まった。

そうだ。江ノ木(えのき)に見せてもらったタブレットの写真。

今、誘拐されている男の子の……、制服の衿(えり)についていた校章と同じだ。

が、そのことの意味が、すぐには理解できなかった。

しかしその時——左季はハッとそれに気づいた。思わず大きく目を見開いてしまう。

そのバカラのグラスのすぐ横に、小さな手帳が置かれていた。革張りの、ポケットに入れるよりはもう少し大きめだろうか。

その真ん中ほどに、ペンが一本、無造作に挟まれているのがわかる。白黒ツートンカラーの、普通のボールペンだ。

ただ、少しだけ手帳から飛び出していたその頭の、もともとは白い先が赤く汚れているのが

目に飛びこんできた。

ごくり、と唾を飲みこむ。

――隆生のペンだった。赤の油性マジックのついた手で触ったらしく、汚れが取れなくなっていたのだ。

ここに、あった。では、津田が拾っていたのだ。

よかった、と思えるはずなのに、今は頭の中の情報が多すぎて、まとめきれない。

「コーヒー、入ったよ」

と、ふいに背中に届いた声に、左季はビクッと肩を震わせる。

反射的に振り返った左季の前に、津田がマグカップを一つずつ、それぞれの手に持って立っていた。

「どうかしたの?」

いつもと同じ、柔らかな声だったが、――目が、笑っていなかった。

ぞっと、身体の芯が冷たくなる。

……こんな表情をする人だっただろうか?

初めて気づく。

「いえ……、きれいですね。バカラですよね」

それでも必死に押し出した声が、わずかにかすれていた。無意識のままの笑顔が強ばる。

「ああ、それ、美統からの誕生日プレゼントなんだよ。もう何年か前だけど」

答えながら、津田がカップをテーブルに置いた。

「どうぞ」

何気ない様子で促され、ありがとうございます、と左季は唾を飲みこみながら、ようやく答えた。カップの置かれた前のソファに、緊張で硬くなった身体をそっと落とす。

コーヒーカップに手を伸ばし、味わうようにゆっくりと飲みながら、頭の中ではものすごい勢いで考え続けていた。

――どういう……ことだ……？

鮮やかに、昔の光景を思い出す。

十四年前。納骨堂の前で、左季が校章を拾ったのだ。誘拐された中学生の。

……父が殺した。父が殺したと、思っていた。

だから十四年前に、すべては終わったはずだった。

だが今また、同じように中学一年生が誘拐されている。偶然、なのか？　同じ学校の校章がここにあるのも？

まるで……犠牲者を数える、記念のトロフィーのように。

ゾッと、身体の奥から寒気が這い上がってくる。

それを必死にこらえ、左季は思い出したように尋ねた。

「そういえば、美統くん、高校はどこでしたっけ？　私立に行ったんですよね？」

「そう…、中学校の途中から都内の私立に編入したんだよ。君がアメリカに行ってから、私たちもむこうのアパートを引き払って、こっちに移ったから」

「そうですか……」

落ち着いた答えに、左季はうなずいた。

それ自体は別におかしなことではない。あんな事件があれば、あの場所から離れて生活を一新したいと思うのも無理はない。

「先生は…、そういえば、教育問題にも熱心に取り組んでいらっしゃいますよね。テレビでコメントされてるのを何度か聞きました」

そう、教員の体罰だとか、児童福祉に関する問題にもよくコメントを求められているのを思い出す。

「まあ、私も一応、子供を持つ親の立場だからね」

さらりと当たり障りなく津田が答える。

だがそれなら、いくつかの学校へ出入りする機会もあるだろうし、……そこの子供に目をつける機会もあっただろう。

だとすると、あまりに大胆だが。

左季は思わず目を閉じた。

……そうなのか？　本当に？

心臓がわれそうにドクドクと音を立てる。

「先生は…、父の陶芸小屋へ入ったことはありましたか？」

声が震えそうになるのを必死に抑え、左季はことさらゆっくりと、何気ない様子で口を開いた。

「え？　……ああ、そうだね」

だが少し唐突な問いだったかもしれない。少し首をかしげたが、津田は穏やかに答えた。

「何度か入れてもらったよ。高倉もずいぶん入れ込んでいたし…、まあ、私はぜんぜんそっちの才能はなかったけどね。まともに轆轤（ろくろ）も回せなかったし」

津田が朗らかに笑う。

「そうなんですね…。やっぱり先生は特別なんですね。私も…、入れてもらえたことはなかったから」

左季もなんとか笑って言った。

あの頃津田は、本当にしょっちゅう寺に来ていた。美統を預けていたから、ほとんど毎日と言ってもいい。泊まっていくことも多かった。

左季は気がつかなかったが、父と一緒に陶芸小屋にこもっていたこともあったのだろうか。

「それは君がまだ子供だったから、危ないと思ったんだろうね」

わずかに瞬(まばた)きして左季を見つめ、津田が静かに答える。

「ええ…。でも、私も教えてもらいたかったな」

左季はとっさに視線をそらし、下を向いて必死に言葉を押し出した。

「そうだな。高倉が生きていれば、そんな機会もあっただろうけどね」

ええ、と左季はなんとか強ばった笑みを返す。

津田がゆっくりとコーヒーを飲んでからカップを置き、思い出したように尋ねた。

「それで、今日は何の用だったのかな?」

淡々とした問いに、左季はわずかに息を呑(の)んだ。

「あの…、実は」

乾いた唇を舌で湿してから、ようやく口を開く。

「この間…、隆生とお邪魔した時に、隆生がペンを落としていかなかったかと思って。探しているんです」

「……ペン?」

一瞬、間があってから、津田が答えた。

「いや、見なかったが」

――明らかな嘘(うそ)だった。

津田からすれば、ストラップがついていなければ見分けがつくとは思っていなかったのかもしれない。

「そうですか。じゃあやっぱり、大輝…、窪塚とぶつかった時かもしれませんね」

納得したふりで左季はうなずいた。

「わざわざ君が？ 大事なものなの？」

穏やかに聞かれ、左季は強ばった笑みを浮かべた。

「ええ。とても」

「へえ…」

小さくつぶやいた津田が、あっ、と思い出したように立ち上がった。

「そうだ。一本、電話しないといけないところがあったんだ。――ごめん、ちょっと待っててくれるかな？」

せかせかと言われ、左季はとっさに立ち上がった。

「いえ、私ももうお暇しますから」

これ以上、ここにいてはいけない。

そんな警報めいた予感が身体の中で響いている。

「そうか。……ああ、ついでで使って悪いけど、美統に頼まれてるものがあってね。渡してもらえないかな？」

低姿勢で言われて、さすがに左季も断ることは不自然に思えた。

「あ…、はい。大丈夫ですよ」

なんとか微笑んで返す。

「じゃあ、すぐに持ってくるよ」

津田がリビングを出て、どうやら廊下の向こうの部屋に入ったようだ。パタン、と扉の音が聞こえる。

気配が消えて、左季は思わず、肩から大きな息を吐き出した。

考えてもいないことだった。どう考えたらいいのかわからない。

……まさか本当に、津田なのだろうか？

今の誘拐も、十四年前も？　では父はどう関わっていたのだろう？

左季は廊下の方の様子をうかがってから、そっと後ろのローチェストに近づいた。

手帳からそっとペンを抜き取って、あらためて確認する。やはり隆生のだ。赤いマジックの染みは、指で押さえるあたりにもついている。

それを手帳にもどしてから、そっとバカラのグラスを持ち上げた。

ビー玉の中に紛れている校章は、少なくとも五つ六つはありそうだ。すべて違うデザインで。

——これが犠牲者の数……？

そう思うと、ゾッとする。

ダメだ。すぐにでもここを出ないと。

「左季くん」

その瞬間、背中に届いた声に、左季は飛び上がりそうになった。

反射的に振り返ると同時に持っていたグラスが手から滑り落ち、敷かれていたラグの上で割れてはいなかったが、ザラッと流れるようにビー玉が床に散らばっていく。

校章と、金ボタンも一緒に。

「ああ……」

やれやれ、というように津田が肩をすくめ、しゃがんで足下に落ちていた校章を一つ、摘まみ上げた。

今、誘拐されている男の子がつけていた――のと同じデザイン。

「先生…、あなたは……」

左季の唇が震え、無意識に小さな声がこぼれた。

では津田が大輝を殺し、隆生に罪を着せるためにわざとストラップを落とした……？

池内を殺したのも？

校章を手にしたまま、立ち上がった津田が苦笑いした。

「やっぱり気づいちゃったか」

左季は瞬きもできないまま、目の前の男を凝視する。もう息もできない。

そして次の瞬間、津田の身体を押しのけるようにして走り出した。

とにかく逃げようとしたが、階段の場所がわからない。がむしゃらにエレベーターのボタンを押すが、扉が開く前に後ろから太い腕が首にまわされた。

「――ん…っ！」

一瞬息が詰まり、そして気がつくと、もう片方の手に握られていたナイフの刃先が左季の喉元にぴったりと当たっていた。

さすがに全身が凍りつく。

「暴れないで。怪我をさせたくないからね」

耳元で低い男の声が聞こえ、そのままリビングの中央まで歩かされた。

「先生……、どうして……？」

もう、何が何だかわからない。

「高倉とは大学時代に出会ってね。すぐに…、同類だってわかったんだ。おたがいに共通の欲求を抱えている、ってね。おたがいに常識人だったし、悪いことだとわかっていたよ？　もちろん。でも二人で話しているうちに、だんだんと抑えきれなくなってしまってね。仕方がない。生まれ持った本能なんだ」

耳元で響く穏やかな声に、背筋に冷たいモノが這い上がる。

「とは言っても、それぞれの趣味というか…、タイプは違ったんだけどね」

まともに身動きのできない左季を押さえこんだまま、津田がジリジリと壁際のチェストの方へ動いていく。

「私の好みは…、ちょうど小学校から中学校へ上がるくらいの男の子なんだ」

左季は思わず息を吸いこんだ。

つまり、ペドフィリア――小児性愛者、なのか……。

もちろんすべての小児性愛者が、実際に子供に性的虐待をするとは限らない。が、骨になった子供たちがどんな最期だったのかは、想像したくない。

ハッと、左季は思い出した。

では、美統は？　美統には手を出さなかったのだろうか？

身近すぎて、手を出せなかったのか……？　あるいは、さすがに美統が失踪したら疑われると思ったのだろうか。

「君のお父さんは、年齢や性別にはあまりこだわりがなかった。強いて言えば二十代の子かな。首を絞めるのが好きだったよ。自分の手の中で命が消えていく瞬間に興奮したらしい」

聞きたくない――！

左季は思わず目を閉じる。知らず涙がこぼれた。

「大学時代、二人でずっと計画を立ててたんだよ。長期的な計画をね。どうやったら、私たちの望みが叶えられるのか。もちろん社会的な立場を守りつつ、だよ？　あの頃は本当にわくわくして楽しかったなあ。お祭りって計画してる時が一番楽しいからね。いざ始めちゃうと、あとはもう続けるしかないけど」

思い出したように、低く津田が笑う。

「だから高倉が君のお母さんと結婚したのも、慎重に二人で相手を吟味したんだよ？　十分な敷地があって、墓地があって。でもあまり大きすぎるとまずい。早めに邪魔な先代住職たちにはいなくなってもらって、実権を握れる寺を探してね。高倉は仏教学部だったから、もともと将来は僧侶になるつもりだったみたいだけど、煩悩が払えると思ったのかな？　でも私という最高の相棒に出会ってしまったからね」

津田が何か昔を懐かしむような口調で続ける。

もしかすると……祖父母も、何らかの手段で父が殺したのだろうか？

想像すると全身に鳥肌が立つ。

「なにしろ自分で殺して、焼いて、骨壺を作って、骨を入れて、納骨する。完璧だろう？　高倉が住職になってくれて、すごくシステマチックにいってたんだけどね。あとの処理がものすごく楽で」

ハァ、と津田が大きなため息をついた。

「あいつ、ヘマをやっちゃったんだね。奥さんに気づかれたかも、って言ってたけど。結局、あんな結果になったんだからねえ…。もしかして左季くんも気づいていたのかな？」

質問の形だったが、答えを求めているようではない。

「高倉もいなくなったから、本当はもうやめようかと思ったんだよね、十四年前に。実際、しばらくは自制してたんだけど、こういうのって自分で抑えきれるものじゃないからねえ。仕方ないよ」

他人事のように津田がつぶやきながら、何かガタガタと引き出しを開けているような音が背後から聞こえてくる。

「はな…、離して……っ」

左季は必死に男の腕に爪を立てるようにしてもがいたが、グッとナイフが肌へ押し当てられ、その感触にまともに動けなくなる。

手慣れているのは、やはりそれだけ被害者を押さえこんできたということなのか。

「死体の処理に苦労する分、確実に以前よりペースが落ちたよ。私も趣味で陶芸を始めた方がいいのかもしれないな」

ハハハ…、と津田が軽く笑う。

そしてわずかに体勢を変えて、左季の身体を抱え直した。

「――う…っ」

一瞬、首がきつく締まって、意識が濁り始める。無意識に手足をばたつかせた。

「おとなしくして。大丈夫。殺したりしないから」

優しげな声が耳元でささやく。

「美統は君のこと、とても慕ってるからね。できれば手荒な真似(まね)はしたくない。高倉の息子だしね」

そんな言葉とともに、腕に一瞬、鋭い痛みが走った。

あっ、と思ってとっさに視線を落とすと、いつの間にか津田の手にナイフに代わって注射器が握られている。

――毒……？

あせったが、すでにどうすることもできない。

左季の身体から、何か吸いこまれるように力が抜けていく。

そのままずるり、と床へ崩れ落ちた――。

# 13

毒か、あるいは睡眠薬かと思った。

しかし倒れたあとも、左季の意識はある程度、しっかりしていた。

ただ、身体がまったく動かない。まるで力が入らない。指先一つ、意識して動かすことは難しかった。まともに唇を動かすことも、声を出すことも。なんとか呼吸ができるくらいだ。

――筋弛緩剤……？

もちろんそれも、量が多いと死に至る。どうやらそこまではなかったようだが、それでも通常の医療で使われるよりはずっと多かったのだろう。

やれやれ…、とため息をついて、津田が左季の身体を抱き上げ、ソファへと横たえる。

ただ呆然と津田を見上げることしかできない左季に、津田が頭上で小さく笑った。

「困ったね…。君のことをどうするか、また考えないと。高倉が死んでしまったから、遺体の処理の仕方には本当に苦労するんだよ」

そんな口調とは裏腹に、どこか楽しそうな表情にも見える。

「……あ、いけない。そろそろカレーを作り始めないと間に合わないな」

そして時計を見て独り言のようにつぶやくと、抵抗のできない左季をそのままに、津田はキッチンへ向かった。

それからどのくらいたっただろうか。

津田はまるで何事もなかったかのように、テレビでニュースを流しながら料理を始め、やがてカレーのスパイシーな匂いが漂ってくる。

そのあまりに日常的な光景が、よけいに今自分の身に起きている異常性と合わさって、まるで現実味のない恐怖を呼び起こす。まともな神経じゃない。

これから自分がどうなるのか、津田が自分をどうするつもりなのか、まったく想像がつかなかった。だが当然、無事に帰してくれるはずもない。

と、ふいにインターフォンが大きな音を立てた。誰か来た。

左季はハッと息を呑んだが、津田はあせった様子もなく、ハイハイ、と急いで水を止め、壁のモニターに応答している。

もしかして美統(みのり)だろうか。左季のことをどう説明するつもりなのか。

必死に意識を集中させた左季の耳に、穏やかな津田の声が聞こえてくる。

「ああ…、隆生(りゅうせい)くん」

思わず目を見張った。

『こんな時間にすみません。少しお話があるのですが』

インターフォン越しのくぐもった声だったが、間違いなく隆生だ。

よかった。無事だった。さすがにホッと安堵する。

津田に何かされていたわけではなかったようだ。だがこれからどうなるのかはわからない。

来るなっ、ととっさに声を上げた——上げようとしたが、まともに声も出せない。ほんのわずかな、乱れた息だけだ。

「今開けるから、ちょっと待ってくれるかな。……ああ、靴はそのままでいいよ。エレベーターで上がってきて」

左季が来た時と同じような対応だが、さすがに左季の靴が下駄箱に入っているのを思い出したらしい。隆生なら気がつくはずで、慎重に下駄箱を開けさせるのは避けたようだ。

そして、さて、と小さくつぶやいて、ふっとこちらに視線を向けた。

「とりあえず隠しておかないとね」

独り言のようにつぶやくと、大股に左季に近づいてくる。

左季が寝かされていたのはL字型のかなり大きなソファの一辺で、脚と底のフレームは箱形になった重厚なウォールナットだろうか。その上にマットやクッションが置かれている形だ。

津田がそのソファの一番大きな座面のマットを持ち上げ、いったん横へどけると、左季の身体を抱き上げた。

「しばらくおとなしくしててもらえるかな？　隆生くんを危ない目に遭わせたくないだろう？」

にっこりと笑って、そんな脅しとともに、そのままソファの枠の中へ左季の身体をすっぽりと収めた。中には毛布のようなものが敷かれ、小さなクッションも置かれていて、……もしかすると誘拐した子供をこの中に入れていたのだろうか、と思うと、さすがに気持ちが悪くなる。

上から蓋（ふた）をするように再びマットが置かれ、あっという間に視界が暗くなった。

それでもかろうじて、木枠とクッションの間からわずかな光が差しこんでいるのがわかる。チラチラと動いている男の足も。

ついで、別のソファの下に左季のカバンやコートも押しこまれたらしい。

「津田先生」

まもなく、いくぶん硬い隆生の声がした。心臓が大きく鳴る。

津田は……まさか隆生にも何かするつもりだろうか？　あるいは、やり過ごすだけのつもりなのか。相手は刑事だ。

「いらっしゃい。ちょうどカレーを作ったところだったんだ。美統がこのカレーが好きでね。食べていくかい？　もう少し煮込めばできあがるよ」

そんな気さくな様子は、とても……とても、連続殺人犯とは思えない。父と同じく。

わかっていても、まさか、と思ってしまう。

だが美統の名前を呼ぶ津田の声に、左季はカッ…、と発作的な怒りがこみ上げた。やりきれない怒りと吐き気が。

何も知らないまま、美統も父を信じているのだ。かつての自分と同じように。

「いえ。食べてきたところですので」

隆生が淡々と答える声が耳に聞こえてくる。

「そうか。じゃあ、またの機会に。自信作なんだよ。……どうぞ、楽にして」

気にした様子もなく言うと、津田が促した。

失礼します、と隆生がすぐそばのソファに腰を下ろしたのがわかる。

長年の経験か、さすがに津田は豪胆な男だった。この距離に左季が隠されているとは、さすがに隆生も思わないだろう。

だがどうして……、隆生がここに来たのだろう？

今さらながらに疑問が湧いてくる。

それに、今までどこに消えていたのか。

「もう夜だけど、ビールはまずいのかな？　ノンアルコールの方がいいか」

明るく言いながら、キッチンで津田が飲み物を用意しているようだ。パキッ、とプルトップを開ける音がする。

「そういえば、事務所に昼間、別の刑事が来たよ。窪塚（くぼづか）くんのことで。君が来るのかと思っていたが、担当を外れているの？」

そして何気ない様子で、津田が尋ねている。

「いえ、昨日から俺、北海道（ほっかいどう）に行ってたんですよ」

それに淡々と隆生が答えた。

……北海道？

ちょっと驚いたが、しかし最近、その地名をどこかで耳にした気がする。

ほう、と意外そうに津田がつぶやいた。

「捜査のため？」

「ええ、まあ。昔の友人に会ってきたんです。和太鼓クラブの仲間の」

そうだ。寛人（ひろと）が北海道にいると、大輝（だいき）が話していたのを思い出す。

——寛人に会いに行っていたのか……。

と、納得はしたが、理由がわからない。しかも江ノ木にも告げずに？

「北海道でもわりと辺鄙（へんぴ）なところに住んでたんで、ちょっと帰ってくるのに時間がかかってしまいました」

「へえ……。まあ、どうぞ」

すぐ近くで津田の声がして、テーブルにグラスを置いたようだ。

そしてあえてなのか、左季のいる上のソファに腰を下ろした気配を感じる。隆生とは斜向（はすむ）か津田が身動きするたびに、みしっ…と頭上で音が響く。心理的な圧迫感に、左季は思わず息を詰めた。

「それで、北海道まで行った成果はあったのかな？」

その津田の質問に不自然さはないが、微妙にとまどっているようにも聞こえる。

津田としても予想外だったのか、やはりその行動の意味がわからないのか。それだけに警戒してしまうのだろう。

「ええ、ありました」

と短く、しかしはっきりと隆生が答えた。

「でもまさか、その間に大輝が殺されるとは思いませんでしたけどね」

感情を消した、ただ事務的な声。

「そうだね。確かに驚いたよ……」

津田がため息をつくように言う。

しかし次の瞬間――。

「どうして大輝を殺したんですか？」

淡々とした隆生の言葉が、ピシャリと空気を震わせた。

一瞬、沈黙が落ちる。

自分の心臓の音が聞こえそうなほどの、張り詰めた沈黙だった。

「いきなりおかしなことを言うね」

ハハハ…、とようやく津田が乾いた笑い声を立てる。

「私に窪塚くんを殺す理由なんかないだろう?」

確かにそうだ。

津田が自分の欲望のために殺すのは、中学一年の男の子だけ——だろう。性犯罪者は好みがはっきりとしている場合が多い。それも胸糞が悪いが。

「まさか北海道旅行で、私が窪塚くんを殺した証拠でも見つかったのかな?」

「いいえ。北海道で見つけたのは別のものです」

冗談のように言った津田に、さらりと隆生が答えた。

「正直なところ、あなたが大輝を殺した理由はわからない。ただ池内を……、若林久美を殺したことに関係しているんだろうな、と推測しているだけですよ」

津田がわずかに息を吸いこんだ気配があった。

そう。大輝を殺したのが津田なら、池内を殺したのも津田ということになる。

「警察がそんな憶測だけでものを言っていいのかな? 忘れているかもしれないが、私は一応、弁護士なんだよ」

さすがに少し、声に怒りがにじんでいた。あるいは、あせり、だろうか。

「警察官として来ているわけじゃない。今のところは、ですが。古い知り合いとして、先に話したいと思っただけですよ」

それに隆生がまっすぐに返した。

そして――。

「左季はどこですか？」

凍りつくほどに冷たい、鋭い、声だった。

ハッと左季は息を呑む。

「さ…左季くん？」

それを聞かれるとは思っていなかったのか、津田が少し動揺した声をもらした。

「大学を出てから行方がつかめない。携帯の電源も落ちているし、家にも帰ってない」

「だからといって、ここに来たとは……」

「おそらく左季はタクシーを使ったでしょう。警察が調べれば、左季を乗せたタクシーはすぐに見つかる。どこで降ろしたかの証言もとれるでしょう」

ピシャリと指摘されて、津田が黙りこんだ。

「もし…、左季に何かしていたら、俺はあなたを殺しますよ」

かけらも隠すつもりのない剝き出しの言葉に、左季は息をすることも忘れてしまう。

――隆生……。

必ずおまえを守る。

そう言った隆生の声が耳によみがえる。

隆生は……予想していたのだろうか？　いずれ自分が狙われることを。

でもどうして？

「バカバカしい…！　君の言っていることはめちゃくちゃだな。どうしても私を犯人にしたい理由でもあるのか？　もう帰ってもらおうか！」

めずらしく津田が声を荒らげ、ソファから立ち上がったようだ。

「美統だって左季くんだって、今の君の姿を見たら失望すると思うがね」

負け惜しみのように吐き出した言葉に、左季は思わず唇を噛んだ。ふざけるなっ、と叫びたかった。

津田の罪が明らかになった時、美統がどれだけ傷つき、苦しむのか——左季にはよくわかる。きっと誰よりも一番。

「だったら聞いてみたらどうですか？」

——しかし。

隆生のさらりと何でもないような言葉に、え？　と一瞬、頭の中が真っ白になった。

「美統、いるんだろ？」

みじんの疑いもなく、あたりまえのように続けた隆生に、左季は本当に混乱した。

「……へえ。わかってたんだ。すごいね」

そして耳に届いた、どこか楽しげな美統の声。

左季は耳を疑った。

どこにいたのか、狭い視界の中に近づいてくる美統の足が見える。

「おまえがいないはずないもんな。こんな状況で。そうでなくとも、いつも左季のあとを追っかけてんだし」

あっさりと投げ出すような隆生の声。

――どういう……？

それに美統が鼻で笑った。

「隆生だって、いつも左季ちゃんの尻を追っかけてるだろ。ほんと、邪魔だったんだよね。昔から」

――美統……？

冷たい声だった。今まで左季が聞いたことのないような。

「だろうな」

それに隆生も皮肉な調子で返す。

こんなに……二人は仲が悪かったのか？

初めて知る事実に、左季は愕然（がくぜん）とした。

いつもじゃれ合うように遊んでいた。いいケンカ友達だと思っていた。昔も、……今も。

単に……見せかけだったのか？　おたがいに？　意味がわからない。

「ま、ともかく、池内殺しに津田先生が関わっているのはわかってましたからね。あとは美統も共犯かどうかだったんですよ、俺には」

「どうして？　どうして私が関与していると思ったんだ？」

隆生の言葉に、津田が驚いたように声を上げる。

「最初に左季と二人で事務所で話を聞いた時、先生は池内が死んだことを知らない様子だった。十四年間会ったこともない。顔や…、池内に対する記憶もおぼろげだった」

「あ、ああ…、そうだよ、もちろん」

どこか不安げに津田がうなずく。

「でも先生、あの時に言ったんですよ。『これだけ近くに住んでいたら、どこかで会っていても不思議じゃなかったね』って。池内が近くに住んでいたことを知ってたんですよね？　俺は捜査で来たとは言ったが、池内の家に来たとは言ってない」

あっ、と津田が小さく息を呑む。

「あーあ…。ちょっとヤバいんじゃない？　弁護士のくせに言質を取られるっていうのは」

美統が横であきれたようにため息をついた。

「ごめんよ、美統……」

ずいぶんと低姿勢で、津田があやまっている。

「どっちが主犯でどっちが共犯かは知らないが、美統、おまえが関わっていることも間違いなかった。池内が会いに行った『昔の知人』はおまえか津田先生だ。どちらかが、あるいは二人で、池内と大輝を殺した」

感情がないだけに、隆生の声が胸に重い。

「どうしてそう思うの？」

テーブルの向かい側に置かれていたオットマンに腰を下ろしながら、美統が吐息で笑う。きれいな足を組んでいるのが、細い隙間からかすかに見える。

「この間、左季から預かった池内のストラップ、最初に見た時と変わってたよ。池内のは花飾りがついてただろ？　花飾りは付け替えたんだろうけど、締太鼓の紐の色がもともと違ったんだよ。池内のは花の色に合わせてたから。もう色褪せててほとんど違いはわからなかっただろうが、縫い目の裏を見ればわかる。だが、確かに左季のお母さんが作った締太鼓のストラップだ。すり替えられるのは、池内と同じ締太鼓をやってたおまえしかいない」

「細かいな…。さすが刑事だね」

美統がいかにも感心したように言った。

「アレに、池内が撮った写真データが隠されてると思ったのか？」

「……ま、気にはなるでしょ。やっぱりね。あんなふうに意味ありげに左季ちゃんに送ってきたら」

隆生に出されていたノンアルコールのビールだろうか、美統がテーブルのグラスに手を伸ばして飲んでいる。

——写真データ……？

ふいに出てきたそんな言葉に、左季はちょっと首をかしげた。

それがあることを、隆生は確信しているようだ。

「池内が…、昔、言ってたのを思い出したよ。十歳足らずの、ほんの子供の時だ。おまえが和太鼓クラブに入ってきたばかりの頃、美統ちゃん、時々怖い、って」

長いため息とともに、隆生がつぶやくように言った。

「子供の時の方が敏感に感じたのかもな。本能的に。おまえはすぐに馴染(なじ)んだし、中学に上がってからはぜんぜん、本人も自分が言ったことすら覚えてないくらいだったけどな」

「へぇ…、怖いね。やっぱり女の子って感じやすいのかな？」

楽しそうに、美統がクスクスと笑っている。

「俺も…、正直、ずっと違和感はあったよ。でも気のせいだとも思っていた。おまえ、人に取り入るのがうまいもんな」

「人聞き悪いな」

苦笑した美統が、ふと首をかしげて尋ねた。

「そういえば、北海道って何しに行ってたの？」

あ、とようやく左季も思い出す。寛人に会いに行っていたのは、間違いないのだろうが。

「井川寛人、って覚えてるか？　あいつ今、北海道にいるんだよ」

「ああ…、寛人」

「あいつはおまえから逃げて、北海道まで行ったらしいぞ？」

「え？　そうなの？　マジで？」

驚いたように、美統が声のトーンを上げる。

「左季がアメリカに行ったあと、俺たちももう寺へ行くことはなくなってたけど、寛人は一度、左季の両親の墓参りにいったらしくてな。おまえと津田先生が納骨堂で何かしてるのを見たんだそうだ。骨壺か何かを取り出して笑ってた、って。急に怖くなって逃げ出したけど、次の日、美統に何してたんだ、って聞いたら、……なんかすごい目で、忘れた方がいいよ、って言われたって。それから美統に会うのが怖くて、志望校を変えて北海道へ移ったみたいだな」

「へえ…、そんなことあったっけ？」

単にとぼけているのか、本当に覚えていないのか、美統が首をかしげる。

「その時、付き合ってた池内にもその話をしたけど、笑われただけだそうだ。でも池内もそれを覚えてたらしくて…、死ぬ前に寛人に電話してきたって。今度、実家に帰った時、納骨堂を見てみる、ってな。そのあとすぐに池内が殺されて、寛人、本気で怯えてたよ。だから俺が連絡した時も、こっちまで来てくれたら話すと言われた。それでわざわざ向こうまで行ってきたんだ」

「へえ……」

そうつぶやいた美統の声は恐ろしく低く、左季も背筋が冷たくなる。

だが、一つ、思いついた。だとしたら、隆生の兄の墓から携帯と血のついたTシャツを抜き取ったのは、母ではなくこの二人だったのかもしれない。

「北海道まで行った成果は、もう一つあったよ」

かまわず、隆生は淡々と続けた。

「寛人な、むこうで結婚して、最近子供もできたそうだが、池内が死ぬ前に出産祝いを送ってきたんだそうだ。おもちゃの太鼓。それで思い出した。池内も自分の子供に同じような太鼓を買ってた。左季にストラップを送ってきたのは、太鼓を見ろってことかな、って。万が一を考えて、何重にも保険をかけてたんだな」

池内の家で見たおもちゃの太鼓は、左季も覚えている。

「最初に見た時は、単なる製品コードか何かだと思ってたんだが。その太鼓の側面にQRコードが貼られてて、飛んだ先のサイトにこの写真がアップされてたよ」

コトン、とかすかな音がして、隆生がわずかに前屈(かが)みにテーブルに載せたのは、じぶんの携帯のようだ。軽くタップして、津田の方に差し出してみせたのか。

「先生、一緒にいるのは先日、誘拐された少年ですよね？　場所はこの事務所の下の、アプローチの奥。大胆ですね」

津田が大きく息を吸いこみ、しかし答えは聞こえなかった。

「しかもこれが初めてじゃない。……今日、納骨堂も行ってきましたよ」

つまり以前の失踪事件との関連も疑っている、ということだ。

ハッと、左季は気づいた。

ならば隆生は、兄の骨も見つけたのだろうか……？

心臓がものすごい勢いで音を立て始める。

「あーあぁ…、もう無理だね、お父さん。久美ちゃんの写真データ、先に見つけられたらよかったんだけどな」

美統がため息交じりに声を上げる。

「美統……」

津田のどこか弱々しい声。

「久美ちゃんねえ…、何かの用で駅のこっちに来た時、お父さんを見かけたらしくてね。その時は迷子を保護してるんだと思ったんだって。微笑ましくて写真を撮ったけど、その時は声をかける時間がなかったから、今度また挨拶(あいさつ)して写真を渡そうと思ってたらしくて。でもそのうち、この子が公開捜査になったから、それでおかしいって思ったみたい。僕に相談してきたたんだよね。ま、それだけ保険をかけてたってことは、すぐに間違いだと気づいたんだろうけど」

朗らかな美統の声に、左季は絶望的な思いで目を閉じる。

「で、仕方ないから殺して、……ああ、あの公園に捨てたのはわざとだよ？　あそこなら、うちの大学に司法解剖の要請があるだろうし、左季ちゃんもびっくりするだろうしね」

そんな楽しげな声に耳を塞ぎたくなった。

「大輝は？」

感情のない隆生の声が冷たく響く。

「大輝はねぇ…、ひどいんだよ」

ちょっと怒ったように、美統の声がとがった。

「久美ちゃんと僕が会ってるところを見た、って。脅してきたんだから」

……恐喝……？

大輝の人のよさそうな丸い顔がまぶたに浮かぶ。

やはり、人には裏があるということなのか。

そういえば、大輝に話を聞いていた時、ふいに声を上げたのは——美統が池内と一緒にいたことを思い出したのかもしれない。いや、池内の事件を聞いてはじめて、あの時美統と話していたのが彼女だった、と思い出したのか。

「恩を仇で返すってこのことじゃないかな？　困ってた時、お父さんに雇ってもらってるくせにね。まあだから、僕もわりと早めに始末を決めたんだけど。あ、もちろん、あそこに捨てたのは左季ちゃんが見つけるかな、と思ったからだよ。時間も計算してね。ちょうど隆生のストラップを拾ったところだったから、現場に一緒に置いといたんだけど……、ふふっ、左季ちゃん、隠したんだね、やっぱり」

美統の言葉に、ぎゅっと心臓がつかまれた気がした。

すべてを見られていたような居心地の悪さと、底知れない恐怖。

「左季が？　俺のストラップを？」

さすがに知らなかった事実らしく、隆生がわずかに声のトーンを上げる。

「左季ちゃん、はじめは隆生が殺したと思ったんじゃないかなあ？」

いかにも楽しそうな声に、ザッ…と鳥肌が立った。

——何が……、そこまでおもしろいのかわからない。

「あのストラップは…、わざと先生のところに忘れていったんだよ。おまえが次に何をしでかすのかはわからなかったが、おまえならきっと、俺のストラップを利用する。だからあれが出てくれば、少なくとも俺は、おまえが関与してると確信できる」

淡々と言った隆生の言葉に、えっ、と左季は心の中で声を上げた。

わざと、だったのか……。

あー、と美統がうなるような声を上げた。

「そうか。やっぱりね。ちょっと罠っぽいな、とは思ったんだよ。隆生、初めから僕のこと、ちょっと疑ってたもんね」

美統が息をついた。

「でも左季ちゃんの反応が見たかったんだぁ…。隆生のためなら法も犯すんだ、って思ったら、ちょっとムカついたけど」

「友達をかばっただけだろ」

隆生がまっすぐに答える。

「僕のためにもそうしてくれたかな？」

「多分な」

張り詰めた空気がピリピリと震えていた。

と、ふいに美統が立ち上がって、キッチンの方へ向かった。喉が渇いたのか、棚や冷蔵庫をあさって、コーラのペットボトルを一つ取り出すと、プシュッと蓋を開けて、喉を潤している。

それを手にしてこちらにもどりながら、少し不服そうに言った。

「でもなんか、いろいろとわかったふうなことを言ってるけど、隆生は事件の半分しか理解してないんだよね」

「半分？」

隆生の声が怪訝そうに響く。

「左季ちゃんが何に苦しんでるのか、隆生は知らないよね？」

さらりと美統の口から出た言葉に、左季は思わず息を吸いこんだ。

いったい何を言い出すのか……怖かった。

予感――というのか、得体の知れない恐怖に、ざわざわと肌が粟立つ。

「両親が死んだこと以外にか？」

冷静な隆生の声。

「それは結果に過ぎないよ」

美統があっさりと言い切った。

「左季ちゃんがずっと苦しんでるのはね…、左季ちゃんのお父さんが隆生の兄さんを殺したと思ってることだよ」

「え……？」

隆生が絶句した。

想像してもいなかったのだろう。

左季は思わず、きつく目をつぶった。

――やめろっ！

と、叫びそうになる。頭の中で声にならない悲鳴がほとばしる。力の入らない指を、それでも強く握りしめてしまう。

「左季が？　どうして……そんな」

動揺したように隆生がつぶやく。初めて、これまでの冷静さが崩れたようだった。

「それはね、左季ちゃんのお父さんが生まれつきの人殺しだから。うちのお父さんが生まれつきの小児性愛者なのと同じ」

「ひどいな。それに今も、美統を一番愛してるよ」

恐ろしい事実を軽やかに言った美統に、津田が苦笑するように言い訳した。

「わかってる。でも性的に興奮するのは十二歳くらいなんだよね。僕はもうトウが立ちすぎ。あの頃は毎日愛してくれたのにね」

くすくすと笑いながら、美統が今度は、左季がいるすぐ上のソファ、津田の隣に、おそらく津田の肩にもたれかかるようにして膝立ちした。

距離が近い。今までなら、仲のいい親子だと微笑ましく見えていたのに。

「美統」

津田の柔らかく、うれしそうな声。

「でも今でも美統が私の一番の理解者で、大切な家族だよ」

「うん、僕も愛してるよ」

美統の優しい、甘い声――。

「だから、死んでくれるよね？　全部、父さんのせいだから」

その言葉が耳に届いて——しかしすぐには意味が理解できなかった。

ぐっ…、と低い、濁ったうめき声。

一瞬、何が起こったのかわからず、ただ目を見張った左季の目の前で、ポタッ…と赤い血が滴り落ちていった。

——え……？

それを見てさえ、理解が追いつかない。

しかし次の瞬間、重い男の身体がずるり、とソファから滑り落ちて床へ転がる。

仰向けに。腹を押さえて。ぜぃぜぃと荒い呼吸で。

血まみれの両手が腹を押さえ、その指の間からは黒いナイフの柄が突き出していた。

津田は大きく目を見開いたまま、まともな声も出せない。ただ浅い呼吸が喉を動かす。

「み…のり……」

「あ、お父さんの最後のカレー、あとで食べるね。もう二度と食べられないのは残念」

わずかにソファが軋み、美統が立ち上がったのがわかる。

あまりのことに、左季の頭の中は真っ白だった。

さらに衝撃なのは、隆生が身動き一つ、しなかったことだ。

止めることも、助けることも。

ただ座ったまま、目の前の光景を見ているだけで。

の失踪事件を。おそらく、父が津田に頼まれてあの納骨堂に入れたのだろう。

だが左季の父親の罪については、確かに隆生にしてみれば今まで考えたこともなかったのだろう。

「住職が……？　左季の父親も？」

やがて隆生が絞り出すようにつぶやく。

むしろ、隆生にとってはそのことの方が衝撃だったのだろうか。

隆生は、今の中学生の誘拐事件と、池内と大輝の殺人事件を結びつけた。さらに昔の中学生の失踪事件を。


隆生には知られたくなかった事実だった。

左季は思わず目を閉じた。ジン…、と頭の奥が鈍く痺れる。

すべてが終わった、と思った。本当にすべてが。

左季の父が隆生の兄を殺した——。

その事実がはっきりしたのだ。

「うん。二人でずっと、人殺ししてた。学生時代からかな？　ま、うちのお父さんの場合、あいう性癖だから…、メインの目的は男の子の身体で、殺すことは副産物だね。左季ちゃんのお父さんの方が、そういう意味ではもっと純粋なサイコパスかも」

左季の目から知らず涙が溢れてくる。手を動かすことができなくて、それを拭うこともできない。

「でも左季ちゃんのお母さんがそれに気づいたみたいで…、さすがにショックが大きすぎたんだろうね。あの火事は、むしろ無理心中だと思うよ。お母さんがお父さんを殺して…、すべてを終わらせて、左季ちゃんを守ったのかな？　ちょっとしんどすぎるし、親のしたことは関係ないっていっても、さすがにバレたら、この先ずっと後ろ指さされて生きていかなきゃいけなくなるからね」

——そうだ。母は自分を守ってくれた。それだけは真実だと思える。

「まあだから、隆生のお兄さんの骨とか見つけちゃったら、そりゃ、左季ちゃんもお父さんが殺したんだと思うよね。左季ちゃんのお母さんもそう思ってたみたいだけど」

美統の声が空虚に響く。

「まさか、隆生が殺したとは思わないよ」

しかしその言葉が耳に届いた瞬間、ふっと、すべての音が世界から消えたようだった。

頭の中が、耳の中が、何にもないただの入れ物になったようで。

——な…に……？

「あーあ。またシャツ、買い直さなきゃ」

美統が血に汚れた手をシャツで拭いながら、ぶつぶつ言う。

「ほんとはね…、僕は人を殺すより操る方が好きなんだよね。殺しちゃったらそれで終わりだけど、操るのはずっと長く楽しめておもしろいし」

そしてのんびりと続けた美統に、隆生が低く尋ねた。

「俺を操るのは楽しかったか？」

「僕が、隆生の、何を操ってたの？」

くすくすと美統が笑う。わかっていて聞いているようだった。

「俺が……、兄貴を殺したことは間違いない」

隆生の静かな声が胸に突き刺さった。息が止まる。

――隆生が、殺した……？

まだその言葉を受け入れられない。

「うん。だから結局は一緒なんだよ。父さんも、ご住職も、僕も、隆生も。人殺しって意味ではね」

柔らかく笑うような、言い聞かせるような美統の声。

「兄貴は左季をさらおうとしてた。なんか…、上の人間に命令されて、あの年のAV男優が必要だからって。さらってヤク漬けにすれば、言うことを聞かせるのは簡単だってな」

「うん。ひどいよね」

感情のない隆生の声とは対照的に、美統の声は弾んでいる。

――まさか、自分のために……？　自分を守るために？　隆生が？

左季の耳の中で、何かがガンガンと音を立て始める。

「だからあの夜、お兄さんに呼び出されて、あの釣り鐘堂のところに行ったんだよね」

「ああ…」

「で、言い争いになって、お兄さんを刺し殺した」

「そうだ」

淡々と答えた隆生が、深いため息をついた。

あっ、とようやく、本当にようやく、左季は気がついた。

あの時——左季が見た隆生の兄の携帯は、血のついたシャツに包まれていた。つまり血が出るような殺され方だったということだ。

だが左季の父の殺し方は——扼殺(やくさつ)だった。首を絞めるのが好きだ、と。

つまり、父では……ない。

隆生が淡々と続けた。

「だが今思うと、あまりに舞台が整いすぎていた」

「へえ？」

いかにもおもしろそうに、美統の声が躍る。

「あの夜は…、釣り鐘堂になぜか手頃な大きさの石があちこちに転がってた。誰かの忘れていった工具箱が蓋を開けたまま置かれていた。金槌(かなづち)とか、カッターとか、ナイフとか……よりどりみどりだったよ。ご丁寧に、ちゃんと刃も出されてたしな」

「完璧だね」

美統が喉で笑う。

「本当はおまえが呼び出したんだよな？　俺も…、兄貴のことも」

「すごい。よくわかったね」

「あの夜のことは、何度も何度も…、繰り返し頭の中で思い出した。あの時、兄貴が言った言葉の一つ一つ、行動の一つ一つを順番にたどって。おかげで今でも、映画みたいに鮮明に思い出せる」

感情のない隆生の声が、皮膚からじわりと重く沁(し)みこんでくるようだった。

——自分が、兄を殺した日のことを……？

想像しただけで地獄だ。きっと自分なら耐えられない。

「すごい精神的な拷問(ごうもん)だよね、それ。自分でやる？　やっぱり十分、隆生も異常だよねぇ」

美統がはしゃいだ声を上げた。

しかしそんな美統の言葉も無視して、隆生は続けた。

「あの夜の俺と兄貴と…、会話がぜんぜんちぐはぐだったよ。今考えればな。ただそんなことに気がまわらないくらい、十六だった俺は怒ってたし、兄貴はあせってた。上からせっつかれてたんだろうな。……おまえがどうやって、兄貴たちの計画を知ったのかはわからないが」

「お寺の境内って死角が多いし、結構、いろんな人がコソコソ話してるんだよね。おもしろいのが、それぞれに決まったお気に入りの場所があって。お兄さんも時々、来てたんだよ？　僕のことはわりと可愛がってくれてたし。なんか、僕がそばにいても、みんなあんまり気にせずに大事な話とか電話とかするんだよねえ。僕が理解できないと思ってるみたいに。ま、まだ子供だったからかな」

美統が楽しげに口にする。

「おまえは人の懐に入るのがうまいからな」

「ありがと」

隆生の皮肉に澄まして礼を言うと、言い訳みたいに美統が続けた。

「僕もいろいろと考えた結果なんだよ？　左季ちゃん、襲わせるわけにはいかないでしょ？　僕じゃ、隆生のお兄さんに力負けするだろうし」

「死体が消えたのは、正直、怖かったよ。俺は兄貴を殺したあと、何もできずにそのまま逃げたからな。でも兄貴の死体は見つからずに、失踪扱いになった。だから、もしかして住職が見つけて、あの樹木葬のとこにこっそり埋めてくれたのかな、って、ガキの頭で考えてたけど、何も言わなかったし、俺も聞けなかった」

落ち着いた隆生の声。

もしかすると初めて、その時のことを口にしたのだろうか。

もちろん、誰にも言えるはずはないから。

……左季も同じだった。

おたがいに、誰にも決して言えない秘密を抱えていた――。

「うん。感謝してよね。後始末したの、僕らなんだよ?」

恐ろしい事実を明るく言いながら、美統がテーブルに置いていたコーラのペットボトルに手を伸ばした。

「別に隆生が逮捕されてもよかったんだけど。でもなんだろ…? 隆生がいるとおもしろくなるからかな。左季ちゃんの反応も見てて楽しいしね。ムカつく時もあるけど」

「左季は…、おまえのオモチャじゃない」

低い、怒りを凝縮したような声だった。

「隆生の安心毛布でもないよ」

それにあっさりと美統が言い返す。

安心毛布――いわゆる、ライナスの毛布だ。心理学用語でもある。

一種の精神安定剤。

――自分が、隆生の? 考えたこともなかった。

「俺は…、左季を愛してるよ」

感情を抑えた、ただ静かな隆生の声。

左季は小さく息を呑んで、……ただ唇を震わせた。

その言葉が肌に沁みこみ、胸の中に、身体の中に波紋のように広がっていく。

——そんな……。

「どうかなぁ？　左季ちゃんのためにお兄さんを殺した自分を正当化したいだけじゃないの？　それは愛じゃなくて依存だよ」

容赦のない……刃物のような美統の指摘に、隆生は冷静に返した。

「かもな。だが、それの何が問題だ？　俺には左季が必要だ。左季が欲しい。ずっと欲しかった」

「手を出せないくせに？　アメリカに行っちゃったら、もうダメじゃん」

美統がせせら笑う。

「身体が欲しいわけじゃない」

「不毛だなぁ…。言えばよかったのに。左季ちゃん、優しいから。隆生が左季ちゃんのためにお兄さんを殺したって知ったら、抱かせてくれるかもよ？」

「左季が望んだことじゃない。別に左季に恩を売るために殺したわけでもない」

「そうだねえ…。知ったらむしろ隆生のこと、避けるかも？　罪悪感、マシマシだもんね」

執拗（しつよう）に浴びせかける美統の挑発に、隆生は必死に耐えているようだった。

「つまり、どっちにしても左季ちゃんは振り向いてくれないってことだね。それでもこのまま、ずっとそばにいるつもり？」

「別にかまわないさ。俺はただ…、ただ左季を守りたいだけだ」

「ありがた迷惑かもよ？　隆生がそばにいると、昔のことをずっと忘れられないわけだし？」

美統がいかにもな様子で笑った。

「アメリカにずっといるなら、それでもよかった。俺も、二度と会うつもりはなかった。だが帰ってきたのなら、おまえを近づけたくない」

「ひどいな。僕、左季ちゃんには何もしないのに」

「そうか？　いずれ俺みたいに…、左季に人を殺させようとしてるんじゃないのか？」

厳しい隆生の指摘に、一瞬、美統が口をつぐむ。

おたがいににらみ合うみたいな沈黙が落ちた。

やがてゆっくりと、美統が口を開く。

「左季ちゃん、素質はあるはずなんだよね。なにしろサイコパスの血筋だし。遺伝って、結構、重要だよ」

「おまえに、左季は連れていかせない」

ピシャリと隆生が言った。

「左季はおまえとは違う。おまえだって実の親がサイコパスだったわけじゃないだろう？　むしろ育った環境に大きな問題はあったようだがな」

「へえ？　僕が養子だって知ってたんだ。僕のこと、調べたんだねえ。まぁ…、確かに、父さんに引き取られたのは大きな転機だったのかもね」

鼻で笑うように、美統が言った。

そして思い出したように、つま先で床に転がったままの父親の身体を蹴る。

ナイフは刺さったまま、腹の血はまだじわじわと流れ続けていて、つまりまだ虫の息が残っているのかもしれない。早く救急車を、と思うが、今の左季は指もまともに動かせない。

そしておそらく、この出血では助からない……。時間がかかって苦しいだけだ。

「あ、そういや、隆生、気づいてくれてた？　久美ちゃんと大輝って、三カ所、創傷があったでしょ。あれ、隆生がお兄さんを刺した場所と同じなんだよね。思い出すかなー、って思ったんだけど」

期待のこもった声に、一瞬、隆生が言葉を失った。やがて、ハッ、と小さく吐き出す。

「そこまで演出してくれたのに悪いが、俺は自分が何回刺したのかも覚えてなかったよ。十六のガキにそこまで要求すんな。あの時はただ怖くて……、夢中でナイフを振り下ろしただけだ。そんなもんだろ」

「えー、残念」

いかにもがっかりしたように、美統が肩をすくめる。

そんな……そこまで。隆生を苦しめるために。

――隆生……。

ただ涙が溢れ出す。胸が苦しい。

「で、どうするの？　僕を逮捕する？」

コーラをラッパ飲みしてから、おもしろそうに美統が尋ねた。

「久美ちゃんの持ってた証拠って、お父さんが子供といる写真でしょ？　僕は関係ないもんね。全部、お父さんが一人でやったことだし。大輝や久美ちゃんも」

確かに、すべての罪を津田にかぶせることはできる。そして美統の関与を証明する、直接的な証拠は何もない。

「おまえのその血まみれの手はどう言い訳するつもりだ？」

「正当防衛だよ、もちろん」

いかにもとぼけた美統の声。

「どうして俺が何も言わないと思う？」

「言えるの？　いいよ、全部告白する？　自分が人殺しだってことも」

「俺は兄貴を殺した罪を問われてもかまわないさ。今さらだ。今だって結構、夢の中で恨まれまくってる」

静かな隆生の言葉に、美統が朗らかに言った。

「へぇ…、意外と繊細なんだね。でも、そうじゃないよ。わかってないな…。隆生が苦しむのは別にいいけど、左季ちゃんがもっと苦しむんじゃないかな、ってこと。今の何倍もね。隆生が自分のために実の兄を殺したなんて。それで隆生が苦しんでるなんて聞いたら、もうちょっと立ち直れないかもね」

「美統……！」

我慢できないように隆生が声を上げた瞬間、美統が甲高く笑い出した。

楽しそうに、うれしそうに。幸せそうに。

悪魔の笑い声だ。耳の中で反響する。

「隆生はずっと苦しんでなきゃ。この先も結構、楽しみなんだよねえ…」

腹を抱えて笑いながら、美統が続けた。

「左季ちゃんがなんとなく、隆生のことだけ特別だったから…、ほんと、隆生のことは昔から嫌いだったけど、でも意外と好きなとこもあるんだよね」

ようやく哄笑（こうしょう）を収めて、それでもまだクスクスと喉を鳴らしながら美統が隆生を見た。

「実は、結構ぶっ壊れてるとことか。それに、めっちゃ頑丈なとこもかな。心も身体もね。だって、これからもっと壊し甲斐（がい）がありそうだもんね」

そんな言葉に、一気に全身の血が下がったような気がした。体中が震えてくる。

――ダメだ。これ以上は、させない。

心の中で叫ぶ。

もう全部知っているのだから。これ以上、隆生が苦しむ必要はない。

——隆生……！　もういいっ！

必死に左季は叫んだ。だがか細い息づかいだけで、まともな声にならない。

「あーぁ…、お父さんってば、もう十分苦しいでしょう？　そろそろ死んでもいいんだよ？」

しゃがみこみ、美統が父親の腹に刺さったナイフを、それを握っている父親の手に自分の手を添えるようにして、一気に引き抜く。

ぶわっ、と鮮血があたりに飛び散った。

その次の瞬間——。

何が起こったのか、すぐにはわからなかった。

最後の力を振り絞るようにして、津田が自分の大きな身体を動かし、美統の足に体重をぶつけるようにして、美統の身体を押し倒したのだ。

「あ…っ！」

とっさのことに体勢が取れず、短い悲鳴を上げて美統が身体のバランスを崩す。

そのままソファの側面にもたれるようにして床に倒れた美統の身体に、津田が全身をぶつけるようにして覆い被（かぶ）さっていく。

「美統！」

さすがにあせった隆生の声が高く響いた。

津田の身体はそのまま動かなくなり、ドクドクと溢れだした血が床へ広がっていく。

木のフレーム一枚を挟んだすぐ向こう側で。

左季は目を見開いたまま、息が止まった。

立ち上がった隆生が、急いで津田の身体を引き離す。

——と。

美統の心臓に、深くナイフが突き刺さっていた。

ほとんど即死のようだ。

最後は驚いた表情のまま、凍りついている。そして仰向けに起こされた津田の表情は、幸せそうに微笑んでいた。

新しい血の匂いが、いっぱいに肺に入りこんでくる。慣れているはずなのに、息苦しい。

「左季……」

しばらく立ち尽くしていた隆生が、やがて小さくつぶやいた。そして大きく声を張り上げる。

「左季……！　どこにいる!?」

あ、と我に返って、左季はようやく息を吸いこんだ。

次々と部屋や洗面所のドアを開け、捜しまわる隆生の声と乱れた足音が遠くに近くに響いてくる。どうやら階段を駆け上って上の階まで探しに走り、やがてもどってくる足音も聞こえる。

「左季……！」

最悪の想像もしたのだろう、振り絞るように上げた隆生の声に、左季は必死に片手を持ち上げた。

まだとても自分の手のような感覚がない。まともに動いている気もしない。

それでもぶつける、というか、落とすようにして、ようやく木製のフレームに指先を当てる。

爪が当たる、ほんのかすかな音だ。

それでも一瞬、隆生が叫ぶ声を止め、じっと立ち止まった。

針の落ちた音も聞こえそうなほど、シン…、とあたりが静まり返る。

もう一度、左季は指先を必死に伸ばして爪でフレームを弾く。

次の瞬間、頭上の分厚いマットが一気に取り払われた。

いっぱいに入ってきた天井の照明がまぶしく、思わず目を伏せる。

「左季……！」

隆生の腕が力強く左季の身体を抱き上げ、足下の血だまりを避けるようにして、なんとかダイニングの方へ運んでいく。

木製の深めの椅子にそっと座らされ、隆生が床に跪くようにして左季を見上げてきた。

「大丈夫か？　ケガは……ないか？」

指先でそっと頬を、前髪を掻き上げるようにしながら、隆生が確認する。

「大…丈夫……」

かすれた吐息だけで、ようやく左季は言葉を押し出した。

「ずっと……、あそこにいたのか?」

息を詰めるような、ささやくような問い。

視線が、まともに隆生とぶつかる。

——聞いていたのか?

と。

それだけが聞きたいのだろう。

すべてを知ってしまったのか? と。

左季にだけは知られたくない——、と、その思いが波動のように押しよせてくる。

そうだ。自分もそうだった。

父が殺したと思っていた時、隆生にだけは知られたくない、と。

「クスリ……、打たれてて……、何も……」

左季は目を閉じて、そっと息を吐いた。

だから意識はなかった——、と。

「そうか」

ようやくそれだけを言った左季に、隆生が小さくつぶやいた。

「ごめんな……」

ささやくような声とともに、伸びてきた指がそっと左季の涙の痕(あと)を拭った——。

# 14

それから警察の応援が呼ばれ、一応救急も呼ばれたが、やはり二人とも現場で死亡が確認された。

さらには地下室で誘拐された子供が発見され、保護された。同様に筋弛緩剤を繰り返し打たれていたらしく、身体はかなり衰弱していたし、おそらく心はそれ以上の傷を負っているはずだが、とにかく命は助かった。

地下室の存在は──生きている人間は──誰も知らなかったのだが、隆生がキーが差しこまれていなくても普通に動いているエレベーターを不審に思い、リビングの引き出しにあったキーを入れてみると、それが直接、地下室まで通じるボタン代わりだったらしい。

さらに巧妙に隠された地下へ続く階段も発見され、その中には未成年者拉致監禁罪で津田を有罪にするだけの十分な証拠はそろっていたようだ。もちろん、被疑者死亡のままの送検にはなるのだろうが。このまま調べが進めば、他の被害者も明らかになるだろう。

左季が供述することはほとんどなかった。ずっと意識を失っていた──はず、だったから。

津田のもとへ忘れ物を取りにきた左季は、うっかり津田が集めていた被害者の校章を発見してしまい、ちょうどそこへ手に入れた写真データをもとに、隆生が話を聞きにきたので、薬物を打たれてソファの下に閉じこめられた――というくらいだ。

隆生の方は、写真の証拠から自宅内の捜索を始めたら、観念した津田が息子を刺殺し、自分も腹を刺した――、という供述にとどめたようだ。

池内（いけうち）や大輝（だいき）を殺したのが津田なのか美統（みのり）なのかは、これから出てくる証拠によって判断されるのだろう。それが事実かどうかは別にして、だが。

仮にも監察医の立場では口にできないが、左季からすればどちらでも同じだと思う。

津田に引き取られたことで美統の道が歪（ゆが）んでしまったのか、あるいは美統のもともとの資質が津田との相乗効果で大きく花開いてしまったのか。

だがこの日の二人を見る限り、美統が津田を操っていたようにも思う。防犯カメラを避けての死体の運搬や遺棄も、一人でできることではない。

それも美統の、津田への復讐（ふくしゅう）なのだろうか――。

隆生の単独行動、及び被疑者を死亡させた責任は重く、やはり停職か減給かその両方か、という重い懲戒（ちょうかい）対象になるようだが、子供を無事に――とは言いがたいにしても、殺される前に助けられたことで、罪一等を減じられたようだ。

とりあえず、暫定的にその場で謹慎処分を食らっていた。

乗りこんでくる前に、一応、池内の持っていたデータのアドレスを江ノ木には知らせていたようで、連絡を受けた江ノ木は近くまで来ていたらしく、真っ先に現場に飛びこんできたのだが、あまりの惨状に言葉を失っていた。

「ほんと、先輩と一緒だと血なまぐさすぎますよっ」

と癇癪を起こしていたが、多分、事後処理の方がもっと大変そうな気がする。

少なくとも校章の数だけ他に犠牲者がいるわけで、その遺体の発見や、犯行の経緯も明らかにしていかなければならない。左季の実家の寺にはもう持っていけなかったはずだから、あるいは、この家の地下の、さらに地下がモルグになっている可能性もある。

そんな今後の裏付け捜査から外れられる分、謹慎中の隆生の方が、はっきり言ってラッキーなのかもしれなかった。

すでに被疑者死亡ということもあり、少年が保護されたあとは、夜を徹して捜査を続行する緊急性はない。まともに立てなかった左季は救急車でそのまま病院へ搬送され、一通りの供述をとったあと、とっとと現場から追い出された隆生が左季に付き添ってくれていた。

少なくともこの当日は、「誘拐された少年が無事に保護された」というおめでたい情報だけを先行させて、被害者の二次被害を避けるためにも津田の「小児性愛者」という部分は、いったん伏せられていたので、マスコミの押し寄せる中、あまり当事者をうろちょろさせたくなかったのだろう。

とりあえず左季も、薬が抜けるまで半日ほど病院で過ごした。その間、隆生もずっと病院にいた。左季の寝ている病室に。

ベッドの横にすわって、ずっと手を握っていた。

十四年前の、あの火事の夜と同じように。実際、同じくらいの衝撃はあっただろう。

少し恥ずかしくて追い返したいところだったが、左季もまだうまくしゃべることができず、まともに身体も動かず、そのままにしておいた。

……でも本当は、うれしかったのだ。気持ちが落ち着いて、安心して。

今の状況を——ようやく知ることのできた十四年前の真実を考えると、とても喜んでいいはずもないのに。

十四年前のあの火事の夜、隆生はどんな気持ちで左季の手を握っていたのだろう?

自分の犯した罪に苦しみ、その死体が消えた不可解さに混乱し、いつか誰かに指摘されるかも、という恐怖に毎日怯え(おび)ながら。もしかすると左季の両親の死にさえ、何か関係性を疑って一人で苦しんでいたのかもしれない。

まだ十六歳でしかなかった少年が。

左季がアメリカへ渡る時、隆生も二度と会うつもりはなかったのだろう。だから、またな、とは言わなかった。

すべてを一人で、自分だけで抱え込むつもりで。

左季を、何のしがらみもない自由な未来へ送り出して。

顔を合わせていれば、耐えきれずに口走ってしまいそうになるのが怖かったのか。

……それは左季も、同じだったのに。

だから隆生は、太鼓を捨てたのだ。迷いながら、不安を抱えながらできるものではないと知っていたから。

あの時から、すべて――隆生の行動の一つ一つ、すべてが左季のためだった。

そして今、また二人が死に、自分たちの間には大きな秘密ができた――。

翌日になって、ようやく左季は帰宅した。

精密検査でも異常は見られなかったが、さすがにこの日は仕事も休んだ。職場に行けば、美統のこともあって当分は大騒ぎだろう。

どんよりと、今にも雨が落ちてきそうな低い、灰色の空が頭上を覆う中、隆生が部屋まで送ってくれた。

部屋に入れたのは初めてだったが、このまま隆生を帰しても謹慎処分中で、一人で部屋にこもることになるとわかっていた。

きっとまた思い返すだろう。繰り返し、何度も。昨日の美統の言葉も、過去の罪も。

一人にすることはできなかった。

……同じ罪を、自分も負うべきだから。

左季の部屋へ入った隆生は少し落ち着かない様子で、らしくもなく、まるで借りてきた猫だった。借りてきた狂犬、というべきだろうか。

2LDKの部屋はほとんど寝に帰る程度で、生活感はあまりない。一部屋は書斎と資料部屋代わりで、ほとんど本で埋まっている。

左季がカバンを置きにいっている間、隆生は窓からベランダ越しにぼんやりと外を眺めていた。

リバーサイドと言えば聞こえはいいが、雑草に覆われた河川敷と、対岸のくすんだ街並み以外何もない、殺風景な光景だ。しかし左季にとっては落ち着く景色だった。

「ああ、そうだ。――これ」

その背中に、左季は思い出したように声をかけた。

振り返った隆生に差し出したのは、太鼓のストラップだ。

遺体のそばで拾った、隆生の長胴太鼓。本当ならば、証拠品として保管されるべきものだ。

……結局のところ、作られた証拠でしかなかったが。

一瞬、ハッとした表情で、隆生が手を伸ばしてそっと摘まみ上げる。

「悪かったな。このストラップを見つけたから、心配して津田のところに行ったんだろ？」

言葉を選ぶようにゆっくりと隆生が言った。どこか探るような眼差し。

「危ない目に遭わせたな……」

そしてぎゅっとストラップを握りしめ、わずかに歯を食いしばるようにして低くうなる。

「いや…、まあ、大輝とぶつかった時に落としたのかと思ったから」

「ああ、そうみたいだな」

隆生は曖昧にうなずいたが、わざと津田のもとに残したのだ、と言っていたのは覚えている。

美統の動きを誘うために。実際、美統が隆生に何かの罪を着せようとすることは、予想していたのかもしれない。隆生からすれば、それで確証を得られる。

だがこんなに早く、そして左季が動いてしまうとは思っていなかったのだろう。

「おまえ…、美統のこと、ずっと疑ってたのか？」

微妙に探り合うような、きわどい会話だった。

どこまでしゃべっていいのか、どこまで相手が知っているのか――。

「疑ってた……、というか、違和感だな」

隆生が考えながら、わずかに顔をしかめた。

「昔から俺ともおまえとも仲は良かったけど、……なんだろうな。時々、妙な作為……みたいなのを感じてたのかな。まあ、子供らしいあざとさとも言えたんだろうけど。ま、俺は特別感じたのかもな。本当は美統には嫌われてたみたいだし」

ちらっと左季を見て、隆生が低く笑う。

つまり、左季を挟んで、ということだ。

「おまえが日本に帰ってきて、それが美統と同じ大学っていうのもちょっと引っかかったし」

もしかすると、左季がこちらの大学に呼ばれる起因となった前教授の不正行為にも、美統が裏で関わっていたのかもしれない。

「そうか……。俺はぜんぜん気がつかなかったな」

左季は深いため息をついた。

本当に、何も、気がつかなかった。あるいは、見ようとしなかったのかもしれない。過去のことから、ただ必死に目をそらそうとしていた。

「そりゃそうさ」

あえて軽く、小さく笑うように言って、隆生の指がそっと左季の前髪を掻き上げる。

ふっと、目が合った。

「ずっと…、俺を守ってくれてたんだな」

左季は反射的に隆生の腕をつかみ、とっさにそらそうとした隆生の眼差しをとらえたまま、静かに言った。

「昨日も……」

そして、ずっと昔から。子供の頃から。

左季を守るために、この男は――どれだけのものを犠牲にしたのだろう？

どれだけの時間を。平穏な日常を。自分の未来を。夢を。

それを思うと、胸が詰まる。

「左季……」

かすれた声でつぶやいた隆生の目が、わずかに大きく見開かれる。

そして少しあせったように視線を落とした。ただ、息が荒い。

「左季、俺は……」

ようやく顔を上げ、絞り出すように、隆生が声をもらした。迷いを振り切るみたいに。

「隆生」

とっさに、左季はその唇を指で押さえる。

聞かなくていい。左季が知る必要はなかった。

ただ自分は――隆生が自分にくれた思いだけを知っていればいい。

まっすぐにその目を見つめた左季に、隆生が息を呑んで呆然と見つめ返してきた。

「おまえ……」

わかったのだろう。左季が、すべて知っているのだ、と。

やっぱり、とその目が絶望に揺れる。

隆生があえぐように唇を動かし、こらえきれないように視線をそらせた。

「おまえを……、こっちに引きずりこみたくない」

震える声が低く言った。

「俺が刑事になったのは……、ただ怖かったからだ。だからもし何か見つかったら、自分で蓋(ふた)をしようと」

消えた兄の遺体に、ずっと怯(おび)えていたのだろう。

言えばよかったのか。言った方がよかったのか——。

父の罪を口にできなかったのは、自分の弱さだ。

左季はきつく唇を噛(か)んだ。

「でも、後悔してるわけじゃない。ただ俺が、こうするしかなかっただけだ」

片手に握った太鼓のストラップを、隆生がさらに強く握りしめる。

「隆生」

左季は思わず、その硬く握られた手を両手で包みこむ。

この手が、ずっと自分を守ってくれていた。

「左季、俺は……苦しい道を選んだのかもしれない。でもそれは、もっと苦しい道を選ばなかった結果なんだ」

必死に自分に言い聞かせるように、左季に言い聞かせるように、振り絞るようにして隆生が言った。

そうだ。あの時、隆生の兄は左季をさらうつもりだった。さらって、ドラッグ漬けにして。

左季がどうなるのか、隆生にはわかっていた。だから――左季を守ったのだ。

何を犠牲にしても。

ようやく顔を上げて、隆生が左季を見る。

「だから、後悔してるわけじゃない」

強く言った隆生の目から、音もなく涙が伝っていた。

ハッと、無意識に左季の指が伸び、手のひらが男の頬を包みこむ。その温もりが肌に沁みこんでくる。

「……隆生。俺も、同じだよ」

かすれた声で、左季は言った。

自分にも秘密はある。

隆生もそれを知っている。知っていて、何も言わない。

……だから、これでいい。

そっと微笑んで。男の顔を見上げて。

顔を近づけ、左季は自分から男の唇に自分の唇を押し当てる。

乾いた感触だった。唇だけの、キス――。

触れ合った頬が涙に濡れていた。隆生のと、そして自分の涙と。

「左季……?」

顔を離すと、呆然とした顔で隆生が見つめ返してくる。

自分と隆生の間に残っているのは——秘密だけだった。

おたがいに、決して口に出してはいけない、秘密。

終わったわけではない。これから始まるのだ。

永遠に——死ぬまで、その秘密を二人で抱えていく。

「左季、俺は……」

左季は少し混乱した表情で見つめてくる男の手を取り、指を絡め、強く握りしめる。

軽く引くようにして隣の寝室へ入ると、そのままベッドへ倒れこんだ。

引かれるまま、隆生の身体が上から落ちてくる。

「俺が、触っていいのか……?」

荒い息をつきながら、男の硬い指先がほんのかすかに左季の頬をたどる。

揺れる眼差しが、どこかすがるように確認してきた。

この手で。人を殺した手で。

そんな声が聞こえてくる。

「隆生」

男の目を見つめ、左季は静かに微笑んだ。

両腕を伸ばし、男の首に巻きつけて、強く引き寄せる。

――わかっていた。決して、許されることではない。

どれだけの罪が今も隠されたままなのか――。

「左季……」

驚いたような声が耳元に落ち、しかし次の瞬間、大きな腕が左季の身体をしっかりと受け止めた。さらにきつく抱きしめられる。

「あ……」

その強さに、熱に、左季の胸は息苦しさでいっぱいになる。

確かにある悦びと、そしてのしかかるような罪悪感と。

これから自分たちが向かっていく先に何があるのか、それはわかっていた。

だが左季にとって、これは贖罪ではない。

ただ――二人で深淵に飛びこむ勇気があればいい。

音もなく、光もなく、真っ暗な世界に。

熱い唇が触れ合い、そっと伸びてきた舌が探るようにすべりこんで、左季の舌を絡めとる。

そのまましばらく、ただ密やかに濡れた音だけが空気を揺らした。

――この男を好きになってはいけないのだと思っていた。

心は他の誰かのモノになったこともないのに。ほんの幼い頃から、ずっと。十四年前のあの時から、ずっと左季は一人だったのだ。どこにいても。誰といても。

……多分、隆生も。

だから、もう二度と――。

「左季…、約束する。おまえから離れない」

まっすぐな眼差しがわずかな光を放って見下ろしてくる。ポタリ…、と左季の頬にそのカケラが落ちる。

「ああ」

左季は静かに答えた。

男の指先が震えるように伸びてきて、そっと左季の髪を撫でる。

「もう一度、おまえに会えたら死んでもいいと思ってた……。でもおまえに会えたから、どんな痛みでも耐えられるよ」

熱い吐息が言葉を、思いを落とす。

「おまえを守れるなら……、手に入れられるなら、どんな痛みでも受けいれる」

「隆生……」

男の名前を呼ぶ自分の声が、ひどく愛おしかった。初めて大切な名前を呼んだ気がした。

もう何でもいい。どうでもよかった。

同情でも、罪悪感でも、依存でも、……愛でも。

他人の声を聞く必要はない。未来への希望もいらない。

今までついてきたたくさんの嘘も、これまで騙してきたたくさんの人も——もうどうでもよかった。

この男と、一緒に地獄に落ちればいい。それだけだ。

「ずっとそばにいる。……いさせてくれ」

「ああ」

左季は目を閉じて、男の唇がまぶたに、頬に、触れていくのを感じる。

自分たちの未来に光はいらない。

闇の中にこの涙のカケラがあれば、おたがいに手を伸ばせる。

耳たぶに、首筋に、キスが落ちてくる。唇が塞がれ、熱い舌が絡み合う。

左季は腕を伸ばし、男の背中を引き寄せた。ほとんど解けかけていたネクタイを引き抜き、シャツを少し強引に引っ張る。

ようやく思い出したように、いったん膝立ちになった男がよれよれのスーツを放り投げ、シャツを脱ぎ捨てた。

そして手を伸ばして、左季のシャツのボタンを外していく。前が大きくはだけられ、男の手がそっと、確かめるように左季の胸をなぞった。

まぶたを持ち上げると、薄闇の中で頭上から見下ろしていた男とふっと目が合って、隆生が唇で笑った。

「想像してたよりきれいだ」

「想像してたのか？」

聞き返してやると、少しばかり体裁が悪い顔で視線をそらし、大きな身体が重なってくる。

その重みがドキドキするくらいうれしい。

熱い唇が頬から首筋へとたどり、貪るように喉元へ這っていく。

「……んっ、……あ……」

少し痛いくらいの感触に、左季は無意識に身体をのけぞらせた。

とっさに伸ばした指が男の髪に触れ、後ろにまとめていたゴムに引っかかって、弾けさせてしまう。

片方の腕がシーツに押さえこまれ、胸を大きく突き出すようにされて、片方の乳首が男の唇に愛撫された。

「あぁ……っ」

濡れた舌先に乳首がもてあそばれ、たっぷりと唾液を絡められて、甘噛みされた瞬間、思ってもいない声が口から飛び出してしまう。

隆生がそっと、吐息で笑った。

「想像してたより可愛い」

左季は涙目で男をにらみつける。

かまわず濡れて敏感になった乳首が男の指でたっぷりといじられ、今度はもう片方が唇の餌食になった。

「りゅう……、もう……っ…」

それだけで追い上げられ、追い詰められるような切迫感に、左季は必死に声を上げたが、隆生はさらに執拗に左季の肌を愛撫した。

喉元から鎖骨のあたり、胸から脇腹、そして臍へと、本当に丁寧に、余すところなく、唇で、舌で、そして指でたどっていく。おかしくなりそうなくらいに甘い刺激に、左季はただ溺れるように、淫らに身をよじってしまう。

いつの間にか、男の舌が下肢へと滑り落ち、両手がグッと左季の両膝を押し広げた。

「あ…っ」

中心が無防備にあらわにされ、カッ…と頬が熱くなる。左季のモノはすでに硬く形を変え、誘うように淫らに揺れているのが、自分でもはっきりとわかる。

思わず力のこもった足がさらに強く押さえこまれ、膝が抱え上げられて、次の瞬間、中心が熱く濡れたものに包みこまれた。

「——あぁ……っ」

何をされたのかは、さすがにわかる。目の前が真っ赤に染まった。

そのまま男の舌が左季のモノをしゃぶり上げ、口の中でこすり上げる。

「バカ……っ…、よせ……」

反射的に声を上げ、無意識に両手が男の髪につかみかかった。

しかし意に介さず、男はさらに深く左季を呑みこみ、先端をきつく吸い上げる。

「あぁぁ……っ！」

こらえる間もなく、左季は放っていた。

一瞬、頭が真っ白になり、全身から力が抜けていく。

いったん顔を上げた男が口元を拭い、大きな手のひらがそっと左季の頬を撫でる。

そのまま力のない左季の片足を持ち上げて、内腿から足の付け根のあたりへ唇を這わせると、さらに奥へとたどってきた。

なかばぼうっとしたままだった左季は、男の指先が誰にも見せることのない奥をなぞっている感触にようやく気づく。

「……っ、——りゅう……っ」

とっさに引こうとした腰が引きもどされ、大きく抱え上げられて、指先で敏感な溝が何度も往復してこすり上げられた。

それだけでもビクビクと反応してしまうが、さらに奥の窄まりが指で大きく押し広げられ、舌先でなめ上げられて、左季はこらえきれずに腰を跳ね上げた。

しかしそれもがっちりと両腕で押さえこまれ、ほとんど身動きできないままに、恥ずかしい場所が男の舌にどろどろに溶かされていくのがわかる。ヒクヒクといやらしく収縮する襞が、男の舌を絡めとるようにうごめき始めてしまう。

「隆生……っ」

ジンジンと腰の奥が痺れ、こらえきれずにうめくと、男がようやく口を離した。

代わりに指先でとろけた襞を搔きまわし、やがてゆっくりと中へ沈めてくる。

「――ん…っ、あ……」

硬い感触に腰がとろける。

じん…、と沁みこむような快感に、左季は大きく身体をのけぞらせた。

二本に増えた指が馴染ませるように何度も出し入れされ、中の粘膜をこすり上げる。

「あぁ…っ、あっ……、あ……」

その動きを押さえこもうと、左季は夢中でそれを締めつける。

しかしあっさりと引き抜かれて、今度はもっと熱く、濡れたモノが入り口に押し当てられた。

「あ……」

くちゅっ…、と襞に吸いつくように濡れた音がかすかに耳に届き、全身が熱くなる。

しかしそのまま、なかなか動こうとしない男に、左季はそっとまぶたを開く。

と、男の少し心配そうな表情が目の前に浮かんでいた。

「……いいか？」

せっぱつまった熱っぽい眼差しが尋ねてくる。

狂犬のくせに、行儀よく飼い主の許しを待つみたいに。

「バカ……。早く……、入れろ……っ」

恥ずかしさと、求められる悦びと、腹立たしさで左季は吐き出した。

隆生が唇で小さく笑い、汗ばんだ手のひらがそっと左季の頰を撫でる。

そして左季の膝を抱え直すと、一気に男の熱が奥まで届いた。

「ふ…、ん…っ、——あぁぁぁ……っ！」

そのまま根元までねじこまれ、さらに突き上げるようにしてえぐられる。

一瞬の痛みと、焼け尽くされるような熱と。

しかし次第に腰の奥から甘く、溶けるような快感が湧き出してくる。

しっかりと腰をつかまれ、激しく揺すり上げられるたび、左季の前から恥ずかしく蜜(みつ)がしたたり落ちるのがわかる。

「左季……」

熱い声。熱い眼差しが、自分の淫らな表情を見つめているのがわかる。

「もう……、出せ……っ」

男の腕に爪を立て、左季が声を上げた瞬間、中が熱く濡らされたのがわかる。

ほとんど同時に、左季も再び達していた。

ぐったりとした身体の上に重い身体が重なり、荒い息づかいが聞こえてくる。汗ばんだ身体がそっと撫でられる。

しばらくその熱にまどろんでいた左季から、男の身体がゆっくりと離れ、ずるり、と抜けていく感触に思わず身震いする。中がこすり上げられ、また熱が掻き立てられるようだ。

無意識に身体を丸め、気恥ずかしさに男に背を向けた左季の身体が、背中からいっぱいに抱きしめられる。

そのままうなじから背筋に沿って、唇が落とされた。

「あ……」

その優しい感触に息を吐き、左季は身体をしならせる。

誰かと肌を合わせるのは、本当にひさしぶりだった。生理的な快感だけでなく、指先まで熱が届いて、いっぱいに満たされていくのがわかる。

しかし弛緩していた身体は、男の硬いモノが腰の奥に潜りこみ、まだ甘くとろけている襞を掻き分けて中へ入ってくる感触に、ビクッと瞬時に緊張した。

「隆生…っ？」

思わず肩越しににらみつけた左季に、男はいくぶん申し訳なさそうに目を伏せる。

「悪い。まだ……」

そのまま背中から男の腕が左季の身体を抱え上げ、男のモノが一気に奥まで入りこんだ。

「——あぁ……っ!」

すでに馴染まされていたそこは、たわいもなく男を受け入れてしまう。

うなじに、首筋に、貪るようなキスが落とされる。腰をぴったりと合わせたまま、前にまわってきた両手が左季の胸を探り、硬く尖（とが）った乳首が好きなままもてあそばれる。

「あっ…、や……、あ…っ」

きつく摘まれるたび、腰に力が入って男のモノを締めつけ、生々しくその熱と大きさを教えられる。男の長い髪が背中に触れる感触がくすぐったくて、それさえも身体を追い詰めていく。

「左季……」

男がかすれた声で名前を呼んだ。

「全部、おまえのだ……」

図々（ずうずう）しいそんな言葉に笑いそうになり、涙がにじんでくる。

こんな狂犬が本当に自分の手に負えるのか、少し心配になるほどなのに。

しかしえぐるように腰を使われ、激しく揺すり上げられて、あっという間に左季の抵抗は甘いあえぎ声に変わっていた。

もう理性も何もないくらいに翻弄され、何も考えられず、ただ全身に押し寄せる快感に押し

流されていく。

気がついた時には背中からすっぽりと男の腕に抱かれたまま、少し意識を飛ばしていたようだった。

穏やかで心地よく、温かい場所だ。

背中から伸びた男の手が、しっかりと左季の手に絡められていた。

二度と離さないように。

「左季」

起きたことに気づいたのだろう。背中からそっと名前が呼ばれた。

頬が肩口に押し当てられる。

「ごめん……」

ほんのかすかに、震える声。

「……ありがとう」

そして、熱い言葉。

——手をつないでくれて。

左季も力をこめて、ぎゅっとその手を握り返した。

これから、永遠に続く闇の中で。

それでもきっと、一人でなければ耐えていける。

左季はもう一度目を閉じて、男の胸に身体をあずけた——。

「——うわーっ、外まだ、テレビカメラ、いっぱいですよーっ」

ようやく左季の研究室までたどり着いた江ノ木がドアを開けるなり、ちょうどキャビネットからファイルを取り出していた左季にうんざりした顔で報告した。

まわりはもちろん騒がしかったが、むしろ学内では遠慮なのか、配慮なのか、単に近づきたくないのか、遠巻きにされるだけで左季の研究室は比較的静かだったため、江ノ木が来ると一気に空気が明るくなる。

二件の連続殺人事件、そして今のところ少なくとも一件の誘拐監禁事件がとりあえずの解決をみて、ようやく一週間。

いまだに日本中のメディアの狂乱は冷めないようだった。

無理もない。テレビのコメンテーターもこなしていた著名な弁護士が引き起こした、類をみない異常犯罪だ。

シリアルキラー、サイコパス、という文字が連日メディアに躍り、大学にも取材が押し寄せていた。

津田は例の中学生の誘拐事件についてテレビでコメントしていたこともあり、その場面は何度も繰り返し、ニュースの中で使われている。

大学の方では、美統の関与がどこまでなのか、ということに神経をとがらせていたが、左季自身は一切、取材などは受けず、過熱する報道をほとんど耳に入れることもなく、粛々と日々の仕事をこなすようにしていた。

左季については、美統の指導教官でたまたま事件に巻きこまれた、という以上の発表は今のところされていなかったので、とりあえずその程度ですんでいるのだろう。

過去のつながりから、過去の事件までそのうち掘り返される可能性はあったが、いずれにしても左季がコメントを出す必要はない。

すでに被疑者死亡という状況なので、メディアとしては追いかける先がなく、ワイドショーでは心理学者がもてはやされていた。

これだけの事件ならばなおさら、細かい報告が要求される裏付け捜査で、ただでさえ被害者の数は増えるかもしれず、江ノ木も毎日、聞き取りに証拠固めに報告書と、いっぱいいっぱいだったのだろう。

左季が顔を合わせたのも一週間ぶりだった。あの現場で別れて以来ということになる。

そして来客用のソファにふてぶてしく転がっている隆生を目にしたとたん、声を張り上げた。

「あっ、ずるい！　先輩、なんでこんなとこにいるんですかっ？」

そんな後輩を、学生が置いていった漫画雑誌の隙間からちらりと上目遣いにして、隆生があっさりと言い放つ。

「俺、謹慎中だもん」

「だもん、じゃないですよっ。謹慎中なら謹慎中らしく家にこもってればいいでしょっ。っていうか、そんなに暇なら報告書、手伝ってくださいよーっ」

ガミガミと、なかば泣きそうになりながら江ノ木が訴えている。

隆生は謹慎中の身ではあるのだが、……というか、謹慎中の身であるのをいいことに、と言った方がいいのだろう。ほとんど毎日のように大学の研究室へ顔を出していた。特別な用もないのに、だ。

「謹慎期間を有益に使って、解剖学の勉強もしてるんだよ」

そんな正当な訴えを耳から抜かしてうそぶく男を、左季は思わず白い目で眺めた。

確かに、たまに解剖の仕事が入れば、あとの掃除などを手伝ってくれている。まあ、解剖もかなりの力仕事になるから、助かってはいるのだが。

だがそれなら、検視官の資格をとる勉強とか、他にいくらでもやることはありそうだ。

「今度来る時はノーパソとか持ってきますからねっ」

ぴしっと言った江ノ木に、チッ、と隆生が舌打ちする。

「それにしても…、左季先生も大変でしたね。……あ、お身体、大丈夫でした?」

思い出したように向き直って聞かれ、左季は微笑んだ。

「身体の方は問題ないよ。あの時は、江ノ木くんもありがとう。おかげで助かった」

実際、あのあとすぐに現場に駆けつけたのは江ノ木で、隆生は左季にかかりきりだったので、江ノ木が応援と救急を呼んだのだ。江ノ木に指摘されなければ、監禁されている子供のことも思い出さなかったかもしれない。

江ノ木からすれば、津田と行方不明の中学生が一緒に写っている写真を見ていただけなので、むしろ左季がいたことの方に驚いていたが。

「美統くんのことは……、ほんと、残念でした。僕も正直、驚きましたけど。っていうか、いまだに信じられませんけど」

そしてちょっと視線を泳がせるようにして、江ノ木がおずおずと言った。

「そうだね」

左季も静かにうなずく。

美統とは年も近い分、かなり打ち解けていたようだから、やはり衝撃は大きかっただろう。

サイコパスかぁ…、と独り言のようにつぶやいた。

実際、人当たりがよく、能力が高く、魅力的なサイコパスは多い。反社会的傾向があるにしても、すべてのサイコパスが犯罪者とは言えないが。

あ…、と思い出した。そういえばポストに入っていた脅迫状、あれも美統だったようだ。

左季の「秘密」を知っていたのは、美統か津田しかいなかった。そんな手紙に操られ、池内が殺されたことと関連を疑って怯える左季の顔が、間近で見たかったのか。

確かに、成功はしていた。

「左季先生、じゃあ、今、助手さんがいない状態ですか？　一年の契約って言ってましたよね。左季先生もいなくなったら、ここ、どうなるんです？」

江ノ木がひどく心配そうに聞いてくる。

刑事としては、やはり気安く遺体を持ちこめる場所がなくなるのは大きな痛手なのだろう。

「後任は探していると思うけど。……まあ、契約の延長も打診されてはいるけどね」

手にしていたファイルをデスクに置きながら、何気ない口調で左季は答える。

美統がいなくなった以上、しばらくは日本を離れられないかもな、とは思っていた。

やはりなんとなく、責任のようなものを感じてしまうのだ。指導教員としても、かつての幼友達としても。

……自分がこのまま続けていていいのか、とは思うが。

そんな左季の言葉に、ソファに転がっていた隆生の視線がちらっとこちらを向く。

そういえば、隆生とは契約期間についての話はしていなかった。先の話は何も、だ。

なるようになる。ただ、それだけなのだろう、自分たちは。

……ただ一緒にいる。それだけで。

確かに、美統の言っていたように、自分たちは共依存なのかもしれない。ただ破滅に向かっているだけなのかもしれない。

でも、それでもよかった。

この十四年間で、おそらく今が一番、気持ちは穏やかだった。

隆生もそうであればいい。それだけを願う。

「いてくださいよー！　お願いします！」

懇願する江ノ木に、隆生がちらっと横顔で笑う。

「いいぞ。泣き落とせ」

「なんで他人事っ⁉」

叫んだ江ノ木に、左季は軽く笑った。

「考えてみるよ」

「ほんと、左季先生がいなくなったら、この人、またどっかのネジが飛びそうだし」

ちろっとソファを見て、いかにも皮肉な調子で言った江ノ木の言葉は、かなり的を射ているのかもしれない。

「せっかく左季先生が来てからちょっとおとなしくなってたし。まぁ、問題ではありますけど、謹慎食らってここでおとなしくしてるだけ、まだマシな気がしますしね」

江ノ木が肩をすくめた。

そしてちらっと隆生を横目に見て、声を潜める――ふりだけで、左季に密告する。

「あの日、左季先生と連絡がとれなくなって、先輩、むっちゃあわててましたからね。マジで初めて見るくらい顔色変わってましたから、無事でほんとによかったですよ」

「そうなんだ」

左季はわずかに目を瞬かせた。

何気なく隆生の転がるソファの背もたれに腰をあずけ、肩越しに見下ろしてみる。

隆生はとぼけるように視線を外していたが。

津田の家に来た時、隆生はかなり冷静だったように思えたが、内心ではあせっていたのだろうか。

一人で――乗りこんできたのだ。相手は二人いて、人の命を奪うことにも慣れていて。

必要なら、何のためらいもなく隆生を殺しただろう。

最悪の結果も考えられた。

必ずおまえを守る――。

隆生は何度もそう言っていた。

そのために生きているのだと。……どれだけの罪悪感に押し潰されても、そのために生きていられる。

ならば、左季にも同じことが言えるはずだった。

この男を守るために生きていく。ただ、それだけだ。

「ま、自分は平気で一日半も連絡無視してたのを棚に上げてですけどねー」

嫌がらせのように言った江ノ木に、左季は小さく微笑んで同意した。

「まったくだね」

まじめな話、隆生には一度、江ノ木にきっちり礼をさせないとな、と思う。解剖のあとでなければ、焼き肉は大丈夫だろうか。

「で、何の用なんだよ?」

いくぶん風向きが悪くなったせいか、隆生がソファからむっつりと声を上げた。

「先輩に用はないですよ。左季先生に報告に来ただけですぅー」

ブーッ、と江ノ木が唇を尖(とが)らせる。そして上目遣いに、照れ笑いのようなものを浮かべた。

「あと一件…、解剖、いいですかね? ちょっと…、スナックで遺体が出ちゃって」

こそっと持ってきた資料を差し出してくる。

「暴力団関係者?」

それをめくって、左季はわずかに首をかしげた。

「はい。撲殺(ぼくさつ)みたいですけど、そっちの関係なのかも」

どれどれ…、と隆生がのっそりと身体を起こし、左季の背中から肩越しに資料ファイルをのぞき見る。

吐息が首筋に触れるほど近い。背中から肩を抱くように腕をまわし、隆生がファイルのページを勝手にめくる。

しかしそんな距離感も、左季にとってはさほど気にはならなかった。

江ノ木がちょっと驚いたように、目をパチパチさせている。

「午後からいいよ。搬送して」

「あざっす！」

答えた左季に、江ノ木が笑顔で声を上げる。

「じゃ、連絡しますねっ」

うきうきと携帯を取り出して廊下へ出た。今日はそのミッションがメインでここへ寄越されたのかもしれない。

「どんな大事件のあとでも事件は起こるもんだなー…」

やれやれ、と言うように隆生がつぶやく。

「みんな、それぞれに生きてるからね」

左季はあっさりと返した。

冷たいくらい冷静にそう思う。

もう迷うことはなかった。きっともう、何も怖くない。

自分たちの罪は何も変わっていなかった。汚れた手がきれいになることもない。

ただ覚悟を決めただけだった。

うしろから伸びてきた男の手が、左季の手に重なってくる。

片手をつないだまま、左季は手元のファイルを確認していく。

「めくって」

顔も見ずに頼むと、隆生がもう片方の手でページをめくってくれる。

これまでとほとんど何も変わらない日常だった。見た目には、きっと。

ただおたがいの手がつながっていれば、きっとどこまでも闇の中を歩いていける——。

# あとがき

こんにちは。今回はファンタジーから一転、現代物となりました。おー、むっちゃひさしぶり。キャラさんで人外の絡んでない純粋な現代のお話は、多分、十年ぶり以上ですよ。

そして今回、たいてい何を書いてもコメディに転びがちな私の、十作に一回くらいの割で現れる、黒いふうこ仕様になっております。とは言っても、らぶらぶですのでっ！（のはず）

実は編集さんから「何か書きたいものがありますか?」と聞かれた時、ちょうど追いかけている米犯罪ドラマのシーズン14を見終わって、うっかりそこからシーズン1まで遡って見たあげく、さらにもう一ターン、シーズン14まで見てしまうという泥沼みたいなことをしでかしたところだったためか、うっかりこんなクリミナルなお話になってしまいました。当初「出てくるキャラクターみんな変人」みたいなイメージで書き始めたのですが、主人公は意外と一番、常識人だったでしょうか。まあ、そうですよね。そうでないと話が進みませんもんね……。

刑事さんと法医学者という、わりとありがちなカップリングではありますが、幼馴染み要素もあり。そうだ。そういえば今回、私史上初めて、攻めがロン毛でした！　忘れてるだけで、もしかしたら一人くらいいたかもですけど、とにかく大変レアなのです。ビジュアル的にロン毛攻めが浮かぶことがほとんどないのですけど、今回はなぜか隆生くん、初めからこの髪型が頭にあったんですよね。ファンタジーでもないところで不思議です。

いただいた十月(じゅうがつ)さんの、この隆生くんのイラストが本当に素晴らしく！　カッコよく！　口絵の居眠りしている姿のギャップが本当に可愛く！　左季ちゃんもとても美人さんで、改稿作業もずっとこの二人をにやにやと拝見しながら進めておりました。自分のイメージ以上に、とてもしっとりと素敵な二人でとてもうれしかったです。本当にありがとうございました。

そして編集さんには、相変わらず多大なお手数をおかけいたしまして、申し訳ありませんでした……。時間はかかるわ、ページ数はアホみたいに増えるわで、ほんとにもうどないやねん、と自分にツッコミたいところ。たくさんの助言をいただきまして、こうしてなんとかまとめられたことに感無量です。ありがとうございました！

そして今回、こちらを手に取っていただきました皆様にも、本当にありがとうございます。他のお話を読んでくださっていれば、またちょっとイメージが違うかもしれませんが（そうでもないのか…？　単にちょっと黒いだけで、本質的には同じかもですね）読んでいる間、ハラハラドキドキとお楽しみいただけるとうれしいです。

どうかまた、次の機会にお会いできますように——。

八月　冷麵、素麵、蕎麦な季節。錦糸卵と蒸し鶏でタンパク質摂取っ。

水壬楓子(みなみふうこ)

この本を読んでのご意見、ご感想を編集部までお寄せください。

《あて先》〒141－8202　東京都品川区上大崎3－1－1　徳間書店　キャラ編集部気付
「たとえ業火に灼かれても」係

【読者アンケートフォーム】
QRコードより作品の感想・アンケートをお送り頂けます。
Chara公式サイト http://www.chara-info.net/

■初出一覧
たとえ業火に灼かれても……書き下ろし

Chara

たとえ業火に灼かれても……【キャラ文庫】

2022年8月31日 初刷

著者 水壬楓子
発行者 松下俊也
発行所 株式会社徳間書店
〒141-8202 東京都品川区上大崎3-1-1
電話 049-293-5521（販売部）
03-5403-4348（編集部）
振替 00140-0-44392

印刷・製本 株式会社広済堂ネクスト
カバー・口絵
デザイン モンマ蚕(ムシカゴグラフィクス)


ISBN978-4-19-901074-3

# 水壬楓子の本

好評発売中

## [王室護衛官に欠かせない接待]

イラスト✦みずかねりょう

王室護衛官に欠かせない接待

水壬楓子

イラスト みずかねりょう

騎士として君は、たまに短慮で浅はかだ。
だから、危なっかしくて目が離せない――。

キャラ文庫

剣は苦手だし、戦争中は後方支援部隊にいて、何の功績も上げてない。なのに栄誉ある王室護衛官に抜擢され、貴族の末席に加わってしまった――。不安に揺れるトリスタンはある日、同盟国からの使節の接待係を命じられることに!! 国賓として訪れたのは、戦線の英雄にして、大公の懐刀と名高い伯爵イーライ。身分も華やかさも併せ持つ不遜な男に、反発と劣等感を刺激される日々が始まって!?

# 水壬楓子の本

好評発売中

## 「森羅万象　狐の輿入」

イラスト◆新藤まゆり

12年に一度の狐の里での嫁入り大祭――。里の者が崇める「神」に、生涯仕える花嫁として選ばれた白狐（びゃっこ）の那智（なち）。残された自由な時間は三日間だけ！　ところが、潔斎中のくせに、こっそり人間の祭りに遊びに出かけ、男たちに絡まれてしまった⁉　窮地を救ったのは、物の怪を調伏する力を持つ御祓方（おはらいかた）の知良瑞宇（ちいらずいう）。変化の術を見破られ、「バラされたくなかったら、言うことをお聞き」と脅されて⁉

# 水壬楓子の本

好評発売中

## 「森羅万象　水守の守」

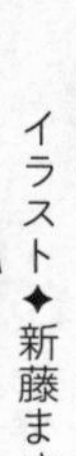

イラスト✦新藤まゆり

子供の頃から、動物の霊や物の怪が見える高校生の里見 忍。部活の最中、川から「助けて」という悲壮な声を聞き、溺れた犬を拾う。貧相で不細工な犬を放っておけず、居候中の旅館でこっそり飼うことに。そんなある晩、妖しい色香の超美形の男が、無断で露天風呂に入浴していた⁉　しかも全裸の尻には短い尻尾が⁉　もしかしてコイツ、あの犬が化けてるのか？　それ以来、男は忍を誘惑してきて⁉

# 水壬楓子の本

好評発売中

**［森羅万象　狼の式神］**

イラスト✦新藤まゆり

代議士秘書の謎の失踪事件が発生!?　依頼を受けたのは、神社の息子の知良葵。その家系は、式神を使役し物の怪を退治する霊能力者の一族だ。これまで式神を持たなかった葵が、渋々使役するのは本体は狼の黒瀬千永。ところが、一匹狼で群れることを嫌う千永は、超俺様な上に反抗的。「事件解決まで大人しく協力しろ」と命令する葵に、反発しながらも事件解決に挑むことになり——!?

# 投稿小説 大募集

『楽しい』『感動的な』『心に残る』『新しい』小説——
みなさんが本当に読みたいと思っているのは、
どんな物語ですか？
みずみずしい感覚の小説をお待ちしています！

## 応募のきまり

### 応募資格

商業誌に未発表のオリジナル作品であれば、制限はありません。他社でデビューしている方でもOKです。

### 枚数／書式

20字×20行で50～300枚程度。手書きは不可です。原稿は全て縦書きにしてください。また、800字前後の粗筋紹介をつけてください。

### 注意

❶原稿はクリップなどで右上を綴じ、各ページに通し番号を入れてください。また、次の事柄を1枚目に明記して下さい。
（作品タイトル、総枚数、投稿日、ペンネーム、本名、住所、電話番号、職業・学校名、年齢、投稿・受賞歴）

❷原稿は返却しませんので、必要な方はコピーをとってください。

❸締め切りは特別に定めません。採用の方にのみ、原稿到着から3ヶ月以内に編集部から連絡させていただきます。また、有望な方には編集部からの講評をお送りします。（返信用切手は不要です）

❹選考についての電話でのお問い合わせは受け付けできませんので、ご遠慮ください。

❺ご記入いただいた個人情報は、当企画の目的以外での利用はいたしません。

### あて先

〒141-8202　東京都品川区上大崎3-1-1
徳間書店　Chara編集部　投稿小説係

## キャラ文庫最新刊

### 新入生諸君!

久我有加

イラスト✦高城リョウ

憧れの名門合唱部が、部員不足で廃部寸前!? 部員集めに奔走する英芽と寮の同室になったのは、中学時代に野球で名を馳せた高松で!?

### 山神さまのお世話係

渡海奈穂

イラスト✦小椋ムク

社畜生活に疲れ、田舎町に身を寄せた秋。そこで出会った山神様の子供に懐かれ、山神様を守る一族の青年とお世話することになり!?

### たとえ業火に灼かれても

水壬楓子

イラスト✦十月

14年ぶりに日本に戻ってきた、監察医の左季。幼馴染みが殺害され、共に捜査することになったのは、会いたくなかった初恋の相手で!?

### 9月新刊のお知らせ

海野 幸　イラスト✦石田惠美　[リーマン二人で異世界探索(仮)]

遠野春日　イラスト✦笠井あゆみ　[不整合恋愛事情(仮)]

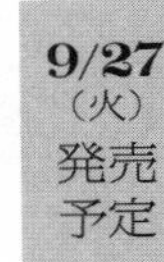